猫々堂主人

情況の最前線へ

Matsuoka Tsuneo
松岡 祥男

ボーダーインク

情況の最前線へ

日本の政治と社会状況は、戦後の〈総過程〉が消去される重大な局面を迎えようとしている。いうまでもなく、日本国憲法第九条の改悪と、「象徴天皇」を「国家元首」あるいは「君主」に位置づけようと画策していることだ。政府は着々とその準備を進め、周辺の法整備は「有事」「危機管理」の名目のもと、殆ど整えられた観がある。これは明らかに戦前の軍国主義もしくは「大日本帝国」への回帰を意味している。内閣の憲法調査会は、一応「憲法改正」を国民投票にかけるという建前なのだが、総仕上げとして、第九条だけで国民にその信を問えば、汚く三分の二以上の賛成を過半数の賛成に引き下げても、否認される恐れがあるため、「天皇」条項と抱き合わせで、事を運ぼうと機を窺っているといえる。

マスコミやジャーナリズムはこぞって、これに迎合し、情報操作によって加担している。彼等が流す憲法や内閣の支持率などの各種の調査や国民の動向などに関する情報は、たかだか千人程度にアンケートしたものにすぎない。そんなもので、どんな傾向も導きだせないばかりでなく、いくらでも恣意的な方向づけがなされうる。メディアを疑え。政府に騙されるな。そんなことは、わずか三世代前に経験済みなのだ。国家は国民を戦争に動員し、犠牲を強い、そして裏切り、じぶんたちは延命を図った。そのときも、マスコミは体制を翼賛し、戦意を煽り、その責任をとることもなく、戦後へ滑り込んで、自己保身を果たしている。戦争責任も戦後責任もあった話ではないのだ。

そして、東アジアでは歴史観や境界線をめぐって、国家利害が露出しており、それをそれぞれが皮相なナショナリズムへ吸引しようとしている。国家は共同の幻想だ。そして、境界線上の土地は国家の領土である前に、地域住民の生活の場としてあるのだ。人々の存在より、国家が先行することなどあり得ない。それは明らかな逆立ちだ。わたしたちは国家が無くても、ふつうに暮らしてゆけるのだ。これが普遍的な原理である。なにが「台湾は中国固有の領土」だ。台湾はそこに暮らす人々のものだ。そして、それがどこに帰属するかは住民の選択意志に委ねられるべきことは自明の理である。

日本政府は、国連の安保常任理事国入りを果たそうと躍起になっている。その言い草がふるっている。日本は多額の資金を国連に供出していると言うのである。要するに、金でその権利が買えるものと錯覚しているのだ。恥を知れ。日本は戦争放棄の憲法を持っている。日本は国連安保理事国入りしたら、あらゆる国際紛争を武力で解決することに反対し、すべての戦争行為には拒否権を発動して、国際平和に貢献し、また東アジアをはじめとする世界の発展に寄与したい。だから、理事国入りを目指しているというのなら、また、その主張が確かな行為で裏打ちされているなら、隣国の反発を招くはずがないし、それでも、反対するなら自国の利害だけを優先する反動的な挙動と、誰の目にも映るだろう。ところが、日本は戦後一貫してアメリカ追従であり、自らの主張を前面に押し出す理念も度量も持ち合わせてはいないのだ。そんな分際で、名乗りをあげるのはおこがましいというものだ。アメリカ・ブッシュ政権のイラク侵略に際しても、同盟国なら真摯にそれを止めるべきなのに、国際世論を無視して、損得勘定だけで、これに加担したではないか。小学生なみの例を出せば、考え違いをした友達が、他所の家に押し入ろうとしていたら、止めるのが友人というものではないのか。うしろで見張り役の一端を買って出て、そのおこぼれに預かろうという姿勢はみえみえである。これをあさましいというのだ。また圧倒的な腕力の持主の友達が、いじけた弱虫大将に因縁をつけて、一方的に暴力を振おうとしたら、いじめは止せと勇気をもって諌めるのが友人というものではないのか。それが陰にまわってエールを送っているようなものだ。これをわたしたちは卑怯者というのだ。

わたしはテロに批判的であるように、戦争に反対である。わたしは国家の動向に迎合しない。

わたしが一番きれいだったとき
街々はがらがら崩れていって
とんでもないところから
青空なんかが見えたりした

わたしが一番きれいだったとき
まわりの人達が沢山死んだ
工場で　海で　名もない島で
わたしはおしゃれのきっかけを落してしまった

わたしが一番きれいだったとき
だれもやさしい贈物を捧げてはくれなかった
男たちは挙手の礼しか知らなくて
きれいな眼差しだけを残し皆発っていった

わたしが一番きれいだったとき
わたしの頭はからっぽで
わたしの心はかたくなで
手足ばかりが栗色に光った

わたしが一番きれいだったとき
わたしの国は戦争で負けた
そんな馬鹿なことってあるものか
ブラウスの腕をまくり卑屈な町をのし歩いた

わたしが一番きれいだったとき
ラジオからはジャズが溢れた

禁煙を破ったときのようにくらくらしながら
わたしは異国の甘い音楽をむさぼった

わたしが一番きれいだったとき
わたしはとてもふしあわせ
わたしはとてもとんちんかん
わたしはめっぽうさびしかった

だから決めた　できれば長生きすることに

（茨木のり子「わたしが一番きれいだったとき」から）

こんな戦後の詩がわが胸に去来する。わたしたちの人生は、必ず、国家という歴史的な制約も、天皇という土俗的な宗教性も超えた、実存の構造を持っている。それはかけがえのないものだ。時代の病理的な趨勢に取り込まれることなく、できれば、おおらかに生きることだ。

それが情況の最前線である。

目次

情況の最前線へ

読書日録　11

大島弓子の『グーグーだって猫である』　12
うちのタマが……　15
「吉本隆明詩集」　18
「自慢させてくれ！」　20
川上春雄さんの死　23
ろくでなしの戦場　26
齋藤愼爾『読書という迷路』　29
わたしにはわからない！　31
「通りゃんせ」のメロディで　34
ヒルよ、降れ。
　――村上春樹『海辺のカフカ』　37
孤立を怖れるな　40
鎌倉諄誠の遺志　43
「両村上」以降へ　47
エヴァ世代の登場！　50
埴高雄高『死霊』を読む　53
初夏の匂いに　56
猛暑の最中に　60
「全部、小泉が悪い！」　63
私の漱石体験など　66
愛敬浩一『詩を噛む』　69
二人の先達を思う　73
心に浮かぶうたかた　76
斎藤清一編著『米沢時代の吉本隆明』　79
悲劇の詩人　83
吉本隆明の対談について　87

酔興夜話　99

1、『青春デンデケデケデケ』　100
2、『主婦の恩返し』　107
3、『PH4・5グッピーは死なない』　113
4、『軽蔑』　120
5、『国境の南、太陽の西』　127
6、『解剖学教室へようこそ』　135
7、『致死量』あるいはコメをめぐる冒険　142
8、くたばれ『噂の真相』　149
9、『全共闘白書』をめぐって　155
10、おうむクライシス　163
11、追悼　長井勝一　170
12、瀬沼孝彰の死　176
13、ぶっきらぼうな夜風　183
14、風姿外伝―金廣志『自慢させてくれ！』に寄せて―　192

対話　考えること、語ること　241

テレビはもっと凄いことになる　吉本隆明×松岡祥男　242
宮沢賢治は文学者なのか　吉本隆明×松岡祥男　273
二重の視線の彼方に　山本かずこ×松岡祥男　285
あとがき

読書日録

大島弓子の『グーグーだって猫である』

『詩の雑誌　ミッドナイト・プレス』の名物「根石のコラム」の「ごめんな」を読んで、根石なんか、大嫌いだい、とおもった。どうしてかというと、わたしたち夫婦も、二匹の猫と暮らし、その死を看取り、根石吉久と同じように、家の庭に埋葬したことがあるからだ。そのときのことが、痛切に甦ってきたのだ。クロという黒白の猫は、わたしたちが妻の実家に居候をしていたときから飼っていた猫で、今の家に引っ越した際に、仕方なく実家に置いてきた。

ところが、妻が何か用事で行く度に、いちはやく迎えに出てきて、うれしそうについてまわったそうだ。それで、意を決して連れてきた。クロは雌猫で、なぜかわたしに執着していて、時には妻と張り合って心理的に対立し、ライバルのように振る舞うこともあった。わたしたちが二階の寝室に入るや、一階の押し入れの戸を開けたりした。妻が怒ることを承知のうえの仕業だ。妻もそれに反応してしまう。意識が通じているからだ。これはこちらの思い入れで、猫を擬人化していっているわけではない。一緒に暮らす動物の間に、独特の雰囲気とイメージが立ちあがり、それが関係の幻像をつくりだしてゆく。そこでは猫は人間化し、ひとは猫づいていく。その度合は親密さによって決定されるといっていい。クロは体がそんなに丈夫ではなく、歳を取るにつれて、しだいに衰えていった。亡くなる前のある朝、わたしが仕事に出かけるとき、陽の当った家の壁に寄り添って丸まっていた。もっと、ケアをしていればという思いが、いまでも胸にやどっている。その姿とともに。

大島弓子『グーグーだって猫である』を買った。経済的に逼迫しているので、本を購入する金はないけれど、それでも大島弓子の新刊となれば、話は別だ。わたしは大島弓子のファンだ。朝日ソノラマ版の『大島弓子選集』は本棚の大事なところに並んでいる。「綿の国星」や「四月怪談」や「バナナブレッドのプディング」などはもちろん、初期の「誕生」や「ミモザ館でつかまえて」や「ジョカへ」などの躁鬱的な少女の世界も好きだ。『グーグーだって猫である』は、十三年間一緒だったサバという猫が亡くなり、作中のわたしはひっこししたいとおもっていた。

「安くて広くて緑がいっぱいのマンションないかなあ」
「あっこれ　広い
ここにサバのトイレ　置いて……」
あ　そうだった
「サバのこと　もう考えなくていいんだ」
そういう時　身のおきどころなく　さみしかった

（「散歩コースで」）

そんな心の状態のとき、散歩コースになっていたペットショップで、小さな猫と出会う。それがグーグーだ。この作品には、作者と猫の共棲と交流が描かれ、それによって、世界史の変容や社会の噴流から奥まったところに、生活や心の拠点があることを、さりげなく表している。作者は子宮筋腫と卵巣腫瘍（悪性の癌）で入院することになる。そのとき、作者は知人に、わたしに万が一のことがあったら、猫をこのマンションで育ててくれませんかと申し出て、そうなったらマンションは差し上げますからという。ここでは、猫は大切な家族なのだ。

吉本隆明の「詩学叙説―七五調の喪失と日本近代詩の百年―」は刺戟的な論考だ。富永太郎や吉田一穂や伊東静雄の詩が、詩的な転換の意味を異国語との交換にまで徹底しているという指摘には、びっくりした。詩に関心の深いものなら、うすうす感じていたはずのことだが、とてもきわどくて、そう言い切ることができなかった問題だ。無学なわたしは、鮎川信夫や田村隆一をはじめとする「荒地」派の詩を読んで、いつも英文調のような気がしていた。そういうことだったのかと納得した。そして、現代詩は言語の価値を極限まで増殖させようとしているという明快な指摘が、現代詩の方向性の擁護であると同時に、詩の全的な回復への示唆だと思った。

（二〇〇一年三月）

うちのタマが……

読書日録ならぬ猫行状記になりそうだが、先日、うちのタマがドブ川の向こうの教師一家の仕掛けた猫採りに捕まってしまった。猫を捕まえるために犬小屋くらいの箱を設置していた。魚などの餌を置き、それにつられて猫が入ると、入口が閉まる仕組みだ。恐ろしい念の入れようだ。自分たちが猫を飼っていても、庭によその猫や野良猫が糞をしたり、尿をひっかけたりすると、臭いし汚いから腹が立つ。だから、猫を威したり、追っ払うことはわかる。しかし、ここまでやると、やりすぎだ。

その日、朝九時頃にタマは私がワープロを打っていると、ガラス越しに覗いてから散歩に出かけた。ふだんなら小一時間すると帰ってくるのに、戻ってこない。変なもので、そんなことでも勘が働くものだ。なんとなく心配になって捜したが、見当らない。昼になっても帰ってこない。妻が心配して、大きな声で呼んでいると、タマの鳴き声がする。その鳴き声を頼りにたどっていくと、猫採りに行き当ったのだ。すぐに救出しようとしたが、戸が開かない。それで声を掛けた。ばあさんが出てきて「連れて帰ってください」と言う。「戸が開かないんですが」と言いながら、もう一度やると、開いた。タマは一目散に逃げた。そこへ今度は奥さんが顔を出し「猫がおしっこをして困る、猫には首輪をしなさい」と言った。その瞬間頭にきた。「なにをぬかしやがる！」地球は人間だけのものじゃないぞと言い返そうと思ったが、妻の方がもう怒り心頭に発していて、掴みかかりそうな勢いだったので、それを抑えて引きあげた。ふざけやがって、猫を捕まえて保健所送りにするつもりかよ。なによりも、そのさも「正当な行為で、なんら非難される謂れはない」という態度が気にいらない。いかにも教師といった感じの、義と権力は我にありという傲慢さが。でけえ面するな。おめえんとこがそんなに立派かよ。何の挨拶もなく家を一部三階に増築しやがって、おまけにその一部は川の上にはみだした明らかな不法建築じゃねえか。おかげでうちは日当りが悪くなった。それでも誰もチクったりはしない。お互い様と思っているからだ。猫の小便くらいがなんだ。こんなのが教師なのだ。南の狭い道を年寄りがよろよろ歩いているのに、平気でクラクションを鳴らしつづけるのでみると、その家の旦那だ。田舎の高知じゃ、教師は世襲制だ。それにカマトト日教組がのさばり、「聖職」の利権をきっちりガードしている。権威集団そのものだ。少しでも知的な界隈に出ると、この連中を避けて通ることができない仕組みになっている。おお、胸糞悪い。タマは三時間くらい閉じ込められ、逃げようと暴れて、前足の爪が一本元から無くなっていた。

ちくま文庫から高野慎三『つげ義春を旅する』が出た。つげ作品の舞台を豊富な写真と文章でたどったものだ。高野慎三は、編集者としてつげ作品の成立に立ち合い、私的にも公的にも、つげ作品の最大の理解者だ。それはこの本を読めば、すぐわかるはずだ。そして、人と人とをつなぐものは、〈信頼〉

だということを、いまどきめずらしく、まっとうに示したものだ。高野さんは、東京目黒の大橋で文具店を営むかたわら、北冬書房として出版活動をやっている。私は上京した時、時間に余裕があれば、店番をしている高野さんを訪ねることにしている。高野さんは酒もタバコもやらない。けれど、決して堅物ではない。時に大胆なことを言って驚かす。「松岡さん、身辺整理をしてY家に婿入りしたら」なんてことを言う。とても愉しいひとときだ。

高野さんは、六〇年安保世代である。樺美智子が殺された六・一五闘争では、明治大学のデモ隊の一員として、国会南通用門を突破した先頭部隊にいた。そのことを『幻燈1』の「山下菊二体験」の中で書いているけれど、高野さんは体験を元に凄んだり、手柄のように誇ったりしない。そこが指導者面した連中の六〇年安保闘争論や政治論と決定的に違うところだ。一人の学生として闘い敗北した〈行為の一回性〉に忠実な、その真摯な後ろ姿は、なにごとかを語りかけてやまない。そこには、ひとつの〈断念〉が秘められているような気がする。それが高野さんの日常的な振舞や優しさの奥にあるものだ。

（二〇〇一年六月）

「吉本隆明詩集」

「見えない関係が／みえはじめたとき／かれらは深く訣別している」

こんな一節に魅了されたのだと思う。

一九六〇年代末期から七〇年代初頭にかけて「吉本隆明」は全共闘の学生を中心に流行していた。その流行に私も乗ったのだ。それは何も恥ずかしいことではない。流行の中には、必ず時代の風や集合的な無意識の願望がはらまれているからだ。

それはアニメの『新世紀エヴァンゲリオン』や宇多田ヒカルの歌でも変わらないとおもう。

「ぼくが真実を口にすると　ほとんど全世界を凍らせるだらうといふ妄想によって　ぼくは廃人であるさうだ」とか、「もしも　おれが革命といったらみんな武器をとってくれ」とか、現実を否定し、権力に反逆する行動と心情に、吉本隆明の詩は深く響いたのだ。

ひとには、かけがえのない存在がある。親や兄弟、妻やわが子。そして、分かり合える友人や気の合う仕事仲間などは、誰にとっても大切に違いない。その関係の結び目に、「私」という存在は形づくられているのではないか。生命の誕生の瞬間から「自分」というものがあるわけがないからだ。

その自己形成のなかで、もっと遠い存在が〈影〉を落とすこともある。それは貴重なものだ。私にとって、吉本隆明はそういう存在である。

はじめは周りの者が言ってるから、つられて読んでみたにすぎなかった。しかし、その詩や評論を読み続けるうちに、次第に深みにはまっていった。いまでは吉本隆明の単行本未収録の鼎談や座談会の記録を『吉本隆明資料集』として自家発行するまでになっている。

私は学校も勉強も嫌いだった。読書も好きではなかった。ひとはどう転ぶか、わからない。これはおもしろいことだ。

私は一度も沖縄の地を訪ねたことはないけれど、友人がいる。沖縄といえば、その友人の顔とともに、歴史的・現在的な沖縄の特異な位置取りが想い浮かぶ。沖縄が経済的にも文化的にも、「日本」などに従属することなく、東アジアの根拠地のひとつとして、列島各地はもとより、台湾や朝鮮半島や中国に対しても、自立的に開かれてゆくことを夢見ないわけにはいかない。

そこには沖縄だけではなく、〈世界史〉の未来のひとつがかかっているような気がする。吉本隆明の「南島論」はそれを示唆しているとおもう。私にとって、沖縄はそういう夢の島々なのだ。

断るまでもなく、これは私の勝手な夢想にすぎない。

ほんとうは、国際社会の行き詰まりや不況によって、みんな均質的に押しひしがれて、どこにも〈差異〉はないのかもしれない。でも、いろんな契機で、ひとも、世界も変わる。どんな情況にあろうと、めげるなと、『吉本隆明詩集』は、暗い精神の根底から、いまも語りかけている。

（二〇〇一年五月）

「自慢させてくれ！」

金廣志『自慢させてくれ！』（源草社）という本が出た。私が金廣志と高知で初めて出会ったのは、一九七三年暮れか、七四年の初めだったと思う。彼はトレンチ・コートにサングラスというスタイルで、夜の飲み屋街を徘徊していた。まるで、俺はただものじゃないぜ、というふうに。それが恰好をつけただけのものか、あるいは白土三平の短篇「七方出」のように目立つことがもっとも隠れることになるという逆説的な思いからなのか、わからない。私の高校時代からの仲間のＹやＴと、彼はすでに知り合っていて、そのからみで、会ったのだ。その日何軒かの酒場をはしごし、最後にＹの家に行って朝まで飲み明かした。その時のやりとりで、彼が新左翼系の流れ者であることはすぐにわかった。少しして、私の郷里に近い太田口の小学校の建築現場で再び会った。彼は鳶をやっていて、私は美装屋だったから、一緒の現場になったのだ。それから、疎密はあっても、彼とのつきあいはずっと続いている。

『自慢させてくれ！』は、金廣志が口述し、下川博という人が筆記整理し、それに金が手を加えるという形で出来上がったものだ。読み物としては抜群に面白い。だが、どこまでが金の考えで、どこからがライターの脚色・構成したものか、判別できない。私は文体は表現における人格みたいなものと思っているから、その点でとまどいを隠せない。いうならば、金廣志を主人公とした、一本の映画あるいは連続ドラマを見ているような感じなのだ。そのため、金の含蓄も苦渋も哀楽も、みんななめらかになめされ通俗的に仕立てられている。それがこの本の弱点なのだ。そうはいっても、どんな形にせよ、金廣志の軌跡はスポット・ライトを浴びたほうがよかったのだ。たとえ話は端折られ、ストーリーの展開に都合の悪い事実はカットされているにしても。

誰でも自分が知っている人物だと、直接対比しがちだ。それはじかの関係だから当然なのだが、しかし、自分も他者も、社会背景のなかに開いてみることも必要である。そうでないと、客観的な布置と他者の物語は読みとれないし、その姿を自分の視野に閉じこめてしまうからだ。

この本は「朝鮮人少年の悲哀」「自己否定の悲喜劇」「怒りと空腹の青春」「独りぼっちの逃亡」「それからの苦闘」「南国土佐の栄光」の六章から成り立っている。在日二世、赤軍派、全国指名手配、一五年の逃亡生活、そして自力の塾。そんなもの、全部抜きにしたって、金廣志は魅力的であり、どこでも人気者だ。それは彼が幼童性をたおやかな流れのように保存していて、腕っ節が強く、エロスを発散しているからだ。そうでなければ、子供たちが、塾という場や先生というポジションを越えて、彼を慕うはずがないのだ。そこからいえば、様々なプレッシャーに圧し潰されそうになりながら、必死にたどった彼の心の軌跡は、この本の行間に埋もれている。

私はこの本の、体験の思想的な総括にはあまり納得できなかった。どうして「第三国人」発言をした石原慎太郎東京都知事を名指しで批判しないのか、また革マル派を「K派」などと表記するのか。こんなことは些事にすぎないけれど、それが「在日朝鮮人」の存在を「マイノリティの問題」にしてしまっていることにも繫がっている。金廣志よ、そんなことじゃないことは、おまえがいちばん骨身に滲みて知っていることではないのか。それは赤軍派としての活動や逃亡生活についてもいえる。理想と現実、思想と行動の分裂と背反は、依然として未決の問題ではないのか。カフカの『変身』のグレゴール・ザムザの人間的な思いが虫の動きとしてしか表出されないように。たしかに私達は市民社会の中に生きている。しかし、私はそれに同化することはできないし、同調するつもりもない。この本は、主人公をできあいの社会通念の岸に打ち上げようとしている。だが、彼の存在も、彼をめぐる家族の劇も、そんなものに収まるはずがない。そんなことは、百も承知のはずなのだ。

（二〇〇一年九月）

川上春雄さんの死

川上春雄さんが九月九日、急性心不全のため亡くなった。七八歳。川上さんは、吉本隆明研究の第一人者であり、年譜や書誌の作成に携わるとともに、試行出版部を担い、吉本隆明『初期ノート』をはじめ雑誌『試行』の復刻版などを出版してきた人だ。

一度だけお会いしたことがある。『意識としてのアジア』の出版記念会があった時、川上さんもたまたま上京されていて、出席してくれたのだ。会は上野の「弁慶」という鰻屋の座敷で行われた。吉本隆明さん、和子さん、京都からわざわざ出て来てくれた宍戸恭一さん、小川哲生さん、高橋康雄さん、版元の齋藤愼爾さん、入江巖さん、それに高知から同行した門田寛くんが祝ってくれた。私は初めての出版記念会で緊張していたと思う。でも、会はとてもなごやかで、楽しかった。吉本隆明さんが門田くんに「鰻重にしますか?」と尋ねると、集合場所であった吉本家に行く前に、二人で新宿でラーメンを食べていたので、「ぼくはいいです」と答えてしまった。そしたら、吉本さんが「では、天ぷらにしますか?」と言い、門田くんの前には天ぷら定食が並んだ。鰻重よりも天ぷら定食の方がボリュームがあった。鰻屋で鰻を頼まなかった選択ミスだ。門田くんは七つ年下で、年齢からしても性格からしても、対抗意識や愛憎に捕らわれることのない、私には得難い的確な理解者であり、数少ない友人なのだ。吉本さんに「この兄さんは酒が強い」と言われているのをみて、彼に同行してもらってほんとうに良かったと思った。それから、新宿ゴールデン街へ流れて行ったのだが、吉本さんは〆切の原稿があるらしく、和子さんと帰られた。川上さんとは、殆ど直接お話しすることができなかったけれど、東北の人らしく温和な人柄とともに、地道な仕事に裏打ちされた勁いものを感じた。二、三次会とつづくうちに、小雨が降りだし、川上さんは門田くんに傘をさしかけられて、「門田さん、詩を書きなさいよ」と言われたそうだ。川上さんの詩に対する愛情の深さを知ったような気がした。

はるかな谷にむかつて
たえまなくくだるのは
いちずにおもいさだめ
た習性であるそれをだ
れがとどめえよう見よ
いつせいにくだりゆく
ただおのれのことばに
したがいながら

（川上春雄「水」）

それから、川上さんとの交流が始まった。川上さんには『水と空　川上春雄自撰詩集』がある。「水」という詩は、川上さんの詩心そのものなのだ。失職を契機に私家版の『吉本隆明資料集』の発行を思い立ち、開始した際、川上さんから「前から心にかけていることを申し上げます。時期がきましたら、『思想の科学』一九六二年十二月号討議「62年の思想―吉本隆明著『擬制の終焉』をめぐって」を、ぜひお忘れなく『吉本隆明資料集』に載録していただきたいと思います。これは情熱をこめて語られた討論であり、安保後の時代状況を反映する資料的にも貴重な文献と思います。勁草の吉本全著作集のとき、対談の巻になんらかの形で収録したいと思い、説得を試みたのですが、一対一の対談ではないのでと、吉本さんは断乎として主張を貫ぬかれたのでした。わたしにとっては愛着の深い座談会です」という手紙を戴いた。川上さんの手紙は、発行の大きな支えだ。

春に電話した時、お姉さんが出られて、ちょうど退院して、いま横になっていますと言われた。格別用事があるわけではありませんからと辞退したけれど、川上さんは電話に出られた。容態をお聞きすると、まずまずですと答えられた。声も元気そうだったので、まさか亡くなるとは……。私は川上さんに、御自身の戦争体験や吉本さんの詩との出会いを聞きたいと思っていたが、果たせなかった。

すれっからしと人格崩壊が跋扈する出版業界で、地方在住者はそれだけで侮られ、都合良く利用しようとする輩は後を絶たない。そんな中、川上さんは、めげることなく芯の通った仕事を続けられた稀な存在だったと思う。

（二〇〇一年十二月）

ろくでなしの戦場

宝町の川村寛さんに、西原理恵子『ゆんぼくん』を借りて読んだ。この作品は、西原理恵子の漫画特有のアナーキーな破壊性は抑制されていて、母子家庭の哀歓と少年期の抒情と友情が描かれたものだ。ゆんぼを洗濯機に入れて洗う過激な母親、乱暴な兄貴分の横田、かなり足りない小出、そんな人物が「いたどり」や「むかご」を採って食べるような自然の広がりとともに、ゆんぼの世界の支柱だ。元々安っぽい私は、そのラストに完全にやられてしまった。私はゆんぼのような一人っ子ではないけれど、親も、故郷も、どこかに置いてきたような気がする。どこまで行っても、私は出来損ないなのかもしれない。

「これは何の映画?」／帰宅し部屋のふすまを開けると／飛び込んできた映像／航空機が高層ビルに突っ込む瞬間／に僕はネクタイを外した／「テロが飛行機をハイジャックして……」／妻の説明を聞きながら／目には今日も／僕の画面が映し出される／僕の今日の授業は3年生にハイジャックされた／僕を「名古屋港に沈めてやるぞ」と脅した生徒は今日は欠席だった／僕の授業の教室では今日はビールとつ

まみが売られていた／僕の授業の教室は今日は携帯カラオケボックスだった／僕は今日も一人で教室掃除をした／僕が今日も給食当番だった／僕が僕が僕が／と今日も今日も今日も妻に言えず／テレビの画面を見ていた（伊藤芳博「同時多発テロ」から）

乗客を道連れにした自爆テロ、世界貿易センタービル倒壊、アメリカ軍のアフガニスタン報復空爆、タリバン政権崩壊、アメリカの属国に成り下がった日本政府の追随……。この世界構図の中で、最初に言うことがあるとすれば、テロが非道なら、報復の空爆も非道だということだ。間抜けな日本政府は、アメリカや国連の意向に添っていれば大丈夫とばかり奈落への道を確実に歩をすすめ、その意を体するように報道は倣う。伊藤芳博の詩はそんな現状に突っ込んでいる。なしくずしの〈政治テロ〉は、平然と憲法を犯し、追っぱらえばすむ「不審船」を沈め、警察の武器使用も安易化しはじめる。「このやろう」なのだ。

テロにも報復にも反対だという点で一致したとしても、まだ言うことはある。どんな宗教原理に基づいていようと、タリバンをはじめとするアフガニスタン諸勢力は自国の民衆の貧困と疲弊に絶対的な責任があるはずだ。それはアメリカの帝国主義的暴虐や愚劣な国際政治の現状を持ち出しても、帳消しとはならない。アメリカだってそうだ。今回真珠湾攻撃をひきあいに持ち出したが、おまえら国際正義の美名の下、ベトナムは言うに及ばず、いつも他国の土地を戦場にして踏みにじってきたではないか。さらに日本政府は、ペルー大使官邸占拠事件一つとっても、その政治犯罪は明らかなフジモリ元大統領を匿い、政治責任を問おうとするペルーへの身柄引き渡しを拒否している。それなら、今回のテロで幾多の邦人が犠牲になったという一点を除いてはビンラディンの追及に加担する謂れはないはずだ。アメリカは太平洋戦争で原爆投下を含め、基地があろうとなかろうとお構いなく日本各地を焼き尽くしたではないか。その戦争行為を一度も反省したことはない。

頓馬なヒューマニストは地雷の撤去が急務など言い出す始末だ。また柄谷行人は「非暴力」を原理として見いだしたなどと言っている。ばかやろう。襲われたら、身を守るのは当然だ。先験的に「非暴力」なんてものが成立するはずがない。それは不滅の〈志向性〉としてあるだけだ。伊藤芳博は夜学の教師だ。私もその昔、夜学の生徒だった。勉学に勤しむ気などさらさらなく、学校に楯を突き、社会に逆らうことを旨としていた。手にあまった材木屋のボンボンの担任は教室で泣き出した。それでも俺たちは悔い改めなかった。それが〈当事者〉ということだ。ろくでもないのは、私だけではない。この世界だって、どうしようもない。それが思想の戦場なのだ。

（二〇〇二年三月）

齋藤慎爾『読書という迷路』

この本は、井伏鱒二『太宰治』野々上慶一『高級な友情』から芥川喜好『「名画再読」美術館』までの五十五冊の本を扱った書評集だ。多くの書評が、場当たり的な感想や儀礼的なあいさつや利己的な裁断でしかなく、そんなものを寄せ集めても、著書とはならない。そんなもの、本の体裁をしたスクラップでしかないからだ。この書評集はまぎれもなく一冊の〈著書〉であり、ひとつの〈芸〉を成している。それは読めばすぐわかることだ。

その第一の魅力は、それぞれの本との全身的な格闘と独自の穿ちだ。そして、至るところで過剰演技を繰り広げ、思いがけず性格悲劇が露出するところもある。それも、この本の大きな魅力なのだ。それは、中島らも『今夜、すべてのバーで』や中井英夫『磨かれた時間』や『吉本隆明×吉本ばなな』などの項を見ればいい。

齋藤慎爾の芸域は広い。詩歌や小説は言うに及ばず、絵画・音楽・映画・演劇・絵本・童話とジャンルを問わず縦横に健筆をふるっている。著者は照れて「やっつけ仕事だよ」と言っているけれど、それは著者一流の含羞なのだ。ひとは貧しければ貧しいほど、豊穣な夢を求めてやまない。そんな逆説を超えたところで、素顔が見え隠れする。
齋藤慎爾は、書物の海へ繰り出した漁師であり、潮風に鍛えられたその風姿は、〈故郷〉の海への愛着と背反を背骨にしているように思えた。孤島の漁師。これは発見だった。一冊の本に魂を震憾されたことがなくとも、一本の映画に酔いしれたことがなくても、一枚の絵の前に立ち尽くしたことがなくても、誰でも朝日の輝きや風の匂いに一瞬心をとめたり、人の情けに癒やされたことは、数限りなくあるはずだ。それは等価なのだ。齋藤慎爾の航海が芸の破れから、さりげなく人々の、そして、自分の心の港に着岸し、また倦むことなく海に挑む姿を願望するのは、私一人ではないと思う。

（二〇〇二年一月）

わたしにはわからない！

文庫本で『江藤淳コレクション』が出ている。全四巻なので長篇作品が抄録なのが不満だが、それでも江藤淳の魅力は一応わかるようになっている。なかでも一九六七年から「朝日ジャーナル」に一年あまり連載された「日本と私」を、読むことができたのは収穫だった。ただ編者の福田和也は、解題の結びに「江藤淳学弟　福田和也」と記している。私にはこの神経がわからない。三歩下がって師の影を踏まず、そんな言葉があったような気がするが、この福田の戦略的おもねりは、逆に侮りを示すものだ。他者を尊重するということは、そういうことでは断じてないはずだ。なにが「学弟」だ。だいたい、私は福田や大塚英志といった小太り評論家が嫌いだ。勿論コマシャクレ浅田彰も好きではないが、それよりも世間ずれしていると思えるのだ。「批評空間」一派の過剰に知的で心の狭い連中よりも、その分図太いのかもしれないが。

それはさておき、「日本と私」は、江藤淳が二年間のアメリカ生活を切り上げ帰ってきたのだが、住む家はなく、旅館住まいのあげくノミがわき、奥さんは蕁麻疹になり、借りた渋谷のアパートは異常渇水でしょっちゅう断水し「慶子を眠らせ、慶子の上にほこりふりつむ／ダーコを眠らせ、ダーコの上にほこりふりつむ」と三好達治の「雪」をもじるまでになる。それで千葉の市川に家を借りるのだが、これも取り壊される羽目になり、やっと牛込のアパートに落ち着くまでの顛末が描かれた、妻と犬を抱えた「坊ちゃん放浪記」だ。その基底には根深い父親との葛藤がある。この作品は、漱石の代表作のひとつである『道草』に通じるものだ。育ちのいい者も、その順路から逸れると大変なんだと思わずにはいられない。どん百姓の第七子など、はじめから流浪を余儀なくされるから、頼るものは元からない、その分気楽だ。どこで野垂れようとかまわないからだ。それでも、家の幻や母の影に引き戻される性根は変わりがないにしても。そんな話の途中に、一種異様な考えが挿入されている。

「家庭の幸福」があるわけではないが、そうかといって私に天下国家につながっているという手ごたえがあるわけでもない。ふしぎなことに「国家」は、日本に帰って来てからどんどん遠くに行ってしまうように思われるのだ。だがこの逃げて行く「国家」が、帰ってからたった一度だけ姿をあらわして私をつつみこんでしまったことがある。オリンピックの開会式のときだ。(中略)テレビに映っていたのは、九十四ヵ国を代表する運動選手たちが、自分の国の国旗をおし立てて国立競技場の貴賓席の前を行進する光景にすぎない。しかしその貴賓席には日本の君主がおられた。その人の前で、世界がそれぞれの旗を垂れて敬礼して行く。

この思い込みと擦り替えはいったい何だ。天皇を神と崇めようと、哀れな晒し者と見做そうと、個人的には勝手だ。しかし、天皇は「国家」の元首でも、「日本」の君主でもない。これははっきりしたことだ。天皇は現行の憲法の規定によれば「日本国民の統合の象徴」ということになっている。ここに江藤淳の錯誤がある。そして、この転倒と作為の認識は保守派に共通のものだ。

この列島の歴史を掘れば、天皇（家）は「日本人」を象徴するに足りないし、また、私の実存にとって空の一片の雲ほどにも気を惹きはしない。それがほんとうだ。だから私の考えでは、天皇が「象徴」という位相から降り、現行の内閣の承認などの国事行為から全て退き、宗教法人として納まるなら、格別不服はない。江藤淳は私的な奮戦にどうして歴史の虚像を密輸入するのか、それがわからない。勿論、外国の脅威などという虚構によって「有事法案」を作り、戦時体制を構築する反動政府の意図もわからないのだ。そうやって国家意志を捏造し〈主権在民〉を侵害して何をやるというのだ。それほど戦争がしたいのか？　それほどまでして国威を拡張したいのか？

（二〇〇二年六月）

「通りゃんせ」のメロディで

ぼやぼやしているうちに、締め切りがやってきた。最近読んだ本を挙げれば、『ブント書記長　島成郎を読む』、黒沢説子・畠中理恵子『神保町「書肆アクセス」半畳日記』、高野文子『黄色い本』、吉本隆明『老いの流儀』などだ。

それらとは別に、『詩の雑誌　ミッドナイト・プレス』の「よいこのノート」と宇多田ヒカルにケイモウされて、古谷実『行け！　稲中卓球部』を1から3まで読んだ。ハルノ宵子さんによれば『嗚呼！　花の応援団』に匹敵するお下劣パワー炸裂とあるから、マンガ好きとしては見逃す手はない。そこへテレビの歌番組で宇多田ヒカルが、パンダのゴーカートを欲しがり、稲中に出てくるんだと言っていた。そこで私も遅れに遅れて、古本屋で一冊百円で買ってきた。これぞ、男（の子）の純情。欲望に忠実なピュアな作品なのだ。稲中卓球部を勝利に導くために女子マネジャーの岩下は、大会で全勝すれば一年間有効のフリースケベ券を進呈すると言い出す。このカードがあれば、授業中だろうが、道端だろうが、駅のホームだろうが、どこでもHができるというものだ。欲しい。これは仲間内で「何とか券」を作って遊んだ女の子の普遍的な発想だ。そして、卓球部の前野と井沢は一度はやってみたい男（の子）

の願望、健康診断のドクターに化ける。タダで憧れのあの娘や澄ましたアイツのオッパイが見られるのだ。こんな素晴らしいことはそうあるものではない。しかし、事は成功し順調に運ぶのだが、だんだん「何かもうオッパイなんか見たくないなぁ、もしかしたらコレってけっこうつらい仕事なんじゃないの？」と前野は思うようになる。そうなんだよな、週刊誌のグラビアのヘアヌードだって、店頭でパッと見る分にはいいが、そのために買いはしないもんな。なんでも妄想に耽っているうちは楽しいが、それが現実化すると案外ゲンナリするのかもしれない。パンダのゴーカートは、部長の竹田と岩下がデートしているところに、前野と井沢が乗って登場する。デートを邪魔するために。ペーペーポーペーペポポー。

同じマンガの『黄色い本』の表題作は、「チボー家の人々」を読んだ体験を再構成したものだ。私は高野文子の『絶対安全剃刀』や『おともだち』の「春ノ波止場デウマレタ鳥ハ」はマンガ表現の最高達成のひとつだと思っている。しかし、今度の作品集は良くない。なぜなら、風俗は更新と循環をその生命としているから、レトロは成り立つ。でも、思想にはレトロはない。そこに失敗は露だ。いまさら「労働者階級の団結」だとか「インターナショナル」などと言って欲しくない。そんなもの、ソ連と東欧の社会主義国家の崩壊を思想的に総括し、それを超える〈構想〉が提出できない限り、〈復活〉はありえないのだ。高見順なんか持ち出すな。それだったら、稲中の下劣なギャグで、ありきたりのスポ根物を崩した作品の方が、通俗的であっても娯楽性と現在性に富んでいる。

『島成郎を読む』は、追悼文集だから回顧的になるのは当然だ。私は島さんから亡くなる直前に葉書を貰った。島さんの参加された『中央公論』一九六〇年四月号の座談会を『吉本隆明資料集』に載録したお礼で、「私にとっては、吉本さんとの初めての出会いとなったとても懐しいもので、今こうして、手許にあると嬉しい限りです。」とあった。たった一枚の葉書から、その人柄が伝わってきた。そして、何よりも〈独立左翼〉の地平を切り開いた島成郎の歴史的業績は失われはしないだろう。その意味でも歴史は後戻りしない。ただ、この追悼文集を読んで、みんな偉い人ばかりで、指導的なエリートたちが祭壇を作り上げているという印象をもった。反安保を闘った無名の学生や下部の大衆の声も姿も、ここには無いような気がした。勿論、そんなもの無くてもいいのだ。自称前衛組織や労組連合はいつも、それを喰い物に延命してきたのだから。

『神保町「書肆アクセス」半畳日記』は、快活な書店日録だ。巻末に「地方・小出版流通センター」の年表があり、一九九五年に二〇周年のイベントを開催している。これに私も遠く絡んでいる。勤めていた会社が参加したからだ。基調講演が吉本隆明だったことから、日共の女出版室長は箝口令を敷き、私に知られないように画策した。バカバカしい。姑息で卑劣。これがやつらの病理なのだ。

（二〇〇二年九月）

ヒルよ、降れ。―村上春樹『海辺のカフカ』

村上春樹『海辺のカフカ』を読んだ。読み物としては面白い。一気に読んだからだ。私の場合、難しい本やつまらない本は読み通すことができない。評価の第一基準は、読み通すことができたか否かにある。では『海辺のカフカ』はいい作品かとなると、首を傾げる。第一に、一五歳の家出少年や私立図書館の事務の大島などに、作者の陰影を被せ過ぎている。いまどきの少年が、漱石を殆ど読破し、六〇年代のジャズやロックにもそれなりに通じ、しかも肉体のトレーニングも怠らないなんて、おかしい。そんな変な少年は存在し得ないと思う。それに佐伯という図書館の責任者（実は少年の母親）が、少女時代に作った「海辺のカフカ」という曲が大ヒットしたとは、その歌詞からは考えにくい。それは図書館という知識の箱庭に、設定として作者が逃げ込んでいることに通底する。嫌いではないけれど、この囲いを破ることが作者の年来の課題ではないのか。一五歳の少年田村カフカを軸にした一方の作品世界は、総じて自家中毒の世界であり、それが中和されるのは第19章だ。馬鹿なフェミニストの二人連れが、愚にもつかぬことにイチャモンをつける所だ。言うならば、知の伝染病患者が口移しの譫言を振りまくことで、内閉された心の森に、別の病的な負性が掛け合わされ、まっとうな立像を構成している。ここには転倒したフェミニズムへの作者の反撃もこめられていることは言うまでもない。そして、この作品全体を貫いている作者の情況認識は的確だ。それが通俗的なミステリー小説と違う所であり、『海辺のカフカ』をノンストップで読むことができた主因であり、また多くの読者に迎えられる根拠だと思う。なんと言っても、ナカタ老人とホシノ青年は生き生きとしていて、その道中記が作品の魅力の中核だ。


「ナカタは長いあいだ海を見たことがありませんでした」

「そうか」

「最後に海を見たのは、小学生のときであります。ナカタはそのときエノシマという海岸に行きました」

「そりゃ、ずいぶん昔だね」

「そのころは日本はアメリカに占領されておりまして、エノシマの海岸はアメリカの兵隊さんでいっぱいでありました」

「嘘だろう」

「はい。嘘ではありません」

「よせやい」と青年は言った。「日本がアメリカに占領されるわけがないじゃないか」

わずか三世代の間で、話は通じなくなっている。これは一般的な情況なのだ。それをこの会話は浮き彫りにしているのだ。日本政府の首相の訪朝も拉致問題一辺倒の作為的な報道によって、日朝国交の端緒も、日本の朝鮮半島侵略の歴史的事実も、覆い隠されてしまっている。拉致と言ったって、昔から閉ざされた村落共同体の間では神隠しや人さらいは綿々とあったのであり、それが開かれるにつれて、社会的に不可避化し、都市への人口の流出となっただけなのだと言えば、袋叩きに遭いかねない。原因はもとより北朝鮮のアジア的専制にあり(日本にだって天皇家があるんだから)、そして、拉致を生む素地は国交の断絶による関係の閉鎖性にあることは自明だ。その突破口となる折角の機会を、まるで逆転させるミス・リードが専横しているのだ。それと拉致された当事者と家族の切実さとは自ずと別問題だ。その意味も含めて、ホシノ青年の警察はヤクザよりもタチが悪いという認識に深く同意する。また、ホシノ青年が旨いコーヒーを出す喫茶店で、クラシック音楽に開眼してゆく場面は身につまされるようだ。私だって、ナカタ老人のように空から魚やヒルを降らせてやりたい。しかし、この作品の主題である少年の〈父親殺し〉は、ほんとうに成就しているとは言い難い。それがこの作品の質を決定している。

少年が身を隠す高知の山中は、地理的に私の出身地近辺だ。重畳する山地には違いないが秘境ではない。あの辺りに地獄の釜を開けば別天地がある、なるほど。

(二〇〇二年十二月)

孤立を怖れるな

タマがまた喧嘩をした。頭部を掻きむしられ、三ケ所くらいハゲて掘れている。困ったものだ。タマは凶暴である（誰に似たんでしょう。わたし？）。雄猫で去勢している。私は玉無しになると、おとなしい猫になるものと思っていた。それははるき悦巳の「じゃりン子チエ」の影響によるものだ。あの漫画に登場する小鉄の秘技玉取りによって、片チンになった猫はことごとくオカマ猫になったからだ。ところが、実際はそんなことはない。タマはさすがに雌猫の尻は追っかけはしないが、家の周りをはじめとする自分の縄張りはきっちり守っている。それで侵入者があると、やみくもに突撃する。体重が六キロあり、妻が小さい時から木登りをさせて鍛えたから、身体能力は抜群である。庭で遊んで貰うのが最上の喜びみたいに嬉しがり、ウケを狙ってさまざまな芸をする。馬のように疾駆するのも芸のひとつだ。そんな猫だから、喧嘩をしても殆ど負けることはない。しかし、闘えば無傷というわけにはいかない。だから、生傷が絶えないのだ。

そのタマに私も襲われた（私達夫婦は7・6テロと呼んでいるが）。私は日雇い仕事から帰って、書斎に使っている部屋で仮眠する。タマも横で一緒に寝るのだ。これが実にかわいい。ところが、その日は余所の猫がガラス越しに覗いていたらしく、タマが怒り、その唸り声で眼をさました。私は余所の猫を追っぱらおうと、寝ぼけたまま硝子戸の所へ行った。シッシッと追っぱらったのだが、興奮したタマは、なんと私に襲いかかってきた。足に爪をたて、何発も攻撃してきた。驚きと痛みで、血を流しながら這うようにして台所へ逃げた。そこで倒れ、妻の助けを呼んだ。傷は深く、生まれて初めて点滴に通院することになったのである。その後、タマはオヤジをやっつけた自信からか、より態度が太くなった。それでも、報復の空爆には出ず、リストラ追放もしなかった。私にとって、タマは憎たらしくも愛すべき猫なのだ。しかし、タマはどうも私を大型の同類と思っている様子で、いつか私を駆逐し、妻の寵愛を独占する魂胆なのかもしれない。だから、決して油断はできない。タマはテレビを見ることがある。動物の出てくる番組が好きだ。小鳥などが映っていると、テレビの上に乗り、覗き込んでパンチを加えるのだ。

テレビといえば先日、宮崎駿の『千と千尋の神隠し』が放映された。これがひどい出来のアニメで、こんなものが観客動員数で史上第一位、数々の映画の賞を受賞しているなんて、信じられない。いったい世の中はどうなっているんだと思ってしまった。『風の谷のナウシカ』『天空の城ラピュタ』『となりのトトロ』に較べても、問題にならないくらい質が落ちている。この作品をリードしている理念は反動そのものだ。労働の美化からエコロジー賛美に到るまで。テーマパークの廃墟で、声をかけても誰も出てこない店の物を食べただけで、豚になるなんていう設定は、飽食批判にしても度が過ぎている。それだけで反革命だ。同じ豚という表象でも『紅の豚』とは全然意味が違うのだ。この作品には、この市民社会でおよそ「善」とみなされている通俗性は全部出揃っている。『もののけ姫』は『ナウシカ』の再版（構成といい、展開といい）であり、『千と千尋』は『ラピュタ』の海賊団の女ボスや機関長の人物像をそのまま踏襲しており、何の新味もないばかりか、いたるところパクリだ。自己模倣は質の低下につながり、堕落は頽廃の域に達している。こんなものを否定できないマスコミや世間に、私は少なからず恐怖のようなものをおぼえる。いいと思ったものをいいと言い、駄目なものを駄目だとはっきり言えないならば、批評なんてないのだ。

よしもとばななの『ハゴロモ』はいい。川を背景にした土地の地霊と心のリアリティに裏づけされているからだ。

（二〇〇三年三月）

鎌倉諄誠の遺志

手を縛られて
ひとが流れる
メコン川

（「一九七〇年四月」）

鎌倉諄誠が亡くなった。鎌倉諄誠は、六〇年反安保闘争以来、高知県の独立左翼運動の中心的な存在であり、『共同行動通信』『同行衆』『同行衆通信』を主宰してきた。近年はサンゴ工芸品の販売の仕事をしていて、全国を渡り歩いていた。四月一二日の未明、島根県のホテルの廊下で倒れ、病院に運ばれたとのことだが、帰らぬ人となってしまった。死因は心筋梗塞、六五歳だった。

鎌倉さんは六九・一〇・二一の新宿騒乱で負傷（一児の父であり、内臓破裂にも拘わらず完全黙秘を通した）。療養しながら、高知大学の学生運動や反戦青年委員会の指導的な役割を担っていたのだと思う。当時高校生だった私も二、三度お会いしたことがあった。ある日、あぶれていた私は鎌倉さんを訪ねた。昼間に自宅へ行くのは初めてだった。鎌倉さんは家の改築をしていて、階段を付け替えるので手伝ってくれませんかと言った。とりとめもない身の上話をしながら手伝った。状況的な話題は全く出なかった。そのさりげない雰囲気と人柄に魅了された。この日を境に、私は二〇年以上足繁く鎌倉さんの元に通うことになったのである。

『同行衆』の創刊は七二年だ。鎌倉さんはそれを拠点に詩と情況論を書き、その一方で後退戦を展開した。八〇年から『同行衆通信』を発行。Ｂ５判三二頁の藁半紙に印刷した粗末な物だったが、確実に読者を獲得していった。私がタイプを打ち、鎌倉さんが印刷し、発送作業は私がやった。そして新たなメンバーに引き継がれた。昔、一つの運動から思想家や文学者が生まれるのは恥だと書いた人がいたけれど、私はそうは思わない。一つの運動や闘いの意味に固執する人がいることは、それだけで何かだ。マルクスだって、パリコミューンの意味を考え抜くことで、その思想を形成していったのではないのか。鎌倉諄誠という一人の思想者を持ったということは、この地で六〇年代からの反体制運動に関わった者にとって、心の道標であり、体験の意義とその慰撫をなすといっていい。真の戦士は市井の片隅にひっそりと立っている。

自転車ではしるおんなはいいな
はしることをおさえた少年が
爪先で地面をつかんで歩きはじめるように

眠りはじめた風よりももっとかるく
過ぎさった思い出のうぶ毛よりももっとやわらかく
髪がはしる
車が流れる
衣裳がはしる
街並が流れる
おんながはしる
いっさんに
燦々と風景をひるがえし
自転車ではしるおんなはいいな
紅潮した頬と
すれちがいざまに傾いていくものの
するどい角度のなかで
自転車のおんなは
直立している

（「自転車ではしるおんな」）

九・一一同時多発「テロ」後、アフガニスタン空爆、イラク侵略戦争と米英の世界戦略とハイテク攻撃を、そして日本の惨状を見せつけられた。日本の戦後過程は、それが国家意志として表現される時、全てが負性に転化することを露骨に示した。日本が嘗てアメリカ（連合軍）と戦争した歴史さえ無かったことにして、自らを欺き追従したのだ。この「国」は救いようがない。国家意志の捏造と高度管理支配に立ち向かうには、あらゆる場所で〈国家と権力の無化〉を志向するしかない。これは困難な不断の闘いだ。鎌倉諄誠は敗北と挫折の中から言語表現に執着するかたちで、内向する思索を持続してきた。それは武器も組織もない闘いだった。権力に屈服せず、よく生きること。それが彼の信念であり、不滅の遺志なのだ。

（二〇〇三年六月）

「両村上」以降へ

片山恭一の『世界の中心で、愛をさけぶ』を読んだ。片山恭一を知ったのは雑誌『試行』第六七号に掲載された「猶予される時間―ジャック・デリダと死」という評論だった。福岡在住という片山と、関門海峡を挟んで松本孝幸が同じ時期に現れた。二人とも一九五九年生まれで、これに詩誌『ゴクウ』の岩木誠一郎らを加えると、この年代はやるんじゃないかと思わせる。片山は一九八六年に『文学界』新人賞を受賞し作家デビューを果たしている。しかし、私は片山の小説を読んでいなかった。今回初めて手にした。

『世界の中心で、愛をさけぶ』を読んで、テレビの恋愛ドラマみたいだと思った。作品の最後の「手の込んだ作り話」という自己評価は的確だ。べつに「作り話」だから駄目だと言いたいわけではない。漱石の『行人』は作り話だ。しかし、作者漱石にとっては抜き差しならない宿命的課題だった。世界への違和と異性の不可解さを、作品展開の中で解こうとした。それが、一郎がお直と二郎を和歌山へ赴かせることになる動因なのだ。そこでは、もはや『行人』は作り話とは言えない。

『世界の中心で、愛をさけぶ』は、あきらかに村上春樹を意識した作品だ。中上健次や村上龍が大江健三郎を越えようとしたように、片山恭一は村上春樹を越えたいのだ。しかし、朔太郎とアキの恋愛が、朔太郎の一枚のリクエスト葉書のいたずら書きの予言に従い、アキが白血病になり死に至る設定と、朔太郎の祖父の成就しなかった恋愛の説話は、手の込んだ作り話でしかない。かつて、吉本隆明は「恋愛は論じるものではなく、するものだ」と看破した。それと同じように小説は、愛の意味を説くのではなく、愛を描くものではないのか。そこでいえばこの作品は、月並みなテレビドラマの役者のように、愛を演じているようなわざとらしい文体的な疎隔から免れてはいない。この作品でほんとうに地に着いた小説になっているのは、新しい恋人とおぼしき女性と思い出の場所を再訪し、アキの骨を撒く第五章だけだ。こんな感想を連ねるからといって、全面否定しているわけではない。作品と作者の間に空隙があると言いたいのだ。

貧血がつづいているため、アキは青白い顔をしていた。あいかわらず輸血も受けていた。髪はほとんど抜けてしまっていた。

「人の死にも理由があると思う?」ぼくはたずねた。

「思うわ」

「ちゃんとした理由や目的があるのなら、どうしてそれを避けようとするんだろう」

「まだわたしたちが死をうまく理解できていないからよ」

死とエロスは不可分だ。片山は〈死〉という主題に拘っている。この拘りは貴重である。なぜなら、私はモチーフを持たない作家は、ただの物書きとしか思わないからだ。ただ、そこから作品という現実へいかに馳せ下り、恋愛の甘美さや愚かさ、その生命力を描き切ることによって、世界へどう駈けのぼるかが問題なのだ。固有の文体をもつことが作家の確立であるとするなら、そこに片山が「両村上」以後の地歩を獲得できるかはかかっている。

テレビドラマをひきあいに出したので、ついでに言えば、いま面白いのは『すいか』(日テレ系)と『ウォーター・ボーイズ』(フジ系)だ。特に『すいか』は三軒茶屋の賄い付きの下宿屋を舞台に、大島弓子の漫画のようなセンスの良さと夏休みの絵日記みたいな雰囲気を醸し出していて、近年稀に見る優れた作品だ。

情況はひどい。わかりきっていたこととはいえ、日本共産党の天皇制肯定、自衛隊の容認等の党綱領の転換は、現状と権力への屈服と迎合を意味するものでしかない。口先ではアリバイ的言辞を弄しても、組織を賭けて闘う気などまるでないのだ。ほんとうに自己批判するなら、大衆に対してなされるべきなのだ。

(二〇〇三年九月)

エヴァ世代の登場！

田中エリスの『かわいいホロコースト』は痛快な詩集だ。

（1）ポストモダンは、その残党の減らず口が、私に見逃されると思ってはならない。私は、彼らが全てを失う前に、哲学、芸術及び全ての思想行為から速やかに退くよう忠告する。

（2）私は、ポストモダンが煽動する優位ゲームに加担することをやめるよう、その残党、特に分析屋や子羊屋に対してメッセージを送ったが、もしそれが十分でないというのであれば、更に分からせる用意がある。

（「インコ・カイカイ幹部によると見られる声明」から）

その通り！　ポストモダンの残党どもは、表面的にはポストモダンを批判するポーズを取りながら、空疎な知的優位ゲームに戯れているだけだ。柄谷行人や浅田彰といったスターリン主義の末裔に今更何の用があるというのか。さっさと退場する以外に、どんな場面も用意されていない。勿論私などよりも、田中エリスのような新世代が駆逐した方がいいのだ。更に言えば、この詩集の森岡正博の解説も別物ではない。ありきたりの言説にしかなっていないからだ。そもそも「萌芽」だの「育ったとき」だのと留保をつけるのがナンセンスである。この詩集はこれでいい。充分に自立したひとつの世界を獲得しているからだ。明日は明日の風が吹く。心配するのなら、まずわが身の転落の様を想起すべきなのだ。

闇に浮かぶ信号機は赤くはやく点滅して、
「朝になるまで青に変わるつもりはない」と答えた。
空っぽの鳥籠の中で、
インコをでっち上げることはますます困難になってきた。
大きく息を吸い込んでも、潮の香りはしなかった。
夜風は、私の長い髪を雑に撫でた。

（「プレ・インコナイト」から）

田中エリスは、インコという表象にじぶんを封じ込めることで、浮遊と閉塞の現在に、迂回路を選んでいるといえるだろう。それが対抗意識を大きく内包させることにつながっている。ここでは、当然フェミニズムはその選択肢から除外されている。彼女の実像をもっとも現している作品は「インコ学士の学園生活」なのだが、その中で「上空は横田基地への米軍機の進入路だった」と歌われている。ここにたぶんに影響を受けている『新世紀エヴァンゲリオン』の綾波レイやアスカの像を重ね合わせると、自己像の屈折の中に、自ずとこの詩人の姿が浮かび上がってくるはずである。「使徒、襲来。エヴァ、覚醒」が座右の銘であろうとなかろうと、うちのパパもママも、まだパパでもママでもなかった以前から、世界は疲弊してそこにあった。そこでは、内と外に向けてインコを創出する作為は、避けがたい異化作用なのだ。勿論、作者はインコに全面的に自己同化しているわけではない。その明滅と、タニシやエビといった別系列の表象が、内部の葛藤の写像である。

私は今、鎌倉諄誠の詩集『水の武装』（一九六八年）の復元作業をやっている。ベトナム戦争、大学闘争、七〇年安保等の反体制運動を時代背景にした鎌倉詩集は情況へのアジテーションと決意の詩集である。無名の戦士は影の戦場を目指す。

それと田中エリスの純情と屈折はある同位性を持っていると思った。いまやアジ詩や思想詩は「ナンセンス詩」としか言われなくなっている。それが悪いとは思わないが、象徴の転換は始まっているのだ。中島みゆきが「地上の星」という擬応援歌を唄うことによって完全に昇天した。それは露骨な国策番組たる『プロジェクトX』の主題歌だから言うのではない。歌番組で女優の杉田かおるが言い放ったように寄せ集めのメロディ、創意の喪失が天上へ取り込まれる契機なのだ。過剰な北朝鮮の敵視やイラク派兵や迎合性へのシンボル転換に対する、この詩集は「否！」の一撃でもあるといっていい。

（二〇〇三年十二月）

埴谷雄高『死霊』を読む

埴谷雄高（一九一〇〜一九九七）の半世紀をかけた畢生の力作『死霊』。私は十代の終り頃、第三章までを読み、第五章以後、それが発表されるごとに読んできた。そして、文庫本になったのを機に、あらためて読み直した。『死霊』は真善美社から第一巻が刊行された時に「五日間の事件を全十巻の大著に亙ってダイナミックに展開する」と謳われているから、巷間では未完であるとも言われているが、通読して、規模は縮小されているけれど完結していると思った。

はじめに不快ありき、これがこの作品を貫くモチーフであり、それが恐るべき迷蒙と転倒の源泉である。ここにはひきこもり青年たちの観念の極限化と戦前共産党の地下活動の暗部が描かれている。そして、三輪与志と津田安寿子のプラトニックな恋愛を基調にした特異な青春小説だ。その裏には兄三輪高志の破局の愛の物語もある。純化された観念の果てしないやりとりが、思索を強要し、読む側も白熱する。その意味では傑作といえるだろう。だが、それは第六章までで、第七章「最後の審判」で大きく躓いている。ここでの「食物連鎖」と「生殖連鎖」の否定と弾劾は不毛だ。わが子と他の子の間に愛の差別があるなどと述べているが、そんなこと当然で、その差別こそが愛情なのだ。黙狂の矢場徹吾の頭蓋の観念を異母兄弟の首猛夫が夢に見るという構成を採っているため、愛すべき俗物津田夫人のような私達への通路はなく、ここで弾劾されるイエスにもサッカにも一言の反駁の機会も与えられていないし、反応の挙動すら塞がれている。そのためイエスとサッカの像は痩せ細ったものでしかない。ほんとうは、聖書のイエスよりも啓示に満ち、サッカの東洋的な無の境地を凌ぐ虚の響きが求められたのだ。この章で展開されている全ての議論に反論することは容易である。愛の差別を唱えながら、一方で思索する者と思索しない者の「型」の差別は、いっこうに突き崩されていないばかりか、戦前の共産党のリンチ事件に、あたかも革命運動の暗黒があるがごとく、さも重大なことであるように第五章「夢魔の世界」で高志の告白を描いているが、私達はそれを愚劣の神話として一蹴する現在的地歩をすでに獲得しているのだ。そんなものに何の意味もない。リンチが愚劣なら、党も愚劣であり、前衛という知的思い上がりも愚劣だ。そんな場面を荘厳に仕立てあげるのは、思索者の優位という差別意識を作者が拭い切れないからだ。この場面は、ヤクザが裏切り者を殺害し簀巻きにして河へ遺棄する行為と変わるものではない。警察へのタレコミは死に価するという鉄則など、それこそヤクザと密教組織の共通の病理でしかない。私はここで断言してもいい。どんな酷薄な情況になろうとも、スターリン主義残党と野合することはない。その意味では『死霊』は、未来への志向を開くものではなく時代思潮の限界を表示するものだ。大体、旧態左翼は資本主義の否定と揚棄を標榜しながら、やっていることは資本主義のルール以前だ。資本主義の典型の企業でさえ、その利潤追求を阻害し損失を与えたとしても、その制裁は解雇であり、刑事告発以上ではないのだ。それが仮に社会的な死を意味したとしても、直接手をくだす事との間には千里の径庭がある。いや、そうではない、暗殺やテロや戦争の政治暴力の問題だとするなら、それは権力奪取ではなく、権力の解体と解脱の問題なのだ。

もう一つ難癖をつければ、「生殖連鎖」を執拗に弾劾しておきながら、女性におもねっていることだ。そこに作者のやみがたい事情があるにせよ、ただ女性に好かれたいだけにせよ、滑稽の誇りを免れないだろう。でも、誤解しないでほしい。どんなに批判しても、私は『死霊』という作品が嫌いではない。第四章「霧のなかで」の与志と尾木恒子のやりとりや、第六章「愁いの王」の河の中の情景はこの作品の陽の部分であり、陰鬱な雰囲気と思索の深みに底光りするもの。それは作者の意に反するかもしれないが、人間も捨てたものではないと深く思わせる。それがこの作品をリードする生命力だといっていい。

（二〇〇四年三月）

初夏の匂いに

赤い月が落ちて来るよと　海が騒ぐ
誰も帰って来ないよと　風が騒ぐ
ガジュマルの木の下で　今宵待ちぼうけ
ボクの心は少し　悪酔い気分

今通り過ぎた野良猫の　足音さえも
聞こえて来るよな　張りつめた気持ち
キミは今どうしてる　飛んで行きたい

赤い月とデイゴの花を　夜空にならべ
誰も帰って来なくとも　朝まで見ていよう
ガジュマルの木の下で　今宵待ちぼうけ

ボクの体は一人　珊瑚の石垣

遠藤ミチロウの哀切な「我自由丸」という歌を聞いていると、沖縄へ行ってみたいなと思う。沖縄は遠いというよりも、もうずっとひきこもりっぱなしで、どこへも行かない。根石吉久さんの自作の家が完成したら、信州へ行く約束をしているのだが、いまだにその約束を果たすことが出来ずにいる。時間は作ることができるはずだ。路銀だってたぶん工面できないはずがない。なのに、腰があがらない。信州に限らず、東北にも一度は行きますからと言ったものの、それから、もう二〇年以上が過ぎている。仕方がないから、詩でも歌えばいいのだが、詩も無いのだ。

実家にも帰っていない。もう九〇歳を越した母がいるのに、見捨てている。七人兄弟だから、わたしだけの母ではない。そう思っても何の言い訳にもならない。村は廃れ切り、半分以上は廃屋になっていて、山の畑は桑の木の大木が生い茂っている。米に麦、黍にさつまいも、なんでも作っていたが、最後は養蚕だった。そこへ中国産の安価な生糸が入って来て終わりだ。どこの家ももう作物を転換する財力も、畑の桑を掘り起こす労働力もなかった。土葬の風習さえ維持できなくなっていたのだから。

桜が散り、葉桜の頃となった。野辺は初夏の匂いでいっぱいだろう。

実家は長兄が継いでいるけれど、長い間隧道工事で全国を渡り歩いたせいで、肺をやられて、入退院の繰り返しである。親子ほどに年齢が離れているから、殆ど共通の話題はない。それでも、酔えば歌が出る。

サア　君は野中のいばらの花か（サア　ユイユイ）
暮れて　帰れば　やれほに　ひきとめる
マタ　ハーリヌ　ツンダラ　カヌシャマヨー

サア　嬉し恥ずかし　浮名をたてて（サア　ユイユイ）
主は　白百合　やれほに　ままならぬ
マタ　ハーリヌ　ツンダラ　カヌシャマヨー

長兄がもっとも好んで歌うのは、これである。どうして「安里屋ユンタ」なのか、聞いたことはない。もともと南方系で、その旋律に郷愁を誘われるのかもしれないが、じぶんがどこにいて、誰なのか、もう正体を失って、わからなくなっているのだ。

スターリンというロックバンドのボーカルだった遠藤ミチロウは、歌うことをやめなかった。それが立っているということだ。私は本屋へ行っても読みたい本はなく、レコード屋へ行っても買うＣＤはない。幽霊みたいなものだなと思う。

もう自分には夢の無い絵しか描けないと言うなら

塗り潰してよ　キャンバスを何度でも
白い旗はあきらめた時にだけかざすの
今の私はあなたの知らない色

宇多田ヒカルの「ＣＯＬＯＲＳ」だ。なにごともあきらめたら、最後だ。日本政府のアメリカのイラク占領への加担とそれにともなう動きにも、目を閉ざすことなく批判しつづけることが大切だと思う。

（二〇〇四年六月）

猛暑の最中に

暑い。とにかく暑い。今年は梅雨は殆ど無く、連日、日中は真夏日、夜は熱帯夜の連続で、ぼう〜として、なにも手につかない。南国土佐にふさわしい夏だ。完全に煮えている。ところが、新潟、福島、福井といった東北北陸方面は集中豪雨にみまわれている。会津の安西美行さんの便りには「町から十五分の只見川ぞいにあるおみやげ屋さんは水没して屋根だけが見えていました。増水の早さを誰も予想できなかったそうです」とあった。豪雨から三日後に出された手紙なのだ。うちも過去、床下浸水１回、床上浸水１回経験しているが、何日も降り続いたすえの浸水だったので、溺れる心配はなかった。しかし、後始末は大変だった。災害はいつも不意打ちである。

とにかく暑いので集中力を欠いている。なにを書いたらいいのか、わからない。こうなったら緊急避難的に、手近にある本を取りだし、なにか書こう。『文藝別冊　吉本隆明』に鶴見俊輔の「吉本隆明への道」というエッセイがあり、それで、鶴見俊輔は「戦後論壇の歴史に吉本の果たした大きな役割に、私がここでふれる用意はない。おおざっぱに言えば、丸山真男に対してしかけた論争については、一部の理を認める。花田清輝に仕掛けた論争については、それほどの理を認めない」と書いている。吉本と鶴見とは、ほぼ同世代で、それぞれに戦後の思想をリードして、現在まで歩んできた。いわば好敵手とでもいう関係と距離にあるといえるだろう。その鶴見が、吉本が花田に論争を仕掛けたというのは、明らかな間違いである。吉本隆明と武井昭夫の「文学者の戦争責任」論に対して、当時の日本共産党の主要な文化イデオローグの一人であった花田は、横槍を入れるような形で接近し、それを左翼反対派的に取り込み、問題を横流ししようと画策したのである。ところが吉本が、そんな懐柔策や「記録芸術」の組織工作に乗らないとわかると、吉本への排撃を開始したのである。「理を認めない」もへちまもない。先に仕掛けたのは花田であり、組織を背景にした政治的攻撃に対して、吉本は非妥協的に応戦したのだ。そんなことは、「芸術運動の今日的課題」（一九五六年）という座談会や、二人の論文を読めば歴然としていることだ。鶴見のような同時代を生きてきた者が、事を「おおざっぱ」にするから、戦後思想は無為に帰し、すべては昔話になってしまうのだ。鶴見俊輔はいまでも日本共産党の支持者として選挙ビラなどに顔を出すことを辞めていないが、吉本は左翼陣営とか反体制派ということで、融合することは有り得ない。それが二人の決定的差異なのだ。

同じ『文藝別冊』に掲載されている呉智英と佐藤幹夫の対話など一知半解の駄ボラを並べたものにすぎない。「『吉本―花田論争』は、私が大学に入る（一九六五年―引用者註）少し前に始まり」だって、「これまで旧来の進歩的文化人を批判していた吉本隆明が、突如として『言語』を語りだした」だって、嘘ばっかり言うな。吉本の著作をまともにたどっていれば、こんなデタラメが出てくるはずがないのだ。だいたい呉智英は「ガロ」の界隈に出入りし、漫画雑誌の埋め草記事を書いて、小遣いかせぎをやっていたのであり、それがいつの間にいっぱしの論客づらをするようになったのか。わたしは知っていない。白土三平の漫画『ワタリ』を持ち上げるようなバカなのだ。『ワタリ』については、白土の作画を手伝っていた楠勝平ですら「ご都合主義だ」と批判したほどなのだ。ふつうにいえば、白土の代表作は『忍者武芸帳』であり、『サスケ』となるはずだ。呉よ、佐藤よ、図に乗るな。必要となれば、いつでも勝負してやる。これがわたしの暑気払いである。

（二〇〇四年九月）

「全部、小泉が悪い！」

原油価格の上昇で、物価がじりじりとあがっている。低所得者にとってデフレ傾向にあった経済状況は、なんとか超低空飛行で凌げるものだった。ところが、物価が上がると、一層苦しくなるのは明らかだ。その原因は、言うまでもなくイラク侵略戦争の泥沼化だ。アメリカ・ブッシュ政権は、有りもしない大量破壊兵器を口実に、敵対国家の粉砕と石油資源の強奪をもくろみ、イラクを侵略した。しかし、彼等の誤算は、フセイン政権を打倒すれば、イラクを支配下に置けると錯覚したところにあった。イスラムの民衆を甘くみたのだ。そのツケが原油価格の高騰というかたちではね返ってきたのである。従順に尻尾を垂れ追従する日本のようにはいかない。日本は負けた恨みを、せいぜい心理の陰影に反映させ、別の形の意趣返しを陰湿に思い描くだけだ。それが極東アジアの精神形態のひとつである。アメリカの属国になりさがった小泉内閣の下にある以上は、ブッシュの世界戦略の誤算のツケを背負い込むのは当然かもしれない。しかし、それに加えて、台風・地震と災害がうちつづくと、おもわず「全部、小泉が悪い！」と言いたくなる。ブッシュにゴルゴ13を差し向けろ。小泉にケンシロウの鉄拳を、というのは漫画の読みすぎにしろ、そんな思いがよぎるのも確かだ。だが、この発想も、蒙古襲来に際して神風が吹くのを祈祷する逸話と変わるものではない。そんな気休めを抜け出すには、徹底した批判の行使しかないのだ。

政府やメディアは、北朝鮮や中国に対して、虚実織り混ぜて、内政に干渉し、旧い侵略史観を復活させようとしている。国家間の利害の対立は国家が存在するかぎり無くなりはしない。そこで自国の権利を主張することは、歴史的現在性として成立する。しかし、他国の体制や内情を扇情的にプロパガンダすることは、侵略意志の現れでしかないのだ。仮に北朝鮮が核兵器を保有したところで、せいぜい威しとしての効果があるぐらいで、実際それを使用することなど不可能なのだ。そんなことはわかりきったことだ。二言目には核の脅威などという大江健三郎みたいな被害妄想の患者は別にして。核拡散防止条約などアメリカやロシアといった大国の覇権主義の産物であり、自国の核兵器を削減・廃棄するつもりもないくせに、世界を枠づけしようとするものでしかない。日本政府も本音では北朝鮮など恐れるに足りないと思っているくせに、空騒ぎで、大衆を騙して国家権力の強化を策っている。虚像や影に怯える必要はない。そんなことより、日米地位協定の見直しをやり、アメリカ軍の全面撤退を実現する方がアジアの解放への近道なのだ。それを本気でやる力も意志も無いくせに、卑屈にもアメリカに追随し、北朝鮮や中国に干渉するのは身の程知らずというものだ。左右の無能のツケはここでも大衆にまわってきている。断るまでもなく、私は北朝鮮を擁護するつもりなど毛頭ない。人々は貧困にあえいでいるのに核開発などにうつつをぬかし、その政治体制のひどさは脱国者があとを絶たないことでも知れるからだ。中国に関しても天安門の大弾圧を私は忘れていない。人々は国家の荷重を引き受ける義務はない。日本が戦前へ逆戻りしたら、見切りをつけて海外避難したっていいのだ。それが特権的であっても、非難すべきではない。それが戦後の最低部分における意義だと私は思っている。情況を読むことも、本を読むことも、私にとっては等価になりつつある。

「のび太くんの部屋のふすまの前で、ふたりは漫画を読んでいるの。にこにこしてね。そのあたりには漫画がてきとうにちらばっていて、のび太くんはふたつに折ったざぶとんにうつぶせの体勢でもたれかかって、ひじをついていて、ドラえもんはあぐらをかいて座っていて、そして漫画を読みながらどら焼きを食べているの」（よしもとばなな「デッドエンドの思い出」）

小さな時計に描かれた「ドラえもん」の場面を語ったものだ。こういうことを大切にすること、それが時代の動向に屈しない日常の質だと思う。

（二〇〇四年十二月）

私の漱石体験など

日本の明治以降で、最大の作家は夏目漱石だと思います。西欧志向が強く、外国文学を尊重する人は、あるいは森鴎外の方が重要であると言うかもしれませんが、じぶんの文学体験に照らして、もし、夏目漱石の小説に出会ってなかったら、ほんとうの意味で、本を読んだり、ものを書いたりすることはなかったのかもしれません。

わたしは子供の頃からマンガが好きだったのですが、いわゆる「本好き」では全くありませんでした。それが、時代のさまざまな契機によって、本を手にするようになりました。その中に文学書も含まれていました。いまでは、最初に漱石のどの作品を読んだのか、はっきりと思い出すことができませんが、二十歳前だったと思います。『吾輩は猫である』から『明暗』にいたる主要な作品を夢中になって読みました。

『吾輩は猫である』の始めの方の社会諷刺や人物描写は、滑稽でギャグマンガにも通じるものがありました。また、『坊っちゃん』は、学校や教師を痛烈に批判していて、坊っちゃんや山嵐の痛快な活躍ぶりを熱血マンガのように昂奮して読みました。『三四郎』は、こちらも青春の真っ只中でしたので、女性への淡い思いや友人との交流など、痛切な共感を覚えるものでした。そして、『それから』『門』『行人』『こころ』『道草』と読み進んでゆくうちに、しだいに深みにはまっていったのです。

そこには、大いなる憂鬱を抱え込んだ作家としての漱石がおり、その渦巻く問題意識と資質を、小説の中に投入し、人生の真実に迫るリアルな世界を築きあげていました。これこそ本物だと思わせる作品の力と、本質的な作家は、時代を超える貴重な存在であることを、わたしのなかに深く刻み込んだのです。

この漱石体験がなかったら、文学、言い換えれば本の世界に、持続的な関心を寄せていたかは怪しいかぎりだと、じぶんでも思っています。

夏目漱石に関する評論や研究などは、溢れるほどたくさんあります。言うまでもなく、それだけの魅力とスケールを漱石が持っているからです。その中でも、優れたものは江藤淳の『夏目漱石』と『漱石とその時代』ではないかと、わたしは思っています。その江藤淳の著作に匹敵する、画期的な漱石論が、この夏、登場しました。

吉本隆明の『漱石の巨きな旅』（日本放送出版協会）です。これは、最初にフランスで発表され、今度初めて本になったものです。この作品は、漱石の二つの旅、即ち英国留学と「満韓」の旅の意味を追跡し、作家漱石の核心を解明したものです。これに同じ著者の『夏目漱石を読む』（筑摩書房）を合わせれば、まさに江藤淳の漱石論と双璧をなすのではないかと思います。

それにしても、作家やその作品に対する世間の遇し方はいろいろで、おもしろいものがあります。たとえば『坊っちゃん』は、愛媛県の松山を舞台にしていますが、作者は決してその土地を誉めてはいませんし、主人公もそこが居心地が良いとはちっとも思っていません。むしろ嫌っているといった方が正確です。それなのに、『坊っちゃん』は地域振興に活用されています。また、作中の「マドンナ」は、憧れの女性の代名詞のようになっていますが、その内実は、明瞭ではありません。最後に山嵐が「かの不貞無節なる御転婆」と痛罵していますが。こんな世間の扱いを漱石が知ったとしたら、微苦笑するでしょうか。それとも、癇癪を破裂させるでしょうか。

（二〇〇四年八月）

愛敬浩一『詩を噛む』

私はこの本、愛敬浩一の詩論集（詩誌の時評が中心なのだが）の書評をする資格はないのかもしれない。なぜなら、私は、この十年、一篇の詩も書いていないばかりか、詩をあまり読んでいないからだ。一般詩誌だって、殆ど見ていない。そんな私の所へも、ありがたいことに詩誌を贈ってくださる人がいる。それを思いつくまま挙げると、『ゴクウ』『銀猫』『ＢＩＤＳ』『すてむ』『らら』『ガーネット』『ＯＮＬ』『ｃｏｔｏ』『ぺらぺら』などだ。このうちの半分以上の詩誌に、愛敬浩一は、この本のなかで言及している。それで共通の地盤ができるかというと、そんなことはない。愛敬浩一は私と違って、真面目に、そこに発表された作品と向き合い、しっかり受け止め、それを一般読者へ「中継」しようと、真摯な努力を傾けている。だらしない私などにマネのできることではない。

例えば、『週刊読書人』で「同人誌評」をやっている白川正芳などとは、その態度において全然違うのだ。白川の時評は一度読めば、それが片手間仕事で、本気でつき合っていないことが立ちどころにわかる。まっとうに相手する気がないのなら、そんな仕事を引き受けるなと言いたいところだが、私は娑婆の仕事を無難にやることを、決して悪いことではないと思っているので、そこでブレーキがかかる。

ただ、詩が、一般的に関心を惹かなくなった原因のひとつには、自分の詩は読んでもらいたいのに、他人の作品には無関心という人が多く、閉塞感を生んでいるような気がする。そこで、少なくとも詩人たちは、ここで愛敬浩一が払っている労力に応ずるように、この本と向き合ってみるべきなのだ。それが遠い対話のはじまりだ。

こう書くと、おまえ自身が詩から遠ざかっているくせに、なにを正論めかしたことを言ってるんだと、私の中の反乱分子が黙っていない。

そうなのだ。谷川雁が言ったように「この世界と数行のことばとが天秤にかけられてゆらゆらする可能性」や、吉本隆明が言うように「ぼくが真実を口にすると　ほとんど全世界を凍らせるだろう」というようなものが、〈詩〉であるとするならば。さらに、それを拡大していえば、近年この世界に描かれた、最も衝撃的な〈詩〉は、アメリカ同時多発テロのほかにはない。

これを〈痛切な詩〉と思わないものを、おれは〈詩人〉と認めないと、私のなかの〈詩〉は主張して止まない。そこでいえば、中東湾岸戦争に際して、それを対象に詩を書いたけれど、今度のテロに関してはなどと戯れ言を言っている藤井貞和や福間健二みたいな連中とは、思想的に相容れないのだ。

もし、私がパレスチナの住民だったら、資質からいっても、心情からいっても、まっさきに自爆テロを敢行しているだろう。また、アフガニスタンに住んでいたら、あの空爆に際して、アルカイダの兵士を志願していたかもしれない。そんなものは仮定にすぎないし、おまえの〈妄想〉だと言われれば、その通りだ。しかし、そんな〈妄想〉に苛まれているのも事実だ。私はそんな〈妄想〉が嫌だ。おのれの臆病と卑怯さを物語っているからだ。それよりは〈難民〉になることを選べ、それがおまえのコンプレックスを越える道であり、それが思想の力なのだ。そう、私の〈詩〉は迫る。

ところが、私よりも、はるかにひどい〈妄想〉に耽っている連中がいるのだ。ありもしない「有事」などというものを想定し、戦時体制を構築するために、法案を提出し、国会で審議している。完全にイカレているのだ。日米安保条約の下、アメリカの世界リードの戦略に従属し、いったい何を錯覚しているのだ。みよ、朝鮮半島は南北の対話が始まり、台湾との交流はより密になり、中国は巨大な市場として広がり、中国からは廉価な製品が流れ込み、交易は激しさを増している。そして、ワールドカップの日韓共同開催だ。この東アジアの現状に水をさし、どうして歴史の展開に逆行する必要があるのだ。「有事」などという虚構に引きずられるな。もし、そういう主題を考えたいのなら、日本の戦争と敗戦を思い浮かべてみるがいい。そこには虚勢と裏切りと自虐が渦巻いている。国家は抑圧の表象であり、戦争は民衆に対する最大の政治暴力なのだ。

ここまでくれば、おまえ、いい加減にしろ。この本と、そんな話とは関係ないだろうと思う向きがあるだろう。だが、それは違う。愛敬浩一は、『子午線』の今村冬三の評論を取り上げ、その対象になっている近藤洋太の論文にふれている。近藤洋太の「戦争詩の条件」は、「自分たちは決して指弾されることのない安全な場所に身をおいて、先輩詩人たちの『戦争協力詩』を論難する。私が『詩人の戦争責任』問題に鼻白むのは、詩人たちがこうした自己欺瞞に無自覚だからだ」などとほざいている。ここに近藤洋太の無知と傲慢は露呈している。

近藤は知らないのか。たとえば壷井繁治がプロレタリア詩人として出発しながら、戦争中に無惨な戦争翼賛詩を書き、戦後になると、それを隠蔽し、自ら戦争に抵抗したと過去を詐称し、高村光太郎などの戦争責任を追及する側にまわったことを。そして幾人かの心ある詩人の手によって、戦争責任をめぐる詩の自己解剖が孤立的になされたのだ。ところが、壷井繁治は恥知らずにも、おのれの欺瞞が明らかになっても、『詩人会議』の代表に居座り、いまでも日本共産党の文化組織の間では、抵抗詩人として誉れ高い存在なのだ。だから私は、愛敬浩一のように「今さら私が近藤洋太を批判するまでもあるまい」とは思わない。やる時は徹底的にやるべきなのだ。そして、それは近藤の言い草とは違って、必ず自らを照り返すからだ。

では、アメリカ同時多発テロという〈苛酷な詩〉によって、すべての詩は消去されるかといえば、そんなことは断じてない。そんなことで〈詩〉は失われはしない。それが存在の個別性だ。そこに、愛敬浩一のこの本の精神は息づいている。たとえ、それが徒労のように見えたとしても。

（二〇〇二年十月）

二人の先達を思う

この一年の間に、二人の卓越した先達を失いました。鎌倉諄誠さんと松岡俊吉さんです。二人とも高知の地にあって、狭い地域の殻に閉じこもることなく、海の広さと空の高さを知る文学者でした。ですから、普遍的に思索し、同時代的に生きることができたのだと思います。

鎌倉諄誠さんは、仁淀川の上流、吾川村名野川に昭和一三年に生まれています。中学卒業と同時に県外の紡績工場に集団就職しましたが、会社が労働争議で閉鎖され、仕方なく帰郷しています。家の農業を手伝いながら、隔日の仁淀高校定時制へ通学し、高知大学に入学しました。時代は六〇年安保や勤評闘争で大きく揺れていました。その荒波をまともに被り、その中からさまざまな活動を始めたのです。その中芯にあったのは、詩だったと思います。

鎌倉さんの著書は、深夜叢書社から上梓された『センスとしての現在の根拠』や『水の武装』をはじめ三冊の詩集があります。その作品は、時代を真摯に生きた、痛切な言葉に貫かれています。

鎌倉さんは、同時に「反戦運動」の活動家でした。鎌倉さんが生きておられたら、今度のイラクへの自衛隊派遣に対して、こう言うでしょう。アメリカ・ブッシュ政権は国連の同意もなしに、未だに見つからない「大量破壊兵器」を口実に、一方的に戦争を仕掛けたのだと。そして、石油資源強奪をもくろみ、「民主国家建設」を名目に歴史の段階の差異を無視し、イスラムの人々とその心を蹂躙しているのであり、それに追従する日本政府は、侵略という世界史的犯罪に加担しているのだと。いまこそ、理想の社会構想を胸に描きながら、世論操作に抗して自由に振る舞うことが大切だと。

ありし日の鎌倉さんの風姿を思い浮かべると、そんな言葉が深く響いてくるのです。

松岡俊吉さんは、大正八年ソウル市に生まれた典型的な戦中世代です。敗戦後、北海道でいくつかの職務を経て、帰高しています。それから執筆を始め、『高知文芸』『高知作家』に「島尾敏雄の原質」や「吉本隆明論」を発表しました。そのいずれも、他の認めるところとなり、中央から出版されました。その著作は、作家論として朽ちることのない重要な位置を占めていると思います。

松岡さんは、自爆艇震洋の特攻隊長であった島尾敏雄氏と海軍予備学校で一緒であり、ご自身も人間魚雷回天の兵士でした。死が日常的であった戦争の日々をくぐっています。ですから、百数十万人の犠牲者によってあがなわれた日本の戦争放棄の憲法を、一度も、主権者である国民の総意を直接問うことなく、政策的に侵犯し、なし崩しにしている小泉内閣の政治暴力を肯うはずがありません。

また外地に生まれたことから、旧日本軍が朝鮮半島の人々を強制連行し、苛酷な労働に従事させた歴史的事実を実際に知っており、北朝鮮による拉致は、国家による反人道的行為であり、国家間の利害を超えて、それぞれの家族の意思に沿って、解決すべきだと思われるのではないでしょうか。

松岡さんとは三回しかお会いしたことがありませんでしたが、優れた文学の表現は、世代や立場を超えて、読者の心を捉えて止まないものと思います。

（二〇〇四年三月）

心に浮かぶうたかた

ひとつの町に、三十年近く暮らしていると、町が少しずつ変貌してゆくのがわかります。「ゆく河の流れは絶えずして、しかももとの水にあらず。よどみに浮ぶうたかたは、かつ消えかつ結びて、久しくとどまりたるためしなし。世中にある人と栖と、又かくのごとし」という鴨長明の『方丈記』の有名な書き出しの指摘する通りです。

通称「闇市」と言われた商店街の、北の入り口にあったケーキ屋さんは店をたたみ、「闇市」そのものも取り壊されて、消滅してしまいました。もちろん、私は終戦直後の賑わいは知りませんが、それでも越してきた頃は、それなりに活気がありました。ほろ酔いで、暗いトンネルのようなアーケードをくぐっていると、時間を逆戻りするような感覚がやってきて、好きでした。

また「闇市」以西の、戦災を免れた中須賀や旭の町並みは、戦前の風情をとどめているように思えて、なんとなく郷愁や安堵を覚えます。車が入ってこない狭い路地は、散歩に最適でしたから、よく妻と連れ立って、その辺りの猫たちをからかいながら歩いたものです。ひとつの町が、歴史やその時代をひとりでに物語っているのです。

表通りにあった老舗の薬屋さんも、閉店してしまいました。チェーン店のドラッグ・ストアに押されたからです。同じ商品が安い値段で購入できるとなれば、誰だって安い店の方へ行きます。その店にしても、それはもう仕入れ値から違うのですから、どうすることもできなかったのでしょう。でも、それによってお金に換算できないものも失われます。その薬屋さんは、薬に関する詳しい知識はもとより、外科の病院はどこそこが良いとか、鼻の治療の仕方だとか、医療に関係する情報などもたくさん持っていて、親切に教えてくれたりもしていました。寂しいというよりも残念です。

そんな事を会津の友人に、電話口で話したら、彼は「松岡さん、もっと凄いことになっていますよ。チェーン店の進出で、地元の商店街は店を閉めて、商店街のあちらこちらでシャッターが降り、さびれる一方へ持ってきて、そのチェーン店自体も収益が思ったほど上がらないものだから、撤退してしまい、何にも無くなってゆくんです」と語ったのです。私はしばらく言葉が出ませんでした。

何事にも両面性があります。「闇市」の跡は、両側に舗道のある明るい通りになり、不燃物を出す場所も、そこが使われることになりました。それまでは、交通量の多い橋の上でしたから、それで随分楽になりました。だから、町が変わってゆくことは、一概に悪いとは言えません。

よしもとばななさんの『海のふた』(ロッキング・オン)は、そんなひとつの土地の移ろいを、かき氷屋を開業した娘さんの目を通して描いた、優れた小説です。舞台は西伊豆の土肥ですが、その底に流れるものは同じように思えます。

私も一度訪れたことがあります。自動販売機の缶コーヒーが値上げになった頃で、どこでも一二〇円になっているのに、土肥は一一〇円のままでした。見捨てられているのか、ただチェンジが遅れていただけなのかは、わかりませんが、これにはちょっと驚きました。

（二〇〇五年二月）

斎藤清一編著『米沢時代の吉本隆明』

吉本隆明が山形県の米沢という土地に繋がりがあることを知ったのは、『初期ノート』のために書き下ろされた「過去についての自註」であった。「昭和十七年四月、生まれてはじめて東京をはなれ、やっと雪解けをむかえたばかりのこの山間の盆地の街へ、列車から降り立ったときのことをいまもおぼえている。鉛色の空からは、みぞれまじりの雨がぽつりぽつりとおち、眼の前には、だだっぴろくみえる街のメイン・ストリートの一つが、まっすぐに延び、両側には異常におしひしがれてみえる低い家並がつづいていた。この暗いさびれた街で、三年暮すのかとかんがえて、おもわずそのまま帰ろうかとおもった」という。

本書の著者である斎藤清一は、昭和十八年生まれだから、まだ、この時生まれていないことになる。斎藤清一が、吉本隆明の存在を知ったのは、昭和三十五年の日米安保条約改定反対闘争を通じてだという。吉本は反安保闘争で、全学連主流派を支持し、六月行動委員会の一員として、国会に突入し、敗走して逮捕されている。その事は新聞やラジオでもながれたということである。斎藤清一は最初、吉本を反権力の闘士だと思ったという。その後、その著書にふれて、詩人・思想家であることを知ったということだ。

吉本隆明との出会いは、人によってさまざまである。私の場合でいえば、一九七〇年代初頭の全共闘運動の末期に、その名が流布していて知ったということになる。しかし、その前に「隆明」に触れているはずなのだ。私はマンガ好きで『ガロ』や『ＣＯＭ』を読んでいた。実は一九六九年八月号の『ＣＯＭ』に掲載された岡田史子の「邪悪のジャック」に、詩「廃人の歌」の一節が引用されている。この岡田作品を当時、私は読んでいるからだ。

それはさておき、斎藤清一が自分の故郷である米沢の米沢工業高等学校（現在の山形大学工学部）で、吉本隆明が学んだことを知ったのは、昭和三十八年十二月の東北大学での「反権力の思想情況批判」という講演においてだという。その講演の冒頭で吉本は、仙台に来たのはこれが三度目で、一度目は米沢高等工業時代に、宮沢賢治の詩碑を訪ねるときの途中と、もう一度は、同じく関東東北大連合演習があり、仙台郊外での遭遇戦の演習にやって来たと語っている。そこから、斎藤清一の米沢時代の吉本隆明の追跡は始まったといえるだろう。それから、四十年。斎藤清一は地元で生活し、当時の吉本を知る人物が身近に居たとはいえ、関心を持続し、遂に、一書にまとめるところまでこぎつけたのである。

斎藤清一の追跡は丹念で、戦時下の学生生活を克明に再現している。寮の生活や、学校の行事から友人の証言まで。さらには、吉本本人へのインタビューや豊富な写真や図版などによって当時を裏づけ、雪に埋もれた米沢の風景や、仮装大会の模様や、入浴場面などは、その時代の一頁を如実に伝えている。

これは米沢時代の吉本隆明に関する伝記の決定版にとどまらず、学友たちの青春の日々の再現にもなっているといえる。それが本書のもうひとつの意義であり、著者の地元への愛着をひそかに語るものだ。

そして、吉本隆明にとっても、東北・米沢という地が持つ意味は大きいといえる。それは宮沢賢治との出会いや、賢治や石川啄木の風土的な背景への理解をうながすものであったろうし、なによりも戦時下の切迫した状況をある面、緩和するものであり、また逆に、その気候のように逃れ難いものとして重くのしかかったに違いない。それは、ひとつの土地を舞台にした資質の劇場を形成しているはずだ。実際には、この地で処女詩集『草莽』が成立したのだが、その背後には『高村光太郎』も、『悲劇の解読』も、潜在的に準備されていたのだ。もちろん吉本は、戦争を生きてくぐれるとは思っていなかった。

「祖国の土や吹きすさぶ風や／人の心に修羅のかげあるも／いまは／おほきみのみ光の下に／いのちかへれ／あそこであんなに苦しんでゐる人／どうかかなしい生命の光もて／修羅の行路を泣いてかへれ」（詩集『草莽』の中の「帰命」）

斎藤清一は、着実な調査と確かな伝記的記述を、「どんな戦争や専制下でも、ひとは、それを体験しない者が考えているより、はるかに多くの自由をもっているのである。どんな『平和』のなかでも、絶えず不安と緊張を強いられることがあるように」と結んでいる。そうだとおもう。

この結語につけくわえるものがあるとすれば、この戦争における犠牲者は百数十万人にのぼり、それは統計的数値ではありえない、かけがえのない一人ひとりの命が失われたのである。そして、敗戦という深い亀裂と断層が、吉本をして戦争体験の反芻と戦後の現実への違和感の対象化へと赴かせたのである。それがなかったら、吉本隆明という戦後最大の思想家が誕生することはありえなかったのだ。その核のひとつに、米沢時代が位置していることは間違いないだろう。

「国破れて山河あり」という言葉があるが、そんなのは嘘だ。自然も変形し、必ず疲弊していたはずだ。それを修復し、歴史を糊塗してきたのが、日本の現在だ。そしていま、また、「国際貢献」という美名のもと、アメリカに追従し、国家権力の強化を策り、戦争への轍を踏襲しようとしている。そのとき、吉本隆明の思想と軌跡は、国家という最大の共同観念に対抗する、不動の指標として存在することをやめない。その根底的な基調は、個の自己幻想にたいして社会の共同幻想が逆立ちするという、不滅の原理だ。

（二〇〇四年十月）

悲劇の詩人

社会の情勢が逼迫してくると、詩や詩人たちはどこへ行くのだろうか。これは他人事ではない。むろん、私はじぶんを詩人などと思ったことはないけれど、そういうものに関心のあるものとして、この問いは切実である。一九七〇年十一月の三島由紀夫の市ヶ谷自衛隊での自決、一九七二年の連合赤軍の浅間山荘銃撃戦・同志リンチ粛清という情況を受けて、吉本隆明は第二回高見順賞授賞式で「詩のゆくえ」という記念講演を行っている。その中で吉本は危機的な情況になれば、詩人たちは煩や雑を厭い、自分のなかに閉じこもり、自己鈍化・純粋芸術の方向へ向かうだろう。それが決まったパターンであると語っている。勿論、街頭を時代の砂塵が吹き荒び、立っていれば、その勢いに忽ち薙倒されるとなれば、詩人といわず、ひとは家に篭り、窓を塞ぎ、時化が過ぎるのを凌ぐことになるだろう。だから、それは悪いこととはいえない。だが、それが一過的なものである保証はどこにもないのだ。そうだとすれば、どうすればいいのか。長いものには巻かれろ。社会の趨勢に従っていれば身の安全は保証されるだろうか。ひとは一回しか生きないのだ。鮎川信夫は高村光太郎をめぐる座談会で言っている。「その時言おうと思って黙ってしまうことはあるし、言って間違うかもしれないけど、言うべきことを言わないで済んだ後の後悔は絶対に償いようがない。けれど言って間違った場合には償えるはずなんだ、人間の行為はそういうものだ」と。

神聖オモロ草子の国琉球
つひに大東亜戦最大の決戦場となる。
敵は獅子の一撃を期して総力を集め、
この珠玉の島うるはしの山原谷茶
万座毛の緑野、梯梧の花の紅に、
あらゆる暴力を傾け注がんとする。
琉球やまことに日本の頸動脈、
万事ここにかかり万端ここに経絡す。
琉球を守れ、琉球に於て勝て。
全日本の全日本人よ、
琉球のために全力をあげよ。
敵すでに犠牲を惜しまず、
これ吾が神機の到来なり。
全日本の全日本人よ、

起つて琉球に血液を送れ。
ああ恩納ナビの末孫熱血の同胞等よ、
蒲葵の葉かげに身を伏して
弾雨を凌ぎ兵火を抑へ
猛然出でて賊敵を誅戮し尽せよ。

（高村光太郎「琉球決戦」）

高村光太郎は太平洋戦争末期、こう「朝日新聞」紙上で訴えた。敗戦へ雪崩をうつ戦局のなかで書かれたものだ。そして、アメリカ軍を主体とする連合軍の上陸作戦によって沖縄は焦土と化した。日本の戦後の復興は沖縄の犠牲の上に花開いたものだと言い張るつもりはないけれど、日本国家は戦後沖縄の犠牲をないがしろにしてきたのも客観的な事実である。時代と真摯に向き合い日本の命運に殉じようとした高村光太郎の悲劇と、戦火によって多くの人命が失われ焦土となった沖縄の悲劇を、同列にみなすことはできない。

ところが、もっとひどいことに政府関係者は天皇を「象徴」から「君主」にと言いだし、ジャーナリズムやマスコミは、敗戦という歴史的な断層と屈折を無視して、またぞろ、日露戦争百周年などと謳い出す始末である。言っておくが、敗戦によって「大日本帝国」は崩壊したのだ。それを消去して国家形態として連続しているかのように歴史を改竄しようとしているのである。黙っているわけにはいかないのだ。高村光太郎は逃げなかった詩人である。その錯誤と病巣はいまだに克服されていないどころか、はるかに後退したところで、現代詩人の多くは安心してきたのではないか。思想と情況の接点、それがひとつの詩の在処だ。

『銀猫』13号の飯島章の「さよなら五分」「夏、たそがれを」の二篇は、その母親への思いが私の胸に滲みた。

（二〇〇五年三月）

吉本隆明の対談について

わたしが吉本隆明の著作や発言を、意識的に追いかけるようになったのは、一九七三年の暮れごろだとおもう。大岡昇平との対談「詩は行動する」が『文芸』一月号に、講演「古代歌謡論」が『展望』一月号に、それぞれ掲載されていて、購入した。それ以後、店頭や広告で見つけたら、必ず入手し、読むようになったのである。著書でいえば、講演集『敗北の構造』と対談集『どこに思想の根拠をおくか』がそれを決定づけたといっていい。

なかでも、『どこに思想の根拠をおくか』の巻頭に置かれた、この本の編集者の質問に答えるかたちで、書き下ろされた「思想の基準をめぐって」は、わたしにとって重要な意味を持つものだった。それは、思想の党派性の揚棄を説いた、多くの示唆と批判に富むものであった。それを拠りどころに、わたしは一九七〇年代を潜ったとおもっている。そのことを抜きにして、わたしの〈吉本隆明体験〉ははじまらない。

太平洋戦争敗戦から十五年後の、日米安保条約改定に際して、社会を二分するような形で反安保闘争が起こっている。このとき、スターリン主義批判などをテコに、既成左翼の枠組みを越えようとする動きも、社会的な規模で初めて台頭した。その新左翼運動が、六〇年代後期の大学紛争や全共闘運動を経て、拡散し、社会構造の根底的な変容によってしだいに退潮する時期、新左翼の政治党派は熾烈な殺し合いの党派闘争へ雪崩込み、自滅過程に突入していた。

四国・高知においても、事情はそんなに変わらない。東大闘争を契機に、再び学生運動が大きく盛り上がるなか、六〇年から活動をつづけていた人達が中心となり、高知大学の学生運動の再生を図り、その勢いは既成自治会を凌駕し、大学占拠闘争まで発展した。そんな流れの中に、夜間高校生だったわたしも紛れ込んだのである。

しかし、情勢はすぐに悪化した。高知大学の学生運動は、それまでの日本共産党の民主青年連盟（民青）に代わって主流を占めた革共同中核派から、主要部分が離脱し、対立するようになる。それに民青との敵対もあり、険悪な空気が支配する。わたしたち高校生も、突出した部分は、学校からつぎつぎと退学や停学の処分を受けた。そこへ追い討つように党派間の死闘が本格化したのだ。

嫌気がさした多くの学生や青年労働者は、潮が退くようにそれぞれに散っていった。それは正しい判断だったといえる。時代的な契機や避け難い状況によって、事態と正面から立ち会わざるを得なかった者が、ひとつの事態の収拾や敗北による屈折とともに、新たな方向に歩み出すことは、当然肯定されるべきなのだ。高校なら高校で、学校の管理体制や教育者の欺瞞性を批判して、反抗し、処分されたとしても、それはそれで本人が引き受けるしかない情況からの負債である（真っ向からの対決を回避し、恥知らずにも警察に鎮圧を要請するような学校の病的体質や、卑劣にも恫喝や中傷を加えた教師たちの醜い態度を、決して忘れることはないにしても)。そこから、その後どう身を振ろうと勝手だ。ところが、旧い政治主義者や活動家は、その後も、それを踏まえて社会的に何らかの活動をしなければならないと錯覚する者がほとんどであった。わたしのように始めから半社会人として働いていて、激動の時代は終わったといわれても、行き場のない落ちこぼれは別にして、勉学して大学に進学しようが、職を得て社会へ出ようが、とやかく言われる筋合いはない。わたしは誰がなんと言おうと、それが全共闘運動の優位性のひとつであり、通俗的な転向論を越えた時代の水位だと思っている。

情況はたえず相互規定的である。ある面、全左翼運動の極北である連合赤軍の錯誤と限界は、会社に入社試験があるように、入るについては、本人の意志もやる気も問われるだろうが、その〈共同意志〉から離脱する自由を保証しなかったことに、そのひとつはある。資本主義の典型である企業にも、解雇という階級的処分もあるが、退社しようと思えばいつでも辞めることができる。たとえ明日の生活の当ては無くても。出口を閉ざし塞いでいたから、査問が横行し、死の粛清が発生したのだ。そんな比較はナンセンスで、そんなレベルの問題ではないとは、わたしは言わせない。離脱を公然と許容する反体制組織はひとつも存在していない。だからといって、この考えを解党主義者の空想だとは、わたしは言わせない。現存の政治体制や社会よりも、開明性をもたない思想と組織は、すでにその存在意義は半ば損なわれているからだ。はるか昔に親鸞は言っている、「詮ずるところ愚身の信心にをきては、かくのごとし。このうへは、念仏をとりて信じたてまつらんとも、またすてんとも、面々の御はからひなりと」(『歎異抄』)。

これはソビエト連邦が崩壊し、社会主義への志向が幻滅に変わったことと別途に言い得ることである。国家が支配と抑圧の表象であることは、二十一世紀になっても変わっていないからだ。

長い前振りになってしまったが、わたしが、詩を別格として、講演集と対談集から吉本隆明に入っていったのは、それが比較的理解し易かったからにほかならない。


吉本隆明の対談は、一九五七年の『映画評論』十二月号のポーランドのアンジェイ・ワイダ監督の映画『地下水道』をめぐる山本薩夫との対談に始まり、その数は、単行本として刊行されたものも含めて、二〇〇本を超えている（さらに、これに一九五六年の『新日本文学』二月号の「映画合評」を皮切りとする座談会や、聞き手の氏名が明記されたインタビューを加えると、四〇〇本以上にのぼっている）。

それを一冊の文庫本にセレクトするのは難しい。

吉本隆明の対談は、対談相手が変わっても、話題や論点がその場限りのものではなく、内在的な思想過程がその基底に脈々と流れていて、ひとつの大河をなしているからだ。だから、どんな小さなインタビューでも、ないがしろにすることはできないのだ。それは対談やインタビューに限らず、吉本隆明の〈全表現〉を貫く、著しい特長である。

しかし、この無謀ともいえる企画にも、じゅうぶん意義はある。

対談は開かれたものだ。どこからでも入ることができる。話題からも、人物からも、テーマからも。そして、ひとつの時代を象徴するような白熱の対談も、多くの関心が集中した注目の対談というものも、また存在するからである。

わたしが吉本隆明の追跡を始めた当初でいえば、江藤淳、鮎川信夫との対談が、双璧をなしていたといっていい。

江藤淳との対談は、「文学と思想」(一九六六年)が最初で、二人の立場が隔たっているにもかかわらず、両者がぞんぶんに自分の考えを述べ、互いに深い理解と鋭い問題意識の応酬と交換で、つねに注目を集めるものだった。

左翼陣営からは、吉本は左翼に対しては仮借なき批判を加えるにもかかわらず、江藤のような保守的な文士と丁丁発止の対談を繰り広げるのはおかしいなどという、愚かな非難の声もあがっている。セコイ連中だ。その延長線上で、反核運動への批判と反批判の応酬のさなかに行われた「現代文学の倫理」(一九八二年)は、その雑誌の編集長が「編集後記」に、自らの立場を踏みはずして、当の対談の感想(評価)を書きつけるという、呆れたオマケまで生んだのである。なにごとにも、暗黙のルールもあれば、礼節というものも、分ということも、あるはずなのだ。それすら、かなぐり捨てたところに、反核運動の狂騒ぶりがあったといえる。

一方、鮎川信夫との対談は、同じ詩人であり、戦後詩を主導してきた「荒地」の同人ということもあり、より親密な相互理解のうえに、詩から社会状況全般に渉ってなされてきた。その魅力は、詩の世界に閉じこもることなく、関心をたえず開いてきたところにあった。これに匹敵するような、広がりのある対話を、いまの詩の雑誌から見出すことができない。それは真正の詩論家の不在を物語るものであり、詩壇の閉塞化と全体的な凋落を示しているといえるだろう。

そして、鮎川との対談は、最後にロス疑惑をめぐり、激しい意見対立を露呈し、長年の盟友ともいうべき二人は、ここで決定的な訣別を遂げたのである。これは瞠目すべき事件だった。戦地に出征した兵士体験のある鮎川は、戦後、内部に厭世意識を核にした奥深い均衡地帯を形成し、詩や詩論はそこを通過したうえで表現されてきていたのだ。その自己懲罰にも似た厳しい均衡が崩れて、生の実感が吐露されるようになった。そこに、読者にとっては意外な、秘められた本音が露出したのである。その決裂も含めて、二人の対談は重要なものだ。

さらに、挙げるとすれば、鶴見俊輔だとおもう。

鶴見俊輔は吉本隆明より二歳年上だが、同じ戦中世代であり、戦後は「思想の科学」の主要メンバーであり、その運動を基盤にした「転向」を主題とする共同研究や、六〇年反安保闘争へのコミットや、ベ平連（ベトナムに平和を！　市民連合）の活動など、その思想と行動はかなり近接している。大衆の原像を基礎に据え孤立を怖れない吉本隆明と、シニカルな心情を宿しながら融和を求める鶴見俊輔は対照的であり、好敵手ともいうべき距離にあるといえる。

鶴見俊輔との対談は、そんなに多くはないが、なにか時代の節目に呼び合うように行われているような印象がある。橋川文三を交えた「すぎゆく時代の群像」（一九五八年）から、藤田省三・谷川雁の四人で行われた安保闘争直後の討論「ゼロからの出発」（一九六〇年）や中村稔が参加した鼎談「宮沢賢治の価値」（一九六三年）や河合隼雄を含めた「宗教と科学の接点を問う」（一九九〇年）と、「どこに思想の根拠をおくか」（一九六七年）や「思想の流儀と原則」（一九七五年）や「未来への手がかり／不透明な時代から」（一九九九年）は、いずれも、思想的なポジションの確認作業のようになされていて、それが時代の結節点をあらわにしてきたのだ。

その後、吉本隆明の対談は、どんどん多様化し、対談相手も多彩になり、集約点を人物に求めるよりも、主題や時代の動向に求めた方が適切な様相を呈して、現在に至っているといえるだろう。

その中には、埴高雄高との『意識　革命　宇宙』、今西錦司との『ダーウィンを超えて』、山本哲士との『教育　学校　思想』、栗本慎一郎との『相対幻論』、芹沢俊介との『対幻想』『対幻想　平成版』、坂本龍一との『音楽機械論』、佐藤泰正との『漱石的主題』、赤坂憲雄との『天皇制の基層』、森山公夫との『異形の心的現象』など、単行本として刊行された、質・量とも充実した対談も数多くある。

吉本隆明の対談の特質については、『吉本隆明全対談集』（一九八六年までの殆どの対談を収録）に寄せられた、奥野健男や清岡卓行などの推薦の辞が明確に語っている。

「吉本は仲間うちの対談ではなく未知の対象、あるいは敵と対談することを好む。海外の思想家であろうとも、専門家であろうとも、相手に負けないくらい勉強して臨み、その本質を鋭く衝く。その努力と知識と判断力、分析、綜合力には舌をまく以外ない。訥弁で伏目がちながらその論理は強靭で正確である。そして、相手に心を配するやさしさも無類だ」（奥野健男）。

清岡卓行は、吉本隆明の最も親しめる文学的風貌は対談のなかにあるとしたうえで、「新しく多様な現実にたえず眼ざめながら、詩的で論理的な主体の持続を失わず、他人への優しさと厳しさをあわせもつ彼の独特な現代性が、日常的な拡散性や話し言葉の平易さを通じて、いわば全人生的なシャッフル・プレーの魅力を示している」と書いている。わたしは、これらに付け加える言葉を持たない。

大西巨人や岡井隆や谷川俊太郎などとの対談はその典型であり、また高橋源一郎や中沢新一といった下の年代の対談者に対しても、少しも権威ぶるところはなく、真摯に向かい合い、その個性や可能性を尊重し、新鮮で豊穣な対談を生んでいる。

吉本隆明の現在までの全対談のなかで、あと特筆すべきことは、ふたつあると思う。

そのひとつは、海外の思想家との対談だ。それは海を隔ててというよりも、歴史の段階の差異をはさんだ思想の激突という意味も潜在的にはらみつつ、思想のクロスを念頭に置き、企てられているからだ。そのいくつかは論点が噛みあわず、擦れ違い、洋の東西の歴史的展開の溝の深さを顕わにしたものもあり、その意味でも、思想の劇をまざまざと見せつけることになっている。

そのなかでは、なんと言ってもフランスの哲学・思想家ミシェル・フーコーとの対談が圧倒的な意義を持つものだ。一九七八年に行われたこの対談は、マルクス主義の世界史的な限界をめぐるやりとりで、インターナショナルの思想基盤がその根底で、地殻変動を起こしていることを踏まえて、未踏の課題へ向けた思考を模索すべき段階を、深く告知するものであった。この対談については、通訳の問題もあり、互いの発言が正確に伝わっていたかどうか怪しむ向きもあるが、それはそれとして、文化的な障壁を越えて、思想的にも、人格的にも、貴重な意見交換がなされたことは、誰も否定することはできないはずだ。

吉本隆明と対談した海外の思想家を列挙すれば、ローレンス・オルソン、ジャン＝ピエール・ファイユ、フェリックス・ガタリ、ジャン＝フランソワ・リオタール、ジャン・ボードリヤールなどである。吉本隆明はこれらの対談を「好奇心にかられて、まるで性能のわるい迎撃ミサイルのように」（「対話について」）と謙遜して書いているけれど、思想の〈世界性〉と〈同時性〉を開示する試みであり、意義深いものである。

その他に、イヴァン・イリイッチとの公開の対談があるが、これはなぜか公表されるに至っていない。どんな事情があるにせよ、聴衆の前で行われたものだから、読者としては、その活字化を期待するのは当然である。

吉本隆明の対談で、もうひとつ特異な位置を占めるのは女性との対談である。

女性との対談は少ない。それは吉本隆明の独特の〈はにかみ〉によるといえるだろう。吉本隆明は、埴谷雄高が「安保闘争と近代文学賞」というエッセイで書いているように「絶えずはにかみながら不思議なほど穏やかな笑いを伏目のなかにつづける」人である。それが女性となると、いちばん最初のロールシャッハ・テストを元にした馬場礼子との対話が如実に示しているように、てれや苦手意識がともなうのではないだろうか。そこには「もし好きな女性が望むならやはり無一物になるまで与えるべきだ」（「山崎和枝さんのこと」）という古風な意志を持っていることもあるだろうが、それ以上に、世代的な特徴のように思える。

川端康成の『伊豆の踊子』（一九二六年）に、旅芸人の一行と同宿になった男が、踊り子の肩に手を触れると、母親が生娘に何をするんだと叱責する場面がある。近年、「モーニング娘。」の後藤真希の主演でテレビ・ドラマ化された際、肩に少し触ったくらいで怒鳴りつけるというのは通用しなくなっているから、踊り子のお尻を撫でるという設定に替えていた。男女の世相は、凄まじい変貌を遂げている。そこでは、年代的な拘束は理解されず不自然な緊張に映るという面も、自在さがふしだらに見えるという隔絶もはらんでいる。しかし、出戻り娘は一家の恥みたいなところもあったのが、いまではバツイチとして社会的に罷り通るようになっている。これは悪いことではない。

吉本隆明の女性との対談は、富岡多恵子や大庭みな子との対談もあるが、むしろ、違う表現ジャンルの女性との対談がうまく行っているような気がする。特に上野千鶴子との対談は話題を呼んだ。上野が吉本隆明の弱点（?）を巧妙につき、女権論の立場から攻め込んだものだ。巷間では、もう一度対談すべきだという声もあったが、わたしはそうは思わなかった。確かに論議の上では、上野の方が圧しているようにみえるが、よく読めば、上野が言い募ればつのるほど、そのフェミニズムの痩せた思想と、小林秀雄がいうところの「女流」でしかない上野の貧しさが露呈し、不毛の対談へ落ち込む寸前なのだ。

それよりは、少女マンガ家の萩尾望都や、シンガー・ソングライターの中島みゆきや、ジャズ・シンガーの橋本一子や、香水アドバイザーの平田幸子などとの対談がずっといい。ゆとりある対話が、のびやかに展開されているからだ。それは彼女らが、もはや女であることを楯にする必要のない〈自在さ〉を獲得しているからであり、他者を尊重することの大切さや理解することの美質を身につけているからだと思う。

この解説を書きながら、あらためて思ったのは、吉本隆明という人とその思想は、つきることのない魅力と破格のスケールを持っているということだ。

（二〇〇五年二月）

酔興夜話

1、『青春デンデケデケデケ』

猫々堂主人　おまえ、「酔興夜話」とはなんだ。ふざけた看板を出しやがって。まさか、酒の力を借りて、酔いの勢いにまかせてクダをまいてやろうという魂胆じゃないだろうな。

パラノ松岡　違うよ。酔っぱらった時みたいに痛快な話ができたら、いいなあと思っているだけだよ。深い意味もないけどね。

猫　まあ、いい。おまえ、せっかく『詩の新聞　ミッドナイト・プレス』へ出張ってきたんだから、この機会に、中国の天安門動乱から中東湾岸戦争にいたる世界の動きについて、言え。

松　そうだね。正面切って発言していないからね。かなりストレスが溜まっているよ。天安門の動乱から東ヨーロッパの激動やソビエトの混乱を、一言でいえば、国家・党（官僚）支配に対する一般大衆の異議申し立てだ。それを中国共産党のアジア的専制権力は軍隊を投入して弾圧した。日本政府が外交的に頬かぶりしようが、マスコミが次なる話題に飛び移ろうが、あの弾圧をおれたちは忘れはしない。ゴルバチョフのペレストロイカの座礁は、時間の問題だったといえる。その発端であるバルト三国の独立問題が躓きとなった。ソビエト中央は権力を各共和国に移行させるつもりはない。経済的な破綻をなんとか立て直したいだけだ。もちろん、それも必要なことだ。労働者大衆の切実な要求をまっとうに受け入れた結果が東ドイツの消滅だからね。ゴルバチョフも各共和国をその要求に応じて、独立させるべきだ。それを民族国家への後退などと言うべきではない。なぜなら、国家の形成を逆にたどることが、国家死滅の途なんだからね。

猫　わしもそう思う。だいたいな、土地や主要な産業を国有化することが、「社会主義」だとおもうこと自体が大間違いだ。殆どの左翼勢力は、この破産した国家社会主義の神話から抜け出すことができず、無自覚的に体制翼賛を繰り返している。何もかも国家がまきあげて、官僚の管理に委ねたら、機構的な手続きに重きをおくことになり、必然的に行政特権と疎隔を産むことはわかりきっているぜ。それがソビエト社会が行き詰まった内在的な理由のひとつだ。巨大な管理国家は、軍事独裁のファシズムと変わりはしないといえる。バルトのことだって、原則的にいえば簡単だよな。その地域の住民の総意を尊重する、それしかありゃしないぜ。それなのに、なんだかんだと、理屈をこじつけては干渉することをやめない。なんのことはない、独立を承認する気がないんだ。一般民衆は、ソビエト連邦がどうなろうと、そんなことはどうでもいい。自分たちが少しでもゆたかに、そして、生き生き暮らせるかだけなんだ。それがまた、理想の在処よ。なにもむつかしく考える必要はないぜ。

松　湾岸戦争だって、クウェートが石油もなにもない、ちっぽけな国だったら、アメリカもイギリスも、あんなにムキになりゃしないさ。「国際正義」をふりかざしやがってよ。てめえら、白人のために地球があるんじゃないいんだ。

猫　わしはどこでもいいから、ホワイトハウスへ一発ミサイルをぶちこめば面白いと思ってる。アメリカ本土は戦場になったためしがないから、やつらは嬉々として戦争をおっぱじめるんだ。落ちぶれはじめた世界の覇者なのによ。なんでも軍事力で片がつくと思っているうちは、戦争と平和の反復から脱することはできないぜ。

松　そういう意味ではイラクもひどい。フセインは年がら年中、戦争だ。その疲弊を建て直す見通しが立たないから、クウェートを攻めた。ひどい話さ。日本政府も小狡いだけだ。いっさいの軍事行動を中止せよ、と主張する度量すら持っちゃいない。アメリカに追随していれば、大丈夫、孤立することはない、これだからね。根性なしめ。おれは言っておく。金を出せば、あきらかに後方参戦だ。

猫　まあな、政府の腹はグズグズしているうちに、ドンパチが終わってくれることだ。それが国際的にも国内的にも無難とおもっているから、雲行きばっかり気にしてるんだ。なんのことはない、それがやつらのいう平和の内実なんだ。噴飯ものよ。要するに、戦争する力も、平和を推し進める能力も意志もないということだ。世渡りの巧い功利主義以外ではない。どいつもこいつも。この間、仕事で隣接の社会党の事務所の窓を拭きに行った。こっちの工事で汚したからという気遣いからだ。わしが「こんにちは、窓ガラスを拭きに来ました」と言ったら、連中なんと答えたとおもう？

松　さあね。

猫　「うちはそんな要求は出していません」だ。なにが要求だ。アホか、おまえらは。普通の話もできないのかよ。ここはよぉ、「そうですか、でも、あまり汚れていませんからいいです」というのがまっから、「どうも」と言って出て来た。まったく、その隣の自転車屋の老夫婦と雲泥の差だ。一時が万事とうな応対というものだろ。わしは口のきき方も知らない、イカれた頓馬どもを相手にしても仕方ないよ。

松　些細なことといえば、些細なことだけどね。でも、本性が出るからね。吉本隆明が中野重治の戦争のときの日記にふれた「転向論のひろがり」のなかで、大江健三郎や柄谷行人らの思考転換を批判しながら、「現在、ソ連や東欧をはじめ、いわゆる社会主義圏で世界的な規模で現実そのものが描きつづけている事態が、どんな文学の物語よりももっと生々しい画期的な物語であり、無数の中野重治や無数の宮本顕治が、無数の大衆と確執をかもしている境界面に登場して『転向論』のひろがりのなかで手易くは記録されえないが手易く想像できるふかいふかい井戸のような物語を紡ぎだしつつあることは、まったく明瞭だからだ」と言っている。歴史は未知の段階に踏み込みつつあるのさ。大江健三郎や柄谷行人みたいな党派思考なんか阻害物でしかない。

猫　おまえ、そんなふうに言うとな、芦原すなおの『青春デンデケデケデケ』にたどりつけなくなっても、わしは知らんからな。

松　どうにかなるさ。

猫　ざっと、しちゅうねや。ところで、酒はまだか。

松　おっさん、そういう煽るようなこと、言わないでくれる。

猫　うるさいわい。わしは酒を呑みに来とるんじゃ。

松　しらふなのに、酔っぱらいみたいなこと、言わないでくれよ。おれは芦原すなおの青春小説を、平和の中の太平楽などと批判したりしない。ロックがド田舎で、どう受容されていったかを、面白おかしく描いていて、その意味では好感を持ったよ。でも、ナレーター（語り手）が、やたらと出しゃばって、サービス過剰なのはいただけないと思った。それがこの作品を回顧的に枠づけ、通俗的な読み物にしている大きな弱点さ。

猫　讃岐っぽは迎合的だからな。なにやらしても優等生で、落ちこぼれの土佐とは正反対だ。わしらの頃は進学率でも全国共通学力テストなんかでも、香川県はトップクラス、高知県はビリから何番目という具合だったたな。

松　たしかにね。これは優等生の小説だね。登場人物もみんな普通の良い子ばっかりだからね。でも、ロックはやっぱりパンクだよな。

猫　そうとも。わしがいくら土佐のいごっそう（臍曲がり）でも、ビートルズよりもベンチャーズが音楽的に優れていると言い張りはしない。わしの知り合いにもがりが居て、そう言って譲らなかった。困ったもんよ。ビートルズよりもベンチャーズが好きだとゆうんなら、そりゃあ、ひとの好き好きでいいんだがな。

松　それで思い出したんだけど、先行世代の感覚的な拒絶ってのは強烈だね。当時はビートルズをはじめとするあらゆるロックは、学校のご法度はもとより、殆どの大人に拒絶されていたんだからね。夜学の文化祭でロックバンドが出たら、先公どもはそれまでにないくらい激しい嫌悪をあらわにした。それはおれたちのように学校に楯つき先公に刃向かうものよりも、もっと唾棄すべきものに映ったんだ。それが老化の印とも知らずに。
猫　哀れだな。
松　その点、『青春デンデケデケデケ』の連中は賢明であり、家庭的にも恵まれていて、出来過ぎだよ。いかにも大学講師というのは言い過ぎにしてもね。基本的に健全バンド物語だから、構成的な破綻もないかわりに、白熱する場面もない。それは作者が語り手を越えて作中に乗り出すことがないからだ。なんだか悪口ばかりになってきたが、それは本意じゃないんで、言っておくと、いかにビートルズやローリング・ストーンズが衝撃であったか、そして、いかに若いハートをゆさぶられたか、思い起こしたよ。
猫　おうよ。酒はやっぱり地酒じゃ。
松　資本主義の経済的な活性力と風俗的な感性の伝播は、ついに社会主義国家ブロックのガードをすりぬけて浸透した。この感覚的な開明性をイデオロギーで抑え込むことはできない。芸そのものは従属的なものだとしても。だいたい、デカダンスよりもリゴリズムはつねに痩せ細っていて、しかも、脆いものなのだ。その意味ではどんな思想よりもサブ・カルチャーの方が大衆的な影響力があるといえる。もっといえば、感性的な影響力ではマルクスをビートルズがはるかに凌いでいる。
猫　そりゃあ、そうかもしれないが、戦後という基盤が昭和という背骨を失うとともに、アメリカナイズされた現実が露出してきた。だいいちハンバーガーなんて、わしの口の大きさに合わん。ダキな食い物だぜ。それによ、ベトナム戦争を扱ったアメリカ映画みてみろ、自分達は厭戦だの、反戦だの、悩んでみせたって、相手のベトナム人は土人扱いだ。凄まじい自己中心性と怪しい世界認識のままだぜ。

松　うん。紙数が尽きた。

（一九九一年五月）

2、『主婦の恩返し』

猫々堂主人　わしは怒ってるぜ。

パラノ松岡　おっさんは怒りんぼだし、すぐに逆上するタチだから、別に珍しくもないって気がするけどね。おれなんかいつでもニコちゃん、ご機嫌男だよ。だいいち、不機嫌は体に毒だ。

猫　そんなことはどうでもええ。最近になって、やっと労災隠しが問題にされるようになってきた。遅すぎるが、そんなことを言ってもはじまらんからな。わしはイラレだし、説明なんか面倒臭いんで、すっ飛ばしたいんだが、労災ってのはよ、労働中の事故や病気のことだ。その治療費や死亡した場合の慰謝料は労働災害保険によって保障されることになっている。ところがだ、保障どころか、事故自体が隠され労災の申請は行われず、ひどい場合は泣き寝入りだ。ある建築現場で、脚立に足場板を掛けて作業していて、板がはずれて作業員のおじさんが落下した。転落する時、咄嗟になにかつかもうとして、シャッターのレールをつかんだが、ステンレスは鋭利だから薬指の先がちぎれ、そのままコンクリートの床に落ちた。すぐに病院へ運ばれたが三ヶ月の入院だ。ところが、労災は降りず、見舞金も出やしない。反対に、会社に「御迷惑をお掛けしました。二度とこのような不始末は致しません」という始末書まで取られた。これがわしの目撃した最悪の事例のひとつだ。

松　ほんとに頭にくるな。

猫　だいたい、土木や建築の仕事は元請けがいて、その下に下請け、さらに孫請けという具合になっていて、上下の力関係は絶対だ。施主から設計屋を通して工事を請け負うのが元請け、大概が大手ゼネコンだ。それを下請けにまわす、何割か利益をはねて。その下請けの建築屋が各業者に請け負わすわけだ。大工に左官に鳶というふうに。それらの業者もまたそれぞれがその下請けに出す。下へ下へ降りてゆくわけだ。最後はわしらみたいな末端の日雇い労務者になる。これが仕組みよ。それで、事故が起きたときは当然元請けがすべての責任を負うことになっているんだが、実際は何重もの上下関係のなかで事故はもみ消されてゆくんだ。それが労災隠しだ。

松　一般的には、元請けへの気兼ねから労災隠しが行われていると思われているよ。

猫　なにが気兼ねだ。いいかげんことを言って、ごまかすんじゃないぜ。いいか、大手建築会社は労災事故を出すと、労働基準局のペナルティで公共事業の指名から外されるんで、必死で労災隠しをやっているんだ。そのペナルティは点数制でよ。それで年々、死亡事故は増えているのに傷害事故は減ってきている。誰が考えたっておかしいだろ。死ぬような重大事故は滅多に起こらないが、骨折や切傷といった小さな事故は頻繁に起こっている。その比率は確実に正比例するものだ。ところが、統計はその定理に反している。なんのことはない、死亡事故は隠し切れないが、その他の事故は隠しているだけのことなんだ。統計が労災隠しのなによりの証拠だ。労災に関して、元請けは下請けに対して様々なペナルティを課している。死亡事故の場合、向こう一年間はその業者とは取引停止というようにだ。とんだ見返りだよ。仕事が来なくなると、飯の食いあげだから、下請けは事故が起きても労災にしないで、自分とこで見舞金を出して処理しようとするんだ。どこが気兼ねなんだ。あきらかな階級暴力の貫徹と制裁処置だ。言っておくけどな、誰一人としてケガなんかしたくないから、我が身の安全には気を使っているし、しだいに安全対策もしっかりしてきた。それでも事故は起こる。労災隠しの皺寄せをもっとも蒙るのは、わしら労働者個々だ。ケガをしてもろくに休業補償も得られず、治療費だって満足に出ない有様だからな。負傷した作業員だって、仕事が来なくなると、みんなに迷惑が及ぶのはわかっているから、泣く泣く雀の涙の一時金で我慢するしかないんだ。使い捨て同然だよ。

松　全体的なシステムだからね。制度が裏目にでる、いかにも日本的な負の構造という感じだね。高度資本主義は言うならば差異の網状組織化だよ。労働組合は役立たずだし、急進派はテロと暗躍に明け暮れる頽廃の極みだからね。労働組合は政党の後押しをすべてやめることさ。おれたちはなにも当てにしないで直面した場面でやってゆくしかないね。

猫　キケン、キタナイ、キツイの3Kとかいうて、若い奴が嫌って来ないのは当たり前だ。それでアジアからの出稼ぎ労働力で賄うようになっている。経済活動と労働市場と犯罪の分野では国境ラインは越えられているんだ。もっともっと入り乱れてくるといいぜ。人手不足は労働条件の改善に貢献している、皮肉にもな。ところで、おまえ、こんな話ばかりしていていいのか。

松　かまわないと思うよ。最近読んだ本では、伊藤比呂美の『主婦の恩返し』と宮城賢の『哀しみの家族』がよかった。この二冊には、データをへたくそに使った小賢しい家族論や社会学風のフェミニズムの連中を黙らせる力はある。伊藤比呂美はこうだからね。「お勝手するということは、わたしが家庭の火と水を牛耳っているということなのだ。火と水の支配は、食べ物の支配に直結する。おれだってタバコの火を牛耳ってるぞと夫が弱々しく反論するが、そんなものは煙と消えて、癌の恐怖を残すだけ、食べ物にはかなわない。わたしがお勝手するかぎり、いくら夫が掃除をしようが、コドモが洗濯物をたたもうが、わたしの家庭内権力はゆるがない」。嬉しくなっちゃうよ。

猫　三食昼寝付きの主婦パワーかよ。それに対して夫からの逆襲はないのか。

松　ないね。家事全般は切りのない仕事で結構大変だよ。それが上野千鶴子が言うように男や家族への隷属を意味するだけだったら、世の主婦はとっくの昔に子育てや家事を放棄しているはずだ。主婦はしたたかさ。雑事百般を楽しみに転嫁するくらいのことは心得ているさ。ここでの伊藤比呂美がそうであるようにね。だいたい、上野千鶴子なんかは大学で自分の研究室をあてがってもらい、高い給料を支給される恵まれた条件の下にあって、はじめていっぱしの論客面できてるんだ。そのくせ、ふつうに暮らしている女を意識の低い存在のように見下しているけど、上野の方がよっぽど低級なんだ。だいいち、この女には知識に対する羞恥が無いよ。金をばらまいて当選を果たした新人議員と変わりはしない。自分で秀才とうぬぼれているだけの。大衆は意識が低いとみなしている点では、権力志向の前衛患者と同質だよ。また、下部のメンバーのことも一般大衆の存在も、思考にも視野にも入れたことがないくせにリーダー面《づら》をやめられない西部邁やお調子者の栗本慎一郎らも同じさ。デタラメばかり言いやがって。

ついでに言えば、三枝和子や森崎和江みたいなのも、もういい、ご苦労様、あなた方の役割は終わりました、あとはおとなしく良い作品をものにしてください。これだよ。

猫　まあな。薄ぺらなエエ恰好しいの野郎をみると、どづいたろかと思うし、取り澄ましたインテリ女の話を聞いていると、胸が悪くなる。そんなことより、わしはかみさんにかなわない。もうご飯作ってあげないと言われると、たちまち降参だ。『動物のお医者さん』の、どんな小狡い手で免許証を入手したのかわからないトロイ菱沼聖子の車の運転で、犬小屋を壊され、すっかりびびって降参する犬の源三みたいによ。

松　それじゃ、まるでカカア天下みたいじゃないか。おっさんは世間では観念的で気難しいと思われているよ。家でも、「おい、酒、肴。おい、早ようせんか」とやっていると。

猫　それもいいな。わしなんか買い物について行っても、ただの荷物持ちだ。野菜を見ても肉や果物を見ても、うまく品質を見分けることができないからな。あんたはやる気がないだけ、と辛辣に言われるけど。そういうことに関しては、わしは徹底して無能の人だ。あきらめている。それで無能の人はぼうっとうわの空で買い物に付き合ってる。

松　伊藤比呂美もトロくさいんだ。車の教習所の話で「じつはわたしは左右が分かりません」「信号を右、と言われるたびに、そっと心の中でごはんをたべることにしました。わたしは右ききです。右はおはし、左はおちゃわん」。それでしょっちゅうエンストしてる。

猫　おまえ、他人の事いえるか。おまえだって、左右の判断がぱっとつかないだろ。そこ左、あ、ごめん、右、右。ぶざまだ。おまけにおまえは走るのは遅いし、音痴だし、絵も描けないし、頭も悪い。採るところがないじゃないか。

松　マジに言われると困るよ。だからこそ、伊藤比呂美に親近感を持っているんだよ。うまく自己相対化しているからね。このバイタリティ好きだよ。

猫　わしは宮城賢の『哀しみの家族』は『試行』の連載で読んでた。本人が病後ということもあるが、奥さんが癌の宣告を受けた。痛ましくしんどい話なんだが、これはたまらんと思いながらも読まずにはいられない。「節ちゃん頑張れ！　節ちゃん頑張れ！」という作者の心のリフレーンがとても強く胸に響いた。毎回読み終わると、なんとなくこっちが勇気づけられたような気分になったな。

松　実話だからね。死はひとを裸にする。おれは島尾敏雄の『死の棘』を思い浮かべたよ。違うところは島尾敏雄は夫婦の修羅場をおのれの資質の暗がりに引き寄せ、独自の文体で宿命の物語までもって行ってることだ。そこでいえば、『哀しみの家族』は痛切な手記だ。物語として読めば、やっぱり次男の存在が大きい。彼の行動と存在が、作品の起伏を生み、闘病に収縮する家族の世界に膨らみをもたらしているよ。たぶんおやじの一番の理解者だ。作者がおのれの内的な火を絶やさないように心がけているところと、家族の親和力がちょうど重なっている。そこがこの作品の磁場だよ。

猫　とにかく生きてゆくのは、誰にとっても大変なことだ。めげちゃあいられない。

（一九九一年一〇月）

3、『PH4・5グッピーは死なない』

猫々堂主人　今晩は林静一の話をするんだってな。
パラノ松岡　そうなんだけど、なんとなく気乗りしなくて困っているんだ。
猫　そう言うな。おまえは林静一が『ガロ』でデビューした時から、ずっと読んで来ているんだろ。だったら、心配することはないぜ。なんぼでも話はあるだろ。
松　そう思って、気軽に引き受けたんだけど、いざ、取りかかってみると、これが難しくて、どこから始めていいか、わからないんだ。
猫　情けない奴だな。そんなことじゃ、プロとはいえないぜ。それなら、わしが口火を切ってやる。林静一は、昭和二〇年三月生まれで、その年の六月に父親が亡くなっている。だから母子家庭だ。それが林静一にはかなりかぶさっていて、作品のメイン・テーマになっている。母と息子の愛憎劇だ。「花に棲む」や「鱗粉」がその代表作で、その抜き差しならない主題を、コマ割りの斬新さとアニメ的な画風でもって、深みのある作品に仕立てている。まあ、あまり一般受けはしないだろうが。中学校卒業後、デザインスクールにすすみ、東映動画に就職してアニメーターになっているんだが、その後フリーとなり、昭和四二年に「アグマと息子と喰えない魂」でマンガ家としてデビューした。そして、幸子と一郎のせつないラブ・ストーリー「赤色エレジー」で一世風靡した。あがた森魚の唄にもなったし、この作品のパロディのつもりで描きはじめた上村一夫の「同棲時代」も大ヒットしたからな。

松　どうして気乗りしないかというと、『PH4・5グッピーは死なない』には、無意識のエロスが欠如していて、どう贔屓めにみても、これまでの林静一の作品と較べて後退しているとしか思えないんだ。作者はマンガ表現論と情況論を重ね合わせたところで、作品として成立させたかったのだろうが、うまくいっていない。四方田犬彦に倣えば、陳腐で退屈な物語というしかないんだ。「はっぴいえんど」の松本隆をモデルにしたような作詞家と、ナナという記号論的に含みの多い女との浮気の持続と停滞、その性交場面の執拗な描写を柱に、それに時代の風俗現象をクロスさせているんだが、それだけで、読む者をじゅうぶん疲労させる。いわば二〇年後の褪色エレジーって感じだよね。

猫　そりゃあな、林静一だって歳だからね。いつまでもせわしなく走り続ける三月兎でいられるわけがないぜ。もちろん、水槽のなかのグッピーのような安穏の幻想が実は時代の走りを要請しているんだ。いいかげん付き合い、よれたところで、「不潔よ、テクニックですって　うぬぼれないでヨ　私は感じていなかったワ　でも　『いいワ……』と言ってあげるのが　ベッドでのエチケットじゃなくって?」なんて女に言われてみろ。どっと疲れがでるぜ。再起不能かもしれない。

松　そうなると、めちゃくちゃ惨めだよ。この『グッピー』のテーゼとおぼしき「この国の問題は貧しさからぬけ出ればあらかた言葉を失う」ってのはどうだ。

猫　その通りよ。ただな、国家や資本（企業）は潤い、社会にあぶく銭が溢れてたって、わしらは流布されている情報や経済操作によるマス・イメージとは違って、それほどリッチなわけじゃない。だから中流意識が主要をなしているといったって、その内実はお粗末なものだ。わしは中流志向が度し難いものとも、太平ボケとも思いはしない。そうなることが望ましいことなんだ。それに知的な虚栄心や党派的思考に基づいて、ケチをつける奴らはみんな歴史的反動でしかないぜ。はっきり言えば、貧しさから完全に抜け出せば、階級意識も戦後詩もなにもありはしないんだ。現に、詩なら詩はほとんど主題を失って、その残滓でやっているだけだ。要するに残飯あさりだ。このあいだの中東湾岸戦争をめぐっての、柄谷行人一派の文壇政治の猿芝居も、クソ馬鹿の藤井貞和や瀬尾育生らの論争も、こんなものにつきあっていたら、下痢するだけだ。藤井貞和は「吉本隆明依存症」という珍奇な病名を編み出している。それはこの男がずっとスターリン主義を補完してきた左翼反対派に留まり、大学教授という安全地帯にいるからだ。一度も本気で抑圧左翼と対決したこともなく、自分の足場を疑うこともなく、バランス主義で情況をすり抜け、貧乏な寄合所帯の詩の業界といびつな学界を渡ってきただけだ。そんなことは、この男のつまらない詩と半端な批評を読めば、すぐにわかることだ。中東湾岸戦争で自分の居場所から言うことがあるとすれば、アメリカとイラクの両方を批判することだけだ。そこでは「詩人」なんていうボロ衣裳は必要ない。どうして、こんなくだらないことをわしが言わないといけないんだ。知ったことじゃねえのによ。

松　まあまあ、抑えて。

猫　これも、この国の精神構造の貧しさのひとつの現れだよ。

松　話を聞いていると、結構、林静一の情況認識と合っているじゃないか。おれでも林静一が『グッピー』みたいな作品を作りたいのは、わかるような気がするよ。メディアの世界で、インテリやくざや業界ゴロのあいだをぬって、ここまでやってくるのは大変だったと思えるからね。それでも、擦れたり崩れたりしたところは伺えない。それだけでも貴重な何かだ。そりゃあ、おれだって、林静一の努力は買うさ。でも、マンガに限らずあらゆる作品は、誰でもすっと入れて、しかも魅了し、時を超えて次から次へと読者を更新してゆくのが理想であり、それが生命力だ。「赤色エレジー」が殆ど古びてなくて、きっと現在の青年が読んでも感銘を与えるように。白土三平の「カムイ伝」だって、作者の意図と関係なく、最初は小学生が面白いといって、しだいに大人まで広がっていったんだ。いまの第二部なんか子供は見向きもしないかもしれないけどね。それだけズレが生じているんだ。『グッピー』を評価することは、詩でいえば、現代詩の現状を肯定するに等しいし、林浩平みたいなカス野郎の書く詩が先端的だと錯覚することに似ている。それでは空虚な鳥を追い払うことはできない。林浩平みたいに『パンティ』という誌名を愚劣と言う、驚くべきカマトトセンスの持ち主は、それで満足して悦に入っているんだから、放っておくしかないがね。この男はパンティ脱がしたことないのかもしれないね。方法や表現論が目的なのではなく、それを突き抜けてハートとエロスを獲得することが大切なんだ。

猫　おまえ、偉そうに。

松　偉そうことはないよ。おれはこれでも林静一のマンガをちゃんと読んできた。だから、言ってるんだ。

猫　わしは「大道芸人」や「酔蝶花」が好きだな。

松　世紀末かどうか知らないが、世の中、かなり混乱してきたよ。ソビエト連邦も消滅したし、基本的に愉快なことだけどね。

猫　ざまあみやがれ、だ。これで日本共産党をはじめとする社会進歩を看板にした反動勢力もおしまいだ。いまごろになって「私達は自主独立路線でやってきました」と醜く言い訳しようが、「一貫して反スターリン主義でした」なんて、嘘八百並べたてようが、歴史の審判は下ったんだ。なにしろ当の労働者大衆にリコールされ否定されたんだから、責任をなすりつける敵も、泣きつく先もないぜ。社会主義の思想的な原則を忘れ、予算の何割かを軍事費に投入し、国家と党の官僚的独裁でやってきた当然の報いだ。この思想的組織的体質は万国の共産党に共通したものだ。この潮流に同調し加担してきた同伴知識人どももはっきり自己批判し、自らの主題の喪失を認め、すみやかに退場するべきだぜ。エコロジーや原発といった拡散した課題を拾い集めるような浅ましい真似も、トロツキーなんかをひっぱりだして路地裏の塵箱あさりをするのも止して。

松　だけどね、大衆社会に突入したことはいいんだけど、大衆にとって大衆的な課題が第一命題になっているわけじゃない。それぞれが切実な事柄と向かい合うというよりも、むしろ、社会的な価値意識が浮遊化したため、総バブル化していて、際限のない上げ底過程という気がするけどね。拝金と差異化の戯れといった具合に。だから、柄谷行人みたいな権威主義者が、偉いもんの勝ち、強いもんの勝ちってな調子でのさばり、威張ってみせている。蓮実重彦なんか国際的な映画通ぶった文化外交官だしね。こんなのをほんとに偉いとみなすような風潮でしかないからね。

猫　そんな先生方はどうでもいい。どうせ徒花だ。それよりも根底的な価値崩壊だ。この道何十年の叩きあげの職人と、ろくに使いものにならないペエペエのガキとの賃金格差がなくなって来ている。上限は頭打ちで抑えつけられているのに、下は人手不足でどんどん押し上げられる。そうしているうちに、殆ど日当の差はなくなり、駆け出しも熟練も扱いとしては同等化しつつある。これは凄まじいぜ。どうなっているんだと言いたくなるぜ。

松　地道にやっているものが馬鹿をみる時代になったんだよ。でも、壊れるなら、とことん壊れないとおもしろくないよ。中途半端じゃあ、釈然としないし、割りが合わないことが多くて、ストレスが溜まるからね。でも、悪いこととは言えないよ。今晩はなんとなく昔話風になったから、ついでに言うと、村上啓二『「ノルウェイの森」を通り抜けて』という本で「大学解体とは、知の大学本位制ともいうべきロゴスの言説秩序を解体することだった。学校の社会化・社会の学校化の根幹をなす、大学を頂点とする教育サービス・システムの廃棄を目指す闘いの〈始まり〉を告げる闘争だった。だから、六八・六九年には、反戦高協をはじめとした高校生たちの闘争が、学生の闘争と連動して展開されたのであった」とふざけたことをぬかしているんだ。なにをいまごろ中身のないアジビラ並の文体で、この中核派あがりの男は言ってるんだと思ってね。その当時高知県でいえば、高校進学率は六割くらいで、大学となると、その何分の一だった。のぼせあがるんじゃないよ。それに、反戦高協をはじめとするセクトに従属する連中は、直面する具体的な闘争を小理屈をつけては回避し、闘いの現場から逃亡して行ったんだ。大学へ進学してからやるとか、学校を卒業してから革命家になるなどとほざいて、こんな日和見がいっぱしの活動家に変身したって誰が信用するものか。だいたい、この本自体が、図式的で空疎な読解と胡散臭い向上心の押しつけだけで成り立っている代物だ。こんな連中になにがわかるというんだ。

猫　取り合うな。そんなの、駄本といえば終わりだ。それよりも、林静一も時代に追い上げられているような気がする。

松　このまま、押し流されちゃあ、たまらないからね。マンガも飽和状態で、市場的にも限界に達している。でも、ここからほんとに作家の幕があがるんだ。林静一にがんばってもらいたい。「無能の人」の作者のようにね。

（一九九二年五月）

4、『軽蔑』

猫々堂主人　厄で、今年に入ってからろくなことはない。

パラノ松岡　厄年っていうのは、ひとつの節目だからね。おれなんかそんな世俗性に対して斜に構えていたけど、当面すると、長い間人々の経験が培ってきたものは、それ相当の重みを持っていることがわかった。そろそろ体にもガタが兆すし、惑いの時期だからね。気をつけることにこしたことはないね。詩人の奥村真さんから厄除けのお守りを貰ったよ。ところで、近藤洋太という奴が、おれが小山俊一の追悼文で「小山さんは陋巷に窮死するという意志を貫き、世界からの撤退戦を闘い抜いた」と書いたのに対して、「小山の『隠遁』は『タチ』の問題であって『意志』の問題ではないと思う」とケチをつけやがった。まあ、それは見解の相違でもいいんだが、それに続けて「またその『隠遁』自体を積極的に評価しようとも思わない。私たちのさまざまな夾雑物を抱えた『普通の生活』もそれ自体としては等価のはずだ」と言ってやがる。

猫　わしはこのあいだ、頭に来ることがあって、二〇年くらいやってきた仕事を辞めた。それで、ついにモップおじさんから失業男になっちまって、途方にくれているところなんだ。転職のあてはないし、病弱な妻を抱えて、どうしたらいいのかわからない始末だ。そりゃあ、小山俊一みたいに隠遁を選び、家庭教師で細々食いつなぎながら流浪しようと、わしのような失業者も等価には違いないぜ。でもよ、街の浮浪者をつかまえて、それはタチの問題だとは言えないだろ。本人の不運や不遇、娑婆苦の問題であってもな。なんでも等価っていえば済むもんじゃないぜ。

松　そうだ。近藤洋太の口ぶりには自己保身の匂いがするだけだからね。笑わせるな、だ。小山俊一なら小山俊一と斬り結ぶ覚悟なんか全然ないくせに。小山俊一が社会主義の神話に囚われていたことに関連して、小山俊一の未公刊の通信をあげ、「これらの徹底した検証から、私たちは小山が呪縛された観念を突破するてがかりを得ることができるだろう」と見得を切っている。小賢しい野郎だ。ふざけたことを言いやがって。そんなもの、とっくにおれたちは批判してきたし、ソビエト連邦の崩壊で、それが歴史的に実証されたんだ。それが小山俊一の思想の限界だったことに同意するが、そんなところで、その限界をあげつらったって仕方がないよ。例えば、小山俊一は永山則夫のことを評価しているだろ。だけどおれは、どんなに社会を恨み、世間を憎んでいても、そして、自分を抹消したいと思っていても、永山則夫みたいに、通り魔のように無関係な他者を殺害することはない。殺るなら、直接因縁のある相手だ。だから、永山なんか支持しないし、同情もしない。

猫　そんなところに、小山俊一の生涯の魅力はありはしないな。戦争体験の傷の深さと、本人は殆ど書いていないけど、母親のエロス的な拘束と父の存在だろ。それをひきずりながら、隠遁という撤退のかたちを選び、自己凝縮していった。その世界への〈抗し方〉だ。そうでなければ、あんなにじぶんを追い込むはずがない。

松　一度だけ女房連れで会いに行ったことがあるんだけど、訪ねて行った時、ちょうどトイレの最中で、ドア越しに「トイレなんでちょっと待ってくれ」って云われてね。変なタイミングだったんで、戸惑ったな。会うと、とても距離の置き方のしっかりした親切な人だった。「オレと話しながらカミさんの方ばかり見てるのがおかしかった」と、のちに奥さんに語ったとのことだ。

猫　みっともないやつ。

松　へへへ。おれも小山俊一の『ＥＸ・ＰＯＳＴ通信』や『プソイド通信』が読まれることを望んでいるよ。時代の意匠はどんどん風化しても、心の芯は残るはずさ。おれにとってそうであるようにね。ところで、失業者の気分はどう？

猫　なんで、そんなことを聞くんだ。最悪よ。会社は退職金を「一円も出さない」と言いやがるしよ。

松　黙っているわけないよね。

猫　あたりまえだ。まず、ファックスで宣戦布告したんだ。それで、ゆすりだの、たかりだのと言いやがるから、内容証明の手紙でこちらの要求を通告したさ。失業保険もなにもない会社だからな。退職金がないとすぐに干上がる。自分らだけ儲けやがって、社長はゴルフ三昧、社長夫人は病的なケチときているから、はじめから話になりはしない。創業直後からずっと働いてきたんだ。建築現場の本業があぶれた時には、社長と二人で、土方人夫やデパートの荷物配達やって凌いだこともある。それに、ある時期は人の手配なんかもみんなわしがやっていたからな。それなのに、この仕打ちだ。あまりにも非常識なんで、わしは会社が潰れるか、こちらが破滅するまで争っていいとも思った。言っとくがな、法外な要求を出したわけじゃない。失業保険分にも満たない額だ。ところが、要求の半分も出さないと言って譲らない。実際問題としては、こんなことで長引けば消耗するだけだから、実力行使に出た。向こうはこれにびびって要求を呑んだわけさ。くそおもしろくもねえ。辞める契機だってひどいもんよ、言う気もしないがな。

松　それで決着がついたんだね。

猫　ああ。わしは泣き寝入りはしないが、決して深追いもしない。もし向こうが変なことをしたら、いつでも徹底的にやるつもりだがな。それと、こんな時に関係の有り様がはっきりするんだ。誰が友達甲斐があり、どいつがうわべだけの厭な奴かも。ほんとに他人の厚意に接し感激もしたし、逆にひとのトラブルを露骨に喜ぶような態度を示すのもいたりしてよ、つくづく考えさせられたぜ。

松　それでやっと、晴れて失業者ってわけか。やれやれだね。

猫　ああ、これからが大変よ。

松　小山俊一は中上健次を尊重していたよね。

猫　その中上健次も死んだ。

松　おれさ、「いま、吉本隆明25時」のイベント会場で、知人に主催者の三上治と中上健次に紹介してもらったことがあるんだ。それで三上治に挨拶して握手した。次に中上になったんだけど、奴はおれの差し出した手をきっちり拒否した。きっと、おれの中上作品への言及が気に入らなかったからなんだろうが、そうか、そうか、と思っておれは手を引っ込めたよ。

猫　中上健次はその作品と振る舞いで、差別と被差別の境界を無化していった。けれど、わしらのように「部落民」なんて存在しない、被差別部落などという共同幻想の一態様は消滅すればいいんだとはあっさり行かなかったんだろうな。それはそれでわかるぜ。それが自己形成の根っこなんだから。そして、「部落」の内と外との境界線に立ってたんだと思うよ。

松　でも、中上健次の遺作ともいうべき『軽蔑』はいいよ。中上の文体の特徴だった荒々しい力でねじふせるような強引さは退いて、川の水のような流れを獲得していて、これを成熟というんだろうなとおもった。設定にしたって、これまでの社会的にどぎつく仕立てあげられた「路地」という主題を、神話空間に転換させるのではなく、関係の微差に還元してみせた。言ってしまえば、閉鎖的な地域の空気の澱みと伝統的な黙契による偏差の問題でしかない。ここで中上はとどめを刺したんだ。

猫　おうよ、「男と女、五分と五分」。

松　歌舞伎町のトップレス・ダンサーの真知子と新宿の遊び人カズ。『軽蔑』はこの二人の愛と破滅の物語なんだけど、歌舞伎町という先端的な風俗の巷ではあまり拘束されることのない二人も、カズの郷里に住めば、地縁の重力が微妙にかかる。そこでは、カズは旧家の放蕩息子であり、真知子は風俗あがりの女でしかない。この物語は真知子の側から語られていて、真知子にはカズの地元のトータルな地勢図を得る術はなく、「アルマン」という溜まり場の店での噂や日常的に接するカズの関係者から感受していくしかない。この地縁の密度とその傾きが、この作品の決定的な起伏なんだ。もちろんカズは真知子に対して真摯だし、郷里での再起を期して、親戚の酒屋でまじめに精出すのだが、地元のダチどもはまとわりついてくる。真知子も湿度みたいな生活の質感に音をあげて、東京に舞い戻ってしまう。ここで、二人の再起の夢は崩れたんだ。再びカズが真知子を捜しだし、新宿の兄貴分の口利きで、晴れて祝言をあげ、地元で所帯を持つようになっても、一度難破した船はもう立て直しが効くはずがない。沈没する命運しか残されてはいないんだ。その航跡を作者は哀惜をこめて、描き切った。こういうふうに言うと、なんだかうっとしい感じがするけど、そうじゃない。とても平易な文体ですっきりした作品だ。

猫　二人の身の持ち崩し方は宿命のように押し流されているよな。カズが博打に手を染め破滅するのもどうしようもないことで、真知子がカズを死に追い立てた金貸しの山畑に復讐を誓い、会いに行くところなんか、こちら側からは反対に手篭めにされるのは見えているのに、虫が火に誘われるように行ってしまう。どうしようもねえ。あがけばあがくほど泥をかぶるんだ。そこで言えば、山畑の言いぐさは憎たらしいほど正鵠を射たものだ。

松　「あいつはただ東京から尻尾巻いて逃げるのしゃくだったたから、ファンのいっぱいついた股まで開いてサーヴィスする踊り子をかっさらって来たのさ。そんな踊り子を連れて来たら親も親戚も嘆くよ。あいつは、そんな非難の声を受けるのを、逆にカッコいい、と思っている。そりゃ、暴走族上がりの連中には鼻高々だよ。イモ兄ちゃんが都会に咲いている花を連れて来たんだからな」とくるからね。福間健二が書評で、中上はカズに強盗でもなんでもさせて延命させなかったのかと書いていた。おれはそれは違うとおもう。カズがヤケになり、親から金品を強奪したり、負け犬よろしくトンズラしたら、ただのチンピラでしかない。そこで踏み止まり、じぶんでオトシマエをつけようとしたところに、この作品の真骨頂があるんだ。福間健二には、ひとつの愛に殉じたカズのハートも、自己抑制のうえに「路地」を相対化してみせた中上健次の達成もわかっていないないのだ。

猫　そうだよな。深夜の屋台で、ソープランドなんかで働くネエちゃんに、酒を奢ってもらったりするけど、身の上話はしても、本名は絶対言わないものな。

松　おれは「一番はじめの出来事」や「岬」や「枯木灘」を忘れることはないだろう。中上健次よ、さらば。

（一九九二年二月）

5、『国境の南、太陽の西』

パラノ松岡　仕事はみつかったの。
猫々堂主人　ああ、なんとかな。
松　よかったじゃない。おっさんみたいな四〇にもなった根性曲がりを雇ってくれるところがあるとはね。感謝しなくちゃ。
猫　うるさい。おまえなんかにわしの苦労がわかってたまるか。
松　ほら、すぐ喧嘩腰になる。そんなんじゃ、長続きしないよ。それに、たかが職さがしじゃない。誰もがやってきているよ。
猫　そんなことは、おまえに言われるまでもなくわかっている。わしは履歴書を書いては片端から面接に行った。ひでえもんだったぜ。たとえばＪＲの準社員なんてよ、準社員といえば聞こえはいいが実際は臨時だ。パン作りの仕事で、早朝五時から週四二時間働いて、一月一〇万円だからな。近くの病院が視力の検査員を募集していた。幸い資格もいらないし、年齢の方もぎりぎり大丈夫だったんで、これだと思って行ったが、ここも同じくらいだった。

松　地方で車に乗らないとなると、社会的身障者だからね。就職の戸口は八割がた閉ざされてるよ。

猫　それでよ、新聞の求人欄や街角に置いてある求人ガイドを持ちかえり、見ては電話したり、職業安定所へ行ったりしたが、てんで駄目。このままだと干上がっちまうんで、緊急避難的にパチンコ屋の店員でもやるしかないと思って行ったんだ。ところが、「どれくらいの時間、できますか」と聞くんで、わしは「朝から夕方までなら大丈夫です」と答えた。そしたら「半日ですね」と言うんだ。なんとパチンコ屋の一日は朝九時から夜一一時までなんだ。

松　凄いね。

猫　月に五日休みで終日働いても、二〇万円くらいだ。一日中立ち放しで、空気は悪いし、喧しい。そんな職場環境に加えて客にはからまれるだろ。わしにはとてもできる仕事じゃないとあきらめた。

松　どん底だね。だいたい、高知は劣悪だよ。給料は全国水準を大幅に下まわるし、週休二日制なんか普及率が二〇パーセントに満たないんだからね。風土的な内弁慶の空威張り気質が災いしてるよ。地廻り文士なんか見てると、姑息でいじけた連中ばっかりで、反吐が出らあ。経営者も馬鹿ぞろいだし、とても会社なんて言えた代物じゃないもんね。おらが店、おらが会社。私物意識しかもっちゃいない。それで発展的な運営ができるわけがないよ。そういうことも、きっちり分析して批判したほうがいいんだ。社会や企業への従属を絶つためにも。

猫　失業者にはそんなことを考えてる余裕はないぜ。でも、失業も悪くない。暇にまかせて気ままに過ごしたからな。家の修理をしたり、ペンキの塗り替えをやったりして、それはそれで愉しかった。一番大変だったのは、屋根の瓦だ。なにしろ建ててから一度も手入れしていないんで、塗料はすっかり剥げ落ち、いちめんに赤茶の苔が生えていて、それを水で流しながらタワシでゴシゴシこすって落とした。それから瓦用のペンキを塗るんだ。何日も屋根に上がって作業してたら、まっ黒に日焼けしたぜ。

松　屋根は滑るだろう。

猫　ああ、それは慣れたものよ。高い所は平気だからな。これでも業者に頼んだら一月分の稼ぎが消えるからな。それとちょうど冬季オリンピックの時期で、はまって夜中までテレビを見ていた。

松　おれは全然本は読まなかった。東京へ遊びに行ったけどね。浅草見物や谷中の花見。なによりもいろんな人と会って話できたことがよかったよ。

猫　まあ、そうこうしているうちに、土俵際につまったわけだ。もうどうしようもないんで、ふるい友人を頼って、八百屋を紹介して貰ったんだが、そのときに求人ガイドで印刷屋を見つけた。条件がほぼ同じだったんで、迷ったけれど印刷屋にした。

松　晴れて「社会復帰」だね。それにしても、おれたちの前置きはいつも長いね。本題のスペースは半分しか残ってないよ。

猫　知ったことかよ。不服なら、おまえが喋ればいいんだ。

松　失敗作ともっぱら言われている村上春樹の『国境の南、太陽の西』なんだけど。

猫　タイトルがきつい。装幀もまずい。

松　たしかに。

猫　わしがこの小説のキャッチフレーズを作るとしたら、村上春樹が同世代に贈るメロドラマ、とするさ。

松　それじゃ、まるで『君の名は』じゃないか。島本さんが真知子かよ。でも、ひょっとしたら、春樹って名前、親があのドラマから採って付けたものだったりして。

猫　それが狙い目だ。雨の降る夜に初恋の彼女が幻影のようにじぶんの店に現れる。二人で出掛けた石川県、川に我が子の骨を捨てる場面と空港へ向かう車中の切迫。そして、最後のたった一度の情事。申し分のないメロドラマじゃないか。

松　うん。精神的にも肉体的にもくたびれだした年代の女性の心を射止めるだろうね。図々しく居直ったオバタリアンになれないものや、その一歩手前の存在のね。でも、おっさんの言い方には言外に否定的な感じがこめられているような気がするけど。

猫　ひとはよれはじめると、追憶の亡霊を呼び戻そうとするからな。その世代へのメッセージとしては成功しているぜ。日常はある面、惰性だからよ。ほんとうに他者の心や体をもとめることも薄れてくるさ。そこでは、初恋の淡い思い出や遂げられなかった夢を思い起こす作用も勇気づけにはちがいないんだ。

松　初恋にこだわるね。

猫　悔恨のない奴なんていない。わしだって、むかし、デモで機動隊にふん捕まって引きずられてゆく場面が、テレビのニュースで流れたことがあってな。それを見た学校の先生方は大騒ぎだ。うちの生徒が捕まったとか言って。アホらしい。ほっとけつうの。そのときは出入国管理法案反対かなんかのデモで、朝倉の高知大学から高知港の出入国管理事務所までのデモだった。わしは先頭で旗を持っていたんだが、街頭デモは警察に道路使用許可を申請しているから、車道を通って当然なのに、機動隊が潮江橋に差し掛かったところで、デモ隊を歩道に押し込めようとしたんだ。それでもみあいになり、やられた。しかし、逮捕理由がないんで、その場で機動隊の指揮官の指示で放された。それで、わしもそのニュース映像を部屋に帰って見た。なかなか派手にやられていたな。問題なのはこの先だ。その事が学校中に伝わり、心配した恋人が、わしの同居人のアキラに連れられてやって来た。このときこそ、恋の成就するチャンスだった。ところが気の利かないアキラは席を外してくれないし、わしも彼女を連れだす度胸がなかった。それで何もなく気まずく別れた。そんなドジを何回か踏み、結局駄目になった。

松　ど、ど、どんくさいでやんの。

猫　うるせえ。ひとによっては、この作品の出だしから高校を卒業するまでの話は、なんでもない前置きとみなすかもしれないが、淡々としたこの部分がなかったら、この話は成り立たない。それに一人っ子の内面や思春期の異性像を過不足なく的確に表現していると思った。

松　おれは『ダンス・ダンス・ダンス』よりはいいと思ったよ。

猫　それはどうかな。バーにはバーの良さがあり、屋台には屋台の良さがある。作者が独特の蘊蓄をかたむけるの、嫌いじゃないが、どうってことはない。しかし、社会へ出てからの主人公のハジメの設定は安易だぜ。その安易さが島本の帰属不明につながっているんだ。

松　それはおれも思ったよ。妻子を捨ててまでと思うような、相手のいまの素性を知ろうとしないのは不自然だよ。いくら彼女が聞かないでと言っても、それなりの手だてを使って調べると思うな。ハジメはそれが可能な立場にいるんだから。また、そうしないと、自分たちの明日は開けないんだから。

猫　だからメロドラマと言ってるだろ。野暮は言いっこなしさ。

松　ストーリーとしていえば、街で島本らしき女性を尾行するあたりから盛り上がり、石川行で最高潮に達するんだ。

猫　「あるいは僕は幻のようなものを見ていたのかもしれない、と思った。僕はそこに立ったまま、通りに降る雨を長いあいだ眺めていた。僕は自分がもう一度十二の少年に戻ってしまったような気がした。子供の頃、僕は雨降りの日には、よく何もせずにじっと雨を見つめていた。何も考えずに雨を見つめていると、自分の体が少しずつほどけて、現実の世界から抜け落ちていくような気がしたものだった」

松　その基本的な流れの果てに、島本との最初で最後の性交シーンがくる。性愛の行為は死の空孔と切り離すことができない。これがこの作品の隠れた主題なんだ。うまくいっているかは、別にしてね。

猫　わしが作者なら、二人を心中させるな。それしかない。

松　それは村上春樹のイメージを損ねるよ。哀しい延命が彼の本領なんだから。でも、読みようによっては、『ノルウェイの森』の後日譚として読むこともできるよ。島本が直子で、精神病院から魂を遊行させ、亡霊のように現れる。そして、うまく遂げられなかった愛の行為を思う存分果たすという、これは作者の逃れることのできないトラウマかもしれない。おっさんだって、初恋の彼女とエッチしておけばよかったと思ってるだろ。

猫　……。

松　おれがやり過ぎと思ったのは、高校生の時、付き合っていて、裏切り捨てたイズミという女性のゴーストが現れるところだ。ここで作者は物語の消去を図り、センチメンタルな夢を清算して、リアリズムの地へ回帰する。これはシラけたよ。これまでの展開はなんだったんだと思ったからね。

猫　そうは言えないと思うぜ。純愛の裏側って気がするな。わしだって、恋人がいたって、初体験は別の女性だ。なりゆきで、そんなもの、どう転ぶか、わからないぜ。で、その人の名前も覚えていない。ひとの記憶も都合の構造だよ。寝てたら、知らぬ間にベッドに入ってきて、迫られたら、その気にならないはずがないからな。

松　厭だったんだ。だから、記憶から消してしまった。

猫　当時はそうだったな、たしかに。でも、いまは感謝してるぜ。なにしろ、わしみたいな男の相手をしてくれたんだからな。

松　この作品は結末でくすぶっているよね。

猫　しかし、村上春樹が表題のイメージのように説話をめざしてたらどうするんだ。

松　もし、そうだったら、シャープさに欠けるよ。なんだかんだ言いながら、読み続けているからね。そんな作家、数少ないよ。

猫　そうだな。党派的なデマゴギーをふりまくことを目的にしただけの桜井哲夫の『思想としての六〇年代』みたいな屑本が、文庫本になる時勢だからな。

松　下手に出りゃ、なめられるし、おとなしくしてりゃ、つけあがる。そんな連中ばっかしのさばってる。しかし、それで平穏無事で済むと思うなよ。おれたちはやるときはやるんだ。

猫　そうとも。

（一九九三年五月）

6、『解剖学教室へようこそ』

パラノ松岡　製版おじさん、元気？
猫々堂主人　うるせえな。そんなことをいうなら、おまえも活字小僧に名札を変えるんだな。印刷屋に仕事を変わったのは良かったんだが、残業につぐ残業で参っているぜ。自分の時間なんかないからな。それに、以前の仕事と違って、朝から晩まで文字とにらめっこしてるから、帰宅してから本を開く気がしない。その点は建築現場の方が切り換えがきくからよかったな。
松　読まない、書かない、考えないの三無主義？
猫　稼ぎも悪いしな。
松　貧乏には慣れっこだからね。ちょっと借金が増えたのが気になるけど、まあ、仕方ないね。貧乏を自慢するつもりはいっさいないからね。リッチな方が絶対いいよ。生活的にも精神的にも。中野孝次の『清貧の思想』なんか読むと、この野郎、いっぺん首絞めたろうか、と思うものね。
猫　一般大衆をなめるんじゃないぜ。たいしたことない小説とくだらねえ評論しか書いていないくせに、大家づらして何の説教なんだ。いつまでたっても、旧態の左翼シンパの寝言小言に、騙されはしないぜ。

松　ハレンチなんだよ。その思想のハレンチにも派閥があって、その一方を担っているのは柄谷行人一派さ。こいつら、死んだ中上健次を祭り上げることで、さも自分たちが国際派左翼で底辺層も理解しているふりをしているが、日常的に地域の人々と接したことも、その内部に思いを馳せたこともないことは、こいつらの書くものを読めば立ちどころにわかるよ。中上健次にあやかった口先業界戦略でしかないさ。だいたい、こいつらが持ちあげてる中上の『異族』は読めた代物じゃない。こいつらのどこが文芸評論家なんだ。被差別部落・琉球・在日朝鮮人・アイヌなどの疎外形態の安易な連結からして『異族』は駄目だ。おれは『千年の愉楽』に言及した時に、そのことを指摘した。時代遅れの新左翼党派じゃあるまいし、何の展望もなければ、何の気休めにもなりはしない。時代錯誤もいいところだ。それに、文体だって、くどい。同じことの繰り返しで、ひどいものだ。そこでも駄作としかいいようがない。

猫　誰がなんと言おうと、被差別部落をめぐる問題は、もう社会的にケリがついているぜ。結婚差別なんて、「部落」外との婚姻率が五〇パーセントを越えた段階で終わったんだ。むかしは「部落の者と一緒になるんなら親戚付き合いはせん。その覚悟はあるんじゃろうねや」などと言われ、プレッシャーがつきまとっただろうが、いまは違うぜ。

松　そうさ。日本人の半分以上が国際結婚してみろ、「大和」も「日本人の心」も関係なくなるからね。それでも地霊は残るだろうが。結婚で言えば、あとはあたしは近所の誰々君が好きとか、うちの娘はどこにも嫁にやらんとか、そういう一般的な事柄だけだよ。

猫　だからな、地域的な利権を囲いたい輩が、あたかも封建遺制が根深く残存してるがごとく言い立てているだけだぜ。それは労働組合の組織率が年々低下し、組合員も殆ど無関心なのに、ひとにぎりの政治的な野心を抱いた連中が組合をやっているのと同じだ。

松　柄谷行人なんか大衆の動向について、何も考えてないからね。知の派閥でしかないよ。

猫　ニュー・スターリン主義の結託なんか関係あるかよ。政党の政治的ひきまわしも、インテリ左翼の知的なひけらかしも、くそくらえだ。

松　労働組合活動なんて、いまでは別ルートの立身出世主義でしかないし、それもたかが知れているからね。議員や組織の理事に収まって、配当金を懐に入れるか、議員にでもなるだけだ。それが実状さ。

猫　思想的怠惰の報いよ。自己破産したって、歴史的な犯罪性は免罪になりはしないぜ。社会党の消滅は時間の問題だ。ただな、わしは労働組合の連合組織や上部団体に対して否定的であっても、個別の労組は支持する。とくに規模の小さい組合は経営側の圧力はきついし、労働組合の初発性を保持してるからな。

松　あ、そうだ。今日は養老孟司の解剖学の講義の話をする予定だったんだ。

猫　まあ、待て。わしはボランティアの弊害に対して言うことがある。そりゃあよ、旦那衆が寄り集まって慈善団体を形成しようが、個人が社会奉仕に精出そうが、自主的にやっている分には文句はないぜ。結構毛だらけ猫灰だらけよ。しかし、てめえらがやっていることを社会的な善行と意識し、他に押しつけだしたら終わりだ。

松　転倒だよね。

猫　度し難いことに、良い事しているんだから、みんなが協力してあたりまえと思い上がっているからな。こんな偉方の相手をしてみろ、大変よ。常識はずれの無理難題は平気で言うし、金も出さないときている。とんだとばっちりで、ハードな仕事を強いられて、殆どタダ働き同然だからな。それで迷惑を掛けているとはこれぽっちも思いはしない。いいかげんにしろ、だ。犠牲の上に成り立つボランティア活動なんか社会的な抑圧でしかないんだ。

松　困ったもんだね。

猫　敵だよ。最後で、最初のような。

松　ところで、解剖学の講義はどうだった？

猫　無学なわしとしては、勉強になりました、それ以上に言うことはないな。

松　この人は、おおらかだし、ユーモアもあって楽しい講義だよね。「現代とは、要するに脳の時代である。情報化社会とはすなわち、社会がほとんど脳そのものになったことを意味している。脳は、典型的な情報器官だからである。都会とは、要するに脳の産物である。あらゆる人工物は、脳機能の表出、つまり脳の産物に他ならない。都会では、人工物以外のものを見かけることは困難である。そこでは自然、すなわち植物や地面ですら、人為的に、すなわち脳によって、配置される。われわれの遠い祖先は、自然の洞窟にすんでいた。まさしく『自然の中に』住んでいたわけだが、現代人はいわば脳の中に住む。伝統や文化、社会制度、言語もまた、脳の産物である。したがって、われわれはハード面でもソフト面でも、もはや脳の中にほとんど閉じ込められたと言っていい。ヒトの歴史は、『自然の世界』に対する、

『脳の世界』の浸潤の歴史だった。それをわれわれは進歩と呼んだのである」（『唯脳論』）この一面的な強調は爽快だね。
猫　そうか？　わしは根が歪んでるんで、どうも啓蒙的な明解さは苦手だ。この先生はおのれの領分では、得意になって非常に調子がいいが、外部へ開かれているかはわからんぜ。専門家ってのは外部の世界は受け入れたがらないからな。それに、この世が頭の支配下に収まったなんていう言い草にいちいち頷けるかよ。自然の中に住むものは、まるで頭を働かせてなかったみたいじゃないか。人間は哺乳類だ。
松　臨床的な裏付けといい、語りのセンスといい、悪くないと思うけどね。
猫　そりゃあな、社共や中野孝次みたいな解剖にも値しない思想的ゾンビとは違うさ。学校の先生としては上等だと思うぜ。わしだって、養老先生に教わっていれば、学問に開眼したかもしれないからな。
松　じゃ、なにが気にいらないの。
猫　それは言っただろ。楽観主義ってやりにくいんだ。その方がいいのはわかっていてもな。それはおまえのよく言う文体にも出ていて、連環法で、次から次へと芋づる式につながっていくんだ。講義につきあっているうちは、なんとなく丸めこまれた感じなんだが、これがくせものよ。もちろん、山口昌男みたいな空っぽの人脈主義とは違うけどな。
松　「さて、世界はことばで表わされる。これは、賛成できるであろう。前にも言った。だから、解剖が発生する、と。人体をことばにしようとするからである。人体をことばにすれば、いちいち人体を運んでこなくても、人体の説明ができる。すなわち、人体を表わすことができる。世界をことばで表わすのも、それと同じことである」。たしかに、不服といえば、発生の契機が、フロイトのいう「欲望」でもいいんだけど、この着想には欠落しているよね。言語にこだわっていえば。

猫　そこだよ。ひとは頭や脳じゃないと、わしは思っているからな。あくまでも、ハートだ。だから、見知らぬ他人に臓器を提供する気など、わしはまったく無い。

松　要するに、機能主義的なところが不満なわけだ。

猫　偏見じゃなくって、やっぱり、解剖は気持ちのいいものじゃないはずだ。うれしがってやるものじゃないぜ。職業としても、探求心としても、尊重するけどな。だから、みんな、医者のことを「先生」って言うんじゃないのか。

松　死体は気味が悪いよね。

猫　以前、仕事で食肉センターへ何週間も行った。毎日、牛や豚のさばかれた肉を目にしてたら、肉を食う気がしなくなったからな。慣れてしまえば、平気になるんだろうが。

松　うん。どこかでバランスをとらないと、無意識が荒れるような気がするね。でも、養老さんの言ってることは説得力があるよ。ウチの猫が、この五月に癌で死んだ。昨年の夏に癌とわかって、最期の方は獣医さんに週一回のペースで往診してもらっていたんだけど、しだいに腫瘍が腫れあがってきてね。これはいかんという感じになった。膿と血が出てね、腹巻きをしたりして手当してたんだけど、猫も気力で癌と闘っていたよ。おれが風呂に入っていると、必ずやってきて、水を汲んでやると、懸命に飲んでいた。熱があるから喉が渇くんだろうが、それ以上に本能的に水分を摂ることが生命を維持する源だとわかっていたんだ。年を越せないだろうと思っていたんだけど、がんばった。そして、五月にとうとう力尽きた。死の間際には、痙攣が起こり、瞳孔もひらいて、意識も朦朧としているだろうに、「ハナ」と耳元で呼びかけると、反応するんだ。ほんとうによくがんばったよ。養老さんの、最後は耳だというのは確かだと思うよ。

猫　一四歳と一カ月余だからな。猫でいえば大往生だろうな。

松　うん。偉かったよ。

（一九九三年一二月）

7、『致死量』あるいはコメをめぐる冒険

パラノ松岡　コメがない。
猫々堂主人　なに、どういうことだ。
松　どういうことも、こういうことも、ありはしないさ。スーパーマーケットの棚からコメが消えちまったのさ。
猫　外米もか？
松　そうさ。米隠しよ。買い占めて、値をつりあげる魂胆さ。
猫　ふざけやがって。オイル・ショックの時の灯油やトイレット・ペーパーと同じじゃねえか。あのとき、近所の燃料店はひとの足元をみやがって、灯油缶の保証金までふっかけやがったからな。わしはあの仕打ちを忘れんぜ。二度とその店からは買わない。去年の凶作でコメが足りないことはあっても、いっさい無くなるなんてことは考えられないからな。「米余り」だの、「減反」だの、「米を食べろ」だの、さんざんキャンペーンを張っていたのによ。突然、米蔵が空っぽになるなんて考えられるかよ。
松　まいったね。金も、農家に伝手も、馴染みの米屋もないからな。麺類でことたらすしかないね。

猫　わしは、コメ食わねえと、飯を食った気がしねえ。

松　コメ中毒だったりして。禁断症状が出たりしたら、どうすんの。そうでなくとも、日本人はコメに執着しているからね。ここはひとつ、「虐げ林のすぐそばに、貧しい夫婦が居ったとさ、ああ、居ったとさ」てな、替え歌の乗りで、山下徹の『致死量』でも暗誦しながら我慢するしかないよ。この詩集はいいよ。「確かに碗は／飯のための座敷である／ならば碗がないために／飯は悲しいのか／飯がないために／碗は寂しいのか／碗も飯もないために／しかし箸は／悲しくもない　寂しくもない　碗よ　飯よ」（「朝餉を迎えるまでの九章」の第七章）

猫　朝はパンにコーヒー。昼はうどんか、そば。晩はラーメンか、スパゲッティ。おお、気が狂いそうだ。

松　焼きそばも、そうめんもあるぜよ。

猫　やかましいわい。わしも山下徹するぞ。「一日に二合の飯を食い続けると仮定して、私は八十年間で総計五八四〇〇合の飯を食い尽すに違いない。人生八十年―五八四〇〇合、つまり約一五〇俵の飯が私の致死量としなければならない。／さて、私はさらに進んで推論した―一日に食べる飯を二合から一合に半減すれば、致死量の一五〇俵まで達するために私はおよそ一六〇年の歳月を生きのびるであろう。逆に、一日のそれを二合から四合に倍増すれば、言うまでもなく私の人生は八十年から四十年に短縮されざるを得まい。／ここまで推論して、私は自らの仮説を完成させるため、終日、空になった茶碗をぼんやり見つめていた―／―では、食わなければいったいどうなる。飯を食わなければ致死量は無限大となろう／従っておまえはひからびきった状態で永遠に生き続けるであろう。だが―それなら一度に死ぬるためには―その通りだ、一度に死ぬるためにはおまえは一五〇俵の致死量を一気に食い尽さねばならぬ、一気に一五〇俵！―そうだったか。私はやにわに立ちあがり、この仮説を全身で実感するため、台所の米びつを頭上で引っくり返し、頭から米の雨を浴びた―／いま、私は茶碗を酒で満たし、別の致死量をぼんやり見つめている」（「致死量」）

松　山下徹の詩は、被虐的だけど痛烈なアイロニーになっていて、その個性が際立っているよ。自分の足場がしっかりしていないと、こんな詩は書けないと思うね。自民党の一党リードが崩れ、連立政権ができたのはよかったんだけど、これが寄合所帯のヨタヨタ政権で、官僚と省庁にヘゲモニイを握られ、無能をきわめているからね。細川のお殿様はファジーが取り柄のボンクラに見えるけど、それが面白いといえば、これは見物だよ。

猫　だいたい、コメの輸入自由化なんてあたりまえのことだ。いまさらガタガタ騒ぐことじゃない。経済市場はどんどん開かれるべきなんだ。それが国家の枠を越えてゆく歴史の道であり、なによりも一般大衆の解放につながってゆくんだ。日本さえよければいいという段階は完全に終わっている。そのうえで、生産者の保護と支援が本気で組まれるべきだ。閉鎖的な発想の限界は見えているぜ。連立与党も自民党も共産党も、農協（最近はＪＡなんて言っているらしいが）の味方であっても、農家や消費者の味方じゃない。だいたい、食管法なんか建て前だけで空洞化しているぜ。農家は出来たコメを農協なんかに供出しないで、自主流通米として流しているんだ。その方が中間搾取がない分、値がいいからな。また、商品としてもスムーズに流通するからな。もちろん、それに対して罰金の制裁があるが、農家の方は強気で、やれるものならやってみろ、農協の組合員なんかいつでも辞めてやる、と構えているんで、勝負にならない。ざまあみろ、だ。農協は、農業と農民を食い物に太った産別巨大企業でしかないからな。わしは農協の職員として働いていたからよく知っているぜ。その利害の乖離を。共済保険の勧誘なんかノルマがあって、保険会社とちっとも変わりはしないからな。

松　ひどいものさ。日本共産党なんかは、「外米はまずい」だの、「農薬まみれ」だの、あることもないことも一緒にして、コメの自由化に反対して、その反動ぶりを発揮しているよ。笑っちゃうのは「タイは年に何度もコメが取れる」とか、あげくのはてには、「日本が高い値で買い付けるために輸出国に餓死者が出る」なんて、正気と思えないことまで言いふらしている。

猫　馬鹿も休み休み言え。コメが年に何度も取れて何が悪いんだ。高知県はいまでも二期作をやっているところもあるぜ。そんなものは気候と風土による耕作習慣の問題だ。民俗学にも造詣が深かった島尾敏雄は言っているぜ。「日本は照葉樹林帯だということがいわれていますが、しかし東北はそれから完全にはずれているんですね。地図を見ても分るように、日本の大部分は東西に寝ているのに、東北だけ南北におっ立っている。東北の米はうまいけれど、基本的には、米作りには適していない場所ですよ。非常に無理をして米作りをやってきた。しかし周期的に冷害が襲って来てひどいことになるわけです。それでも諦めずに努力する。その繰り返しが東北の悲劇的な宿命ではないかと思うんです。思いきって米作りをやめて、ヨーロッパの同じ緯度のところでやっているような作物にした方が良かったような気さえしますね。米作り、といっても水稲耕作ですが、それが東北に入っていく過程は、同時に東北が中央のしくみに入ってくるそれと重なっているんじゃないかと思うんです」（対談「鬼伝承」から）

松　同じコシヒカリでも味が違うからね、北と南じゃあ。寒暖の差が影響して、実の入りが違うんだろうね。それに日本列島総体をいっても、海に囲まれ、山が多く、平野は少ないから農業に適しているとは言いがたい。農業人口はいまでは一割を切っているし、国民総生産の内に占める割合だって、一割を下回っているからね。高知県なんか第一次産業の総生産高とパチンコ屋の総売上がほぼ同じなんだよ。そんな現状でも、コメのことになると、目の色が変わるからね。こうなってくると、ほとんどコメという信仰だね。『宝貝』の採取も『稲』の耕作も、柳田のいう『日本人』にとっては他者の囲いのなかにある生産物だった。だがそれにもかかわらず（それとともに）ふたつとも魂の自己表現にあたっていた」（吉本隆明「柳田国男論」）というようにね。それにしても、小麦なんか八割以上が輸入だというのに、日本共産党の言い草だと、小麦を日本に輸出しているために餓死者が続出していないと話のつじつまが合わないよね。だって、小麦を主食にしているところが多いんだから。こんなデマゴギーを流布して、いったいなにをしたいんだ、こいつらは。

猫　選挙の票が欲しいのよ。ばからしい。相手にする気もしねえ。だがな、それで労働者大衆を騙すことは断じて許しはしないぜ。こいつらはインター・ナショナルのイも知らないんだ。

松　まあね。いまどき、農民は純朴だなんて思っているおめでたい奴もいるからね。むかしから土地持ちはしたたかだよ。それが保守層の岩盤だなんて言っても始まらないけどね。近郊農家の手伝いなんかに行ってみろ、人使いが荒いから、下男なみにこき使われるよ。おれは別に非難したいわけじゃない。ただ、農民は自然を相手に牧歌的に耕作を営んでいる、そんなイメージを抱いていたら、大きな類かぶりだといいたいだけだ。それに同じ百姓とはいっても、山間部と平野部では、暮らし向きも考え方もかなり隔たりがあるよ。

猫　そうだな、「農民」も「労働者」も「学生」もみんな、昔のイメージとはまるっきり違うからな。

松　それはどの政党も決定的な差異を構成しないのと等価さ。消費税に代わって福祉税だなんて、突然言い出すからね。たまらないよ。もはや一般大衆を無視した政治は成り立たないことを思い知らせてやるべきなんだ。

猫　そこでいえば、連立の政権は、よたっているところが取り柄だな。密室作成の福祉税を取り下げたからな。リベラルで、少しはましかと期待してたら、これだ。細川も小沢もいいかげんにするがいいのだ。いつまでも、こんなやり方が通用すると思ったら、大間違いだ。

松　まあね。コメのことでも、食糧庁の役人は国産米と各種外米をブレンドするなんて言っているからね。ばかにするな。どのコメを食うかは、消費者個々が選択するんだ。くだらない介入はやめて、貯め込んだコメを放出しろ。

猫　そうとも。一粒残らず食い尽くすまで。

松　その反対に、コメの呪いを振り切って、コメなんか関係ないよ、となればいいのさ。「弥生三日上巳の節句なれど、雛遊びもなく、桃もよもぎもともにめぐまされど、麻ニハあらぬ在所の三ばいかたむけ、けふの寿をいわい卆ける。無程はるも過夏もはや、北山里ハ気候おそく草木漸くめぐミ、山々の雪も村消、四方に霞たなひきわたり、山路の春をしられけり。在所の人々ハ山々の耕作をはなへる。けたかうまへなどへ長閑なる日火をはなち、去年伐置たる柴、あや木を焼、其灰汁にて稗・小豆などを作りけり。た屋と云所（さく小や也。所帯道具持行、家内不残家を明ケ十一月迄居る。）に行て、昼ハてなこなぢまい夜ハ鹿をおい夜もすがら寝ず。又ある昼ハ猿をおいてしんばあも隙なく、其辛苦甚なり。男女長幼いとまなく。扨山をやく時ハ灯火をしてやく。其まじなひにいわく、聲高々と、山をやくぞふ山をやくぞふ　山の神も大蛇殿もごめになれ、ごめになれ、はふ虫ハはふていけ、飛ぶ虫ハとんでいね、ひつこむ虫ハひつこめ、あぶらおけそうけそうけ、さあさあやけやけと云って、火をかけ山を焼たつる也」（「寺川郷談」）。これは江戸時代中期の四国山地の話だけどね。焼き畑だ。コメなんか食っちゃいなかったのさ。

（一九九四年四月）

8、くたばれ『噂の真相』

パラノ松岡　このあいだ、ある人にチケットを貰ったんで、石井輝男の映画「ゲンセンカン主人」を観た。これがひどい代物で、つげ義春の作品を並列的に並べ、外在的に再現しているだけだった。映画にもなににもなっちゃいない。

猫々堂主人　竹中直人の「無能の人」はよかったぜ。

松　くらべものにならないよ。映画「無能の人」は、ほんとうに竹中直人がつげ作品を尊重しているのが、虚飾もなく映像に現れていたし、なによりも自分のものにしていた。多摩川の景色や山口美也子や風吹ジュンの好演も光っていたしね。ところが、石井輝男のものは、手慣れた手法で世間のつげ評価に便乗しただけのものだ。映画の中の「李さん一家」をみれば、すぐに分かるよ。作品の意味が完全に反転しているからね。

猫　わかった。つまらない映画の話は止めだ。

松　おれ、たまにしか映画観ないから、ついね……。

猫　それより、『噂の真相』の「小沢一郎賛美まで口走り始めた吉本隆明の耄碌と呆けの悲劇」というデマ記事、読んだか。
松　うん。でも、買いはしないよ。立ち読みさ。こんなデマ雑誌は購入しないことが、いちばんの批判だからね。くたばり損ないのドブネズミはどこにでもいるものな。象徴的だよ。日本共産党からエコロジストまで、その殆どが、噂とデマゴギーの流布を、敵対行為の主要な手段にしているからね。もう、その手しか残っていないんだ。デマによる排撃と組織的威圧。思想も原則もあったものじゃないよ。頽廃の極致さ。しかし、匿名で中傷しデマを飛ばしたところで、遺物になった日本左翼の被虐的な心性と感応するだけだ。同類が喜ぶだけさ。おれたちには何の関わりもない。ひかれ者の小唄にすぎないさ。
猫　『噂の真相』も、いつまでもこんなやり口が通用すると思ったら、大間違いだ。もし、これがじぶんのことだったら、わしは実力行使だ。そのとき、「言論の自由」なんて泣き言は云わせないぜ。匿名によるデマゴギーの行使は、言論なんてものじゃない。卑劣な言語テロそのものだ。大手新聞やインチキ良識出版社から、テレビ・週刊誌といった薄汚い業界までが、その温床で、許容されているが、そんなものは利害と俗情の結託でしかない。こいつらが「反体制」を標榜していても、あるのは裏取引と密通だ。
松　おれは相手にしないね。匿名のゴロツキやスターリン主義残党やエセ進歩派の抑圧のシフトなんか、もはや、恐れるに足りない。完璧に破産しているからね。最期の悪あがきさ。おれもそれくらいには歴史の審判を信じているよ。おれたちは、学校でも、職場でも、地域でも、孤立に耐え、マスコミやスターリニストや組合の組織的締めつけにもめげずに、テロと内ゲバの時代をくぐり、新旧左翼の限界を見据え、ここまで歩んできたんだ。いまさら、どうってことはないさ。それによ、そんな体験なんかなくたっていいんだ。こんな陰湿で姑息な徒党性に関わりなく、自在であれば、ね。この連中は吉本隆明が小沢一郎を一定評価したのが気にいらないんだ。ばからしい。こいつらにくらべたら、矢面に立ち自民党を下野させた小沢一郎の方がずっとましさ。文句があるんなら、まっこうから小沢一郎や、そして、吉本隆明と対決したらいいんだ。その力も器量もないから、業界のドブを這いまわり、デマゴギーをふりまいているんだ。負け犬なのさ。負け犬っていうのは、闘って負けた犬のことを言うんじゃない、闘う前から尻尾を巻いてしまう犬のことを指すんだ。

猫　わしはおまえと違って、やられたらやりかえす。それが流儀だ。放っておくから、つけあがり、世間に許容されていると錯覚するんだ。どこかで引導を渡すべきだぜ。

松　岡留安則ひとり始末したって、片付きはしないよ。蛆虫なんだから。元を絶たないかぎり、つぎつぎと湧いてくるさ。そこでは原則的にやりぬくしかないのさ。おれは痩せても涸れても、匿名で発言したり他者を批判したりするつもりはない。それがおれの他者と言論に対する態度だ。どんなにギャラが良くてもね。

猫　こいつらの手口はこうだ。吉本隆明の『全著作集（続）』の刊行中断、主著の文庫化、建て売り住宅の購入。この事実をさもつながりがあるがごとく、事実と事実のあいだを嘘と噂で連結し、ありもしない架空のドラマを捏造しようとしている。「一九八〇年、吉本は現在の住居である文京区本駒込に一軒家を購入する（埴谷から豪華なシャンデリアを攻撃された、あの家だ）。そしてその購入資金を調達しようと、六八年から全集を刊行し続けていた勁草書房に対して、重版を見込んだ印税の前払いを要求したのだという。ところが、勁草側がこれを拒否。腹を立てた吉本が全集の刊行中止を申し入れたのが『真相』だったといわれている」と、こうなる。文体自体がデマゴギーを物語っているぜ。「のだという。」に始まり、「だったといわれている。」で終わるんだ。事の真相を知りたければ、直接、版元に問い合わせればいい、それだけのことだ。なにが「本誌特別取材班」だ。取材なんかしていないことを、この記事を読めばわかるじゃないか。また、版元と著者の間にトラブルがあろうとなかろうと、そんなことは外野の第三者には関係ないことだ。

松　じぶんの稼いだ金で、家を買おうと、ギャンブルに使おうと、外野からとやかく言われる筋合いはどこにもないよ。こんなところに、埴谷雄高をはじめとする新旧左翼の犯罪的体質が如実にあらわれているのさ。

猫　単なる妬みや僻みに思想的な陰影を与えたのが、マルクス主義の大きな弱点のひとつだ。労働者階級が市民社会から疎外され締め出されていた状況では、切実な意味があっただろうが、いまはそんなもの、社会的なコンプレックスでしかない。階級を形成するというよりも救いようのない根暗な心性でしかなくなったのさ。『清貧の思想』なんて、その典型だ。てめえが清貧で押し通すなら、それは自由だが、このおやじは、駄本の印税でがっぽり自分は儲けているくせに、贅沢は敵であり、罪であるがごとく説教を垂れている。ふざけるんじゃねえ。表向きは清貧、陰にまわれば徒党。ワンセットなんだ。人民の前衛、その実態は一党の独裁支配。いつまでも誰が騙されるというんだ。それはポーランドに始まり、ソビエト崩壊にいたる過程で、万人の前に証明されていることだ。

松　埴谷雄高なんか滑稽だよ。『近代文学』の仲間で、親しくしていた武田泰淳や大岡昇平などはちゃんと別荘まで構えていたのに、吉本隆明の住宅をターゲットにするんだから。どこにその基準があるのか、おれたち貧民にもわかるように説明してもらいたいもんだね。

猫　それより、一日一二時間近く働いても、なお借金もつれのわしに施しを、と言ってもらいたいね。こいつら「原稿料にもきわめてシビアになっていった」などと言っているが、ひとは霞を食って生きているわけじゃねえ。賃金が出ないとしたら、誰が仕事に行くか。それと同じだ。労働に対する応分の対価の要求は、労働者の当然の権利だ。それとも、物書きは例外とでも言うのか。大学に逃げ込み、教授の安楽椅子に座り、高い報酬を得てる連中ならいざ知らず。この匿名乞食だって、『噂の真相』という掃き溜め雑誌で、残飯あさりをやっているじゃねえか。それとも、吉本バッシングのためならギャラなしでいいということでやっているなら、ご立派にも資本主義以前の、まさしく醜貧の徒だ。

松　「吉本ばななが『海燕』新人賞をとり、デビューを飾れたのも、吉本隆明の力によるものだった」などと言う輩だ。なにがなんでも吉本隆明を誹謗中傷したいだけなんだ。そうやって、反革命の本性をさらけだしているのさ。まったく、『キッチン』は世界各国で読まれているというのに。こいつらは文学が好きでも、社会や政治思想にほんとうに関心があるわけでもない。浅ましい徒党利害の走狗でしかないよ。要するに、屑のなかの屑なんだ。

猫　中野孝次は「日本は戦さに負れたが、敗戦を傷む者など少くともわたしの周りには一人もいなかった」(「明るかった戦後への挽歌」)と平然と書いている。恥知らずにもほどがあるぜ。このおやじは戦中派で、多くの同世代を失い、大衆の犠牲を目のあたりにしながら、自分の無傷を誇っているんだ。これは恐るべき特権意識であり、その精神の奇形を語るものでしかないぜ。戦争ファシストと何等変わらないといっても決して過言ではない。また、埴谷雄高も、井上光晴の記録映画にことよせて、「抑圧と差別は、新しい移動時代である現在における公然たる一般意志」(「全身作家井上光晴」)と断言している。この特権意識による、大衆蔑視と敵意は、断固粉砕されることは言をまたない。この精神病の発祥の根は、言うまでもなくロシア・マルクス主義にある。その党の権力意志と指導者意識の中に。

松 中野も埴谷も思いあがっているのさ。もう、一般大衆に踏み越えられていることも知らずに。耄碌とは、この二人のためにある言葉だ。そして、それは『噂の真相』から『週刊金曜日』まで、みんな、通底しているんだ。しかしな、こんな腐り切った連中を相手にしてると、「呪」みたいに、そんなものがあるとしてだが、こっちまで品性が失われてゆく気がしないか。腐臭が移るみたいに。

(一九九四年一〇月)

9、『全共闘白書』をめぐって

パラノ松岡　『全共闘白書』についてやりたいんだけど、いいかな。

猫々堂主人　好きにするがいい。ただ全共闘と言えばいいもんじゃないぜ。懐かしいとも、美しいとも、わしは言わせない。テロと内ゲバの新左翼残党と退行した社会環境派の潮流に、その末路は象徴されるんだ。その誤謬と限界性を批判しつくさないで、全共闘などという過去を持ち出すな。わしなんか世渡りがヘタなだけかもしれないが、当時の学生とは違って、社会的な退路は絶たれていたんで、ずっと、その体験をひきずり、こだわりつづけてきた。そのあげく、とうとう、左翼性が殆ど消失するところまでたどりついたんだ。なにがいまごろ全共闘だ。寝ぼけるんじゃねえ。戦友会や同窓会じゃあるまいし。まったく、いいご身分だよ。寄り集まって、昔を回顧し、なにやら立派な提言までしていこうってんだから。近頃はちったぁ、ましになったが、昔の連中に顔を合わせると、自己憎悪に歪んだぜ。いまでも、精神病院にはいったままの奴もいるし、死んだ奴もいる。それぞれに深い傷を負ったんだ。それをたやすく歳月が洗い流すはずがない。なんなら、ここに名を連ねている連中が、なにをやり、なにをやらなかったかをあげつらってもいいぜ。もちろん、その体験が無ければ、現在の自分もないことはたしかだがな。

松　そこまで言ったら、言うこと、無くなるよ。まあ、こんな白書もあっていいんじゃない。だって、「民青白書」なんて考えられないからね。党の方針に盲目的に従属し、組織の言いなりで、個人も個性もあったものじゃないから、はじめから成立しないよ。それだけでも、悪しき左翼的伝統に対する全共闘の優位は揺るがないよ。

猫　その割には、匿名が多いじゃねえか。この年代といえば、もう四〇代だろ。自分のやったことや、いま考えていることに責任を持てよな。なさけないと思わないのか。いい歳こいて。気にいらねえ。匿名で発言するくらいなら、黙ってりゃいいんだ。仮に不都合が生じたって、たいしたことはありゃしねえのに。公安やスターリニストが怖くて、世間が渡れるかよ。ヘルメットとタオルの覆面がいるのは、街頭で権力と実際に渡り合う時でたくさんだ。頭部の防護と面が割れて現場の証拠になるからな。病気だよ。左翼の公然と非公然などという二重性の、陰謀と陰湿な心性から、ちっとも抜け出していないじゃねえか。反逆は内向を不可避とすることと、裏にまわり陰で画策するスターリン主義の病的な組織体質とは、断じて別のものだ。それを振り切ることが、全共闘以後なんだ。

松　まあ、そういえば、そうなんだけど。感情的な気がするなあ。全共闘なんか知らない世代が主流なんだから、自分の行きがかりをもとに、憎悪と反発を報いたところで、それこそ同時代的なパラダイムでしかないよ。総中流化の皮膜に覆われた社会に対して、持ち場から発言することや異議を申し立てることはいいと思うよ。全共闘ってことに重きを置かずに、ひとつの白書として対すれば、これはいろんな意味でおもしろいものだし、意義があるよ。編集した連中の意図はどうあれさ。

猫　おまえ、いつから、そんなに物分かりがよくなったんだ。悪い物でも食ったんじゃねえか。

松　そうじゃないよ。錯覚している奴等は別にして、全共闘なんて、もう通用しないんだよ。世の中は消費資本主義に移行してるんだ。そこでいえば、各自の思い入れなんかどうでもいいことさ。そのうえで、この白書はさまざまなことを問いかけているような気がするんだ。それを学生あがりで片づけちゃいけない気がするよ。

猫　そこまで、言うんなら、わしがそのアンケートに答えてやろうじゃねえか。

松　「1、全共闘運動あるいは学生運動に参加した理由はなんですか。できうるかぎり、それぞれの回答についての理由もお答えください。ア、自らの信念で　イ、友人・先輩に誘われて　ウ、社会正義から　エ、時代の雰囲気で　オ、その他」という調子で、七三項目もあるんだよ。そんなこと、しなくていいよ。年収をはじめ現在の生活情況とか当面の課題とか、個別的でありながら傾向性があるところなんか、興味深いよ。

猫　ごちゃごちゃ言うことはない。

「1、運動参加理由」エ・時代の雰囲気。

「2、かつて全共闘あるいは学生運動に参加したことをどう思っていますか」ア・誇りに思っている。

「3、もう一度『あの時代』に戻ることができたら、どうしますか」バカ！

「4、当時、全共闘運動（あるいは学生運動）によって革命（あるいは大きな社会変革）がおこると信じていましたか」わからない。とにかく夢中だった。

「5、社会主義は有効性を失ったと思いますか」なにを社会主義と言うかで、自ずと違ってくる。

「6、全共闘あるいは学生運動はあなたの人生観を変えましたか」ア・変えた。

「7、かつて全共闘あるいは学生運動に参加したなかで、もっとも印象に残っているもの（事件・闘争）はなんですか」機動隊との対峙。自己同化という意味では浅間山荘。

「8、かつての活動家の多くが市井人となっていまだに政治的な沈黙を守っていることについてどう思っていますか」当然。すべては面々のはからい。

「9、もしあなたが全共闘あるいは

松　やめろよ、どうせ月並なんだから。

猫　まるで選択式の答案だな。でも、45の労働組合なんか振り出しに戻った方がいいぜ。ろくなことはやってないんだから。労働者の組合離れは正しい判断さ。こいつらになにかを期待しても無駄だ。だいたい、この白書を編集した連中もそうだが、エリート意識が抜けないんだ。呼びかければ応えるものと思ってる。応じない者は意識が低い。あるいは日常性に埋没していると、無意識のうちに見なしているんだ。冗談じゃねえ。こんな連中を相手にする気も、その必要もないだけなんだ。消費過程では一般大衆が主役になりつつあるんだ。こいつらは、旗を立て、同意と傾向性を組織し、壇上から号令を掛け、政治的に人々をひきまわしたいだけなんだ。自分を「賢者」や「豪傑」や「有能」と思っているうちは、なにをやってもろくなことにはなりはしない。情況に押し出されて仕方なくやるのが、運動の本来性だ。

こいつらに、そんなこと、わかるはずがねえ。
松　労働組合は政党と絶縁して、社会的に自立することだよ。そこにしか独自性はないよ。そうでなければ、いつでも翼賛団体に豹変する。そんなんだったら、職場の互助会の方がまだましだよ。
猫　「42、外国人労働者についてどうお考えですか」ア・積極的に受け入れるべきだ。
「53、憲法はどうすべきでしょう。できれば、その理由と、それぞれのお立場を実現する方法・施策についてもお書きください。学生時代と立場が変わっているなら、学生時代の立場、変化した理由をお書きください」ア・改正。天皇条項の削除。手初めに天皇の国事行為をすべて廃止する。
「54、安保条約はどうすべきでしょう」ア・廃棄。
「55、現在の自衛隊は合憲と思いますか、違憲と思いますか」イ・違憲（対案も）。軍の解体は、国家の死滅にとって不可欠。
「56、自衛隊のPKO参加をどう考えますか」イ・認めない。
松　もう、いいったら。それより年収は。
猫　約二〇〇〇万円。苦しい。
松　初任給並だね。
猫　ああ、いつも、かけだしのペエペエ気分よ。
松　それが人格にも文体にも、出ていたりしてね。「家事・育児の男女分担」は。
猫　すべき。ところが、わしの場合、これが駄目だ。男子、厨房に入るべからずじゃないが、たまご焼きとラーメンしかできない。妻が病気で寝込んだ時なんか、どうしようもない。餌づけされているのはいいんだけれど、やっぱり、できないと実際困るよな。

松　この手のことに答えないと、おもしろくないよ。私生活は押し隠す左翼文士みたいで。そのくせ、陰では運動と女性は切り離せない有り様が多いからね。おれは昔、部落解放同盟の幹部と酒を飲んでいて、「松岡、酒と女をやらにゃあ、解放運動はできんぞ」と言われたことがあるんだ。おれは童貞だったから、内心困惑したよ。傑作なのは、部落解放同盟の奨学生の大会があって、それに同行したとき、引率の幹部連中は「今度はどれくらいカップルができるだろうか」なんて言ってるんだよ。おれは、この人達はなにを考えてるんだろうと、そのときは思ったよ。

猫　いいじゃねえか。それは結構なことだよ、若衆小屋みたいで。学校の引率の先公よりずっといいぜ。こいつらは旅の恥はかき捨てで、ご乱行の限りを尽くすくせに、生徒には「不純異性行為」はもってのほかだ、なんて平気で言うからな。遅れてきた浅田彰をはじめ「批評空間」一派みたいな奴等もなにもわかっちゃいねえ。頭でっかちで、運動のリアリズムもわからなければ、そのセンスもない。くだらねえ講釈を付けて、とち狂った見解をジャーナリズムに垂れ流しているだけだ。そんなのにくらべたら、この白書の個々の回答の方が問題意識は、おまえが言うように切実だ。

松　おれは部落解放運動の閉鎖性と利権しか考えない組織性に、これはつきあいかねると思ったよ。まあ、それより先に、排除されたけどね。若い者を集めて別組織を作ろうとしていると勘ぐられてね。「部落」出身であるか、無いかが、依然として決定的な線引きだったから、おれなんか日本共産党との対立のどさくさに紛れ込んだ異端の変わり者でしかなかったんだ。

猫　谷川雁と永瀬清子が死んだぜ。

松　谷川雁や井上光晴も、運動には女はつきものという口だろ。強烈なエロスを発散し、体力と気力を要するから、おれみたいな馬力のないものはマネができないけどね。「そのとき時間は始まった／鋭利な鋏にむかってはりつめためん帛のように／ひとすじの光が／岩の蔭からほとばしった／蔓草のからんだ鉄鍖にうちおろす／虚無の道士の／筋骨に青白い火花がちった／忍苦と信が彼の鍾愛する秘密の／かかとにふれた／時が彼の頭を吹いた／衣の硬い折目は微風にふくらみ　怒って／そそりたつ巌を脅かす鏃となった／次にふみだした一歩を／支配したものは　ただ暗い天空の／傾いた秤であった／この腕を切断せよ　この頭足を／一閃の光にて裁て／青山常に運歩す　では人間の苦悩も／するどく生かされた山水木石ではないか／ああ　お前ゆえに一切は不具と化す／自我の幻覚の呼称…私…わたしは／石のなかにいる　湖水に沈んだ石の――／それも刃そのもの　光そのものであらねばならぬ／ゆうひの透了する生物のむれには／きのう遠く別れたのではなかったのか／それは一秒の冬であった／きびしさのなかに眠る一滴の陶酔が／凍りついてしまう時刻であった／季節のない夜の隙間を六角の結晶が埋めていた／断じて劇をふくまない空間／白衣のすれる薄光が　彼の／青ざめたあぎとを　束のまの間てらした／彼は刃を抜いた／腕を切る音がした／達磨はなお動かなかった」（谷川雁「恵可」）

猫　う〜ん、しびれるな。

松　昔から教祖は「困った人」と相場が決まっているんだ。その点では、谷川雁は教祖にふさわしいよ。

おれは会ったことも、いかれたこともないけどさ。伝聞なんだけど、五〇年代に三池炭鉱にオルグに行ったとき、スーツでビシッと決めてたというからな。並の役者にはできない芸当だよ。

猫　しかし、その名画名作志向が祟って、ついに古典左翼を越えることができなかったぜ。

松　そうだけど、おれが谷川雁の中上健次論を批判して、彼のもとに送ったら、直接的な反応はなかったけれど、『賢治初期童話考』の序文で、雑役夫がなんたらと言って婉曲に応答していたよ。思い込みのハズレかもしれないけどね。そういう意味でも、破格におもしろい存在だったと思う。NHK教育の追悼番組で、炭坑の飯場で仲間と花札賭博をやっている場面が映っていた。よかったよ。谷川雁にとって、酒も、女も、博打も、革命も、体を張った臨戦という感じで。そんな愉楽も遠い時代の幻影となったのさ。

（一九九五年五月）

10、おうむクライシス

パラノ松岡　おっさん、生きてる?

猫々堂主人　なんだよ。

松　阪神大震災に、地下鉄サリン事件、オウム真理教騒動と、うちつづく時代の荒波のなか、どうしてるかなと思っただけさ。ひとことも、発言していないみたいだけど、ここら辺りでなにか、言うことないかな。

猫　ふん、くたばってたまるか。災害にも、テロにも、断じて負けはしないぜ。それがこの間抱いていた思いだ。

松　それにしても、オウム真理教は凄いな。これで完全に、武装闘争だとか権力奪取だとか暴力革命だとか、大口をたたいて、オモチャの迫撃弾なんか発射していた連中は、みんなコケだ。もちろん、おれのなかにあった粗悪な反逆のイメージもだ。オウムは、日本共産党から赤軍にいたる全部の反体制勢力の過去と現在を総括してしまったんだ。浅田彰が「オウムは思想でも宗教でもない」と言っていたけど、実はびびっているだけだよ。じぶんは大学という囲いのなかで安住しているくせに、そして、そこからはみだす根性もない臆病者のくせして、口先で小利口にいなそうとしても、そうはいくものか。オウムを越えずして、思想も宗教もないっていうのが、ほんとうだよ。

猫　そうだ。無差別テロに対して、断固として自己防衛すべきなんだ。地震に際して、わが身や家族はじぶんの力で守るしかないようにな。これがねじまき鳥クロニクルならぬ「おうむクライシス＃1」だ。

松　警察もマスコミもすさまじいね。マスコミは「現人神」と「象徴」の二つを体現した昭和天皇の逝去以来の、大々的オウム排撃キャンペーンを繰り広げたし、警察は警察で、別件逮捕のオン・パレードだった。オウムの高知の支部長なんか、通行のまばらな野中の道路の脇に車を停めて、知人宅を訪ねて車に帰って来たところを、なんと駐車違反で逮捕だよ。それまでずっと尾行していて、ちょっとしたことで逮捕連行してるんだ。やり過ぎだよ。こんなことが奴等の言う法治国家で許されるものか。法の下では、オウムも警察も同等じゃないのか。それが最低の原則だ。

猫　もっと許せねえのは、マスコミや警察が先行的に言いふらしたように、初期段階からサリンとオウム真理教が結びつき、しかも、その動向を事前にキャッチしていたんなら、あの地下鉄サリン事件は未然に防げたはずだ。その意味では、あのテロは、オウムと警察権力の〈共作〉と言っても過言ではない。わしが最初に不審に思ったのは、阪神大震災の時、あれほどモタモタして、まともな対応がいっさいできなかった政府とその機関が、地下鉄サリン事件の際には、事前に察知し予想していたとしか言えないような、速やかな動きを見せたことだ。これは古新聞を引っ張りだして、「一日の動き」みたいなやつを見比べたら、立ちどころにわかることだ。こいつらは、普通の人々をなんだと思ってやがるんだ。これが反オウム反権力の足場なんだ。
松　おれは始めのうち、テレビや新聞のオウム報道を熱心にたどっていたけれど、すぐに厭になって、見ないようになった。警察は捜査の公式発表はほとんどやらずに、裏でマスコミに情報を流すという暗黒の手法を行使している。これが権力のマインド・コントロールだ。だから、あまり、言うこともないよ。ただ、マスコミの連中が言うように、オウム真理教が、邪教で狂気の集団とは絶対言えないよ。どこの宗教団体だって似たり寄ったりのことをやっているんだし、政治組織だって宗教よりも宗教的側面を持っているからね。どちらも心理と倫理の脅迫を第一の武器としている点でも同じだ。支配の欲望と権力の抗争のヘドロにまみれているくせに、どの面さらして「オウムを取り締まれ」なんて言えるんだ。奇怪といえば、人間の存在様式そのものが不可解なんだ。とぼけるのもいいかげんにしろ。だいたい市民社会が描く人間像なんて、上澄みにすぎない。小さな会社ひとつ取り出したって、××サティアンといっていいくらいに、いびつに出来てんだよ。なにをいまさら驚いてみせる必要があるんだ。ハイエナでしかないテレビ局なんて、下品で野卑な企業の典型じゃないか。オウムの密教的な組織体質が異様というなら、やつらも視聴率という狐に取り憑かれた異常組織だよ。反オウムの弁護士たちの一連の動きなど正気の沙汰と思えないよ。坂本弁護士一家の住まいの永久保存にしたって、学校での追悼儀式にしたって。
猫　お、まるでオウムの味方みたいじゃないか。
松　そんなことあるかよ。「何もかも忘れてしまいなさい。私たちはみんな温かな泥の中からやってきたんだし、いつかまた温かな泥の中に戻っていくのよ」（村上春樹『ねじまき鳥クロニクル』）。そうだとしても、オウムの宗教意識や妄想的な世界観の一方的な生け贄にされてたまるか。〈オウムの影〉は人々の潜在的脅威になっている。これは重要だよ。

猫　それなら、ショーコーショーコー麻原彰晃についてどうだ。

松　おれは麻原彰晃ってのは、基本的に黒田寛一と同じような盲目の教祖だと思っているよ。でも、やつが裁判で「秩序の敵であるように、きみたちの敵だ」とはっきり宣明したら、これは本格的な宗教裁判になるとおもう。

猫　それはそうだ。やつらは市民社会を意識的にしろ無意識的にしろ忌避して、出家してるんだから。社会秩序と衝突することは避けられないはずだ。少なくとも、そこら辺りにころがっている宗教組織とは違って、やつらは程良く社会に喰い入って現世利害の場所を占めようともしなかったんだからな。教祖の予言とその実行による成就という、自然過程や世界史の展開を無視した短絡的な思考そのものが否定されるべきなんだ。

松　それと全共闘世代の生んだ論客が、オウムにやられて、次々とパアになった。小浜逸郎や橋爪大三郎等。みんなアウトだ。これが「おうむクライシス#13」だ。橋爪なんか「さすがの日本人も懲りたことだろう。宗教団体が過激派と同じく、いやそれ以上に危険な存在で、本気で反社会的な陰謀を企てることを、少なくとも人びとは理解した」なんて言いやがってよ。なにが「さすがの日本人も」だ。この男はいったいどこの社会に帰属しているというんだ。東京工業大学の教授におさまって浮かれているだけじゃねえか。なにが「反社会的な陰謀」だ。頼まれもしないのに、秩序の番犬を買って出やがって。
猫　バカなやつらだ。
松　わかったふりをするのが、いちばん、やばいんだ。未知な部分や謎のような欠落を抱えこまないで、小浜逸郎のようにマスコミや権力のマインド・コントロールに乗せられて、平板な価値意識に迎合してると、間違いなくやられるような気がする。無意識の井戸は埋められない。それが時代の暗部への回路なんだからね。鬱的だとしても、この時代のどこにも、避難できる安全な場所はないんだ。なんでも有りのオウムに限った話じゃない。世の中自体がそうなんだ。だんだん追い上げられて、戦後の論理も倫理も厚みを失い、嘘の皮膜で覆い隠そうとしているだけだよ。村山（富市）首相みたいにね。「人にやさしい政治」なんて最大級の矛盾だし、反動のどん詰まりを告げているだけだ。村上春樹の『ねじまき鳥クロニクル』をどう思う。おれは「新潮」に連載中は発売日に買って、すぐに読んでいた。
猫　初期の『風の歌を聴け』から物語の構成は変わっていない。語り上手になったな。ストーリー的なこじつけや、笠原メイが月の光に照らされて裸身になる作者の固着を現したシーンもあるが、続編を待ちかねていた。クミコとのパソコンを通じたやりとりは迫力があったな。
松　パソコンがもうひとつの井戸になっているんだ。疎隔と通交の振幅をよく捉えていると思った。あそこは現在的な機能と風俗を持ち込んでいるというよりも、ひとつの喩に高められていると思ったね。おれは個人的に、主人公が自分の靴を汚れてうらぶれていると感じる場面が気に入ったよ。おれ、服装なんか頓着しないから、どうでもいいと思ってきたんだが、どうもそれは思い違いで、ボロを着てたら心もボロだとまで言わないけれど、身なりも大事だよね。特に靴は泣き所だよ。おれ、妻になる前の彼女を東京に迎えに行ったとき、ボロボロのスニーカーじゃ、あまりにもみっともないんで、友人の石井さんの靴を借りて履いて行ったんだけど、それが少し大きくて靴ずれして悲惨だった。あとさ、お気に入りの靴が履き潰れて、旅先で破れたときはみじめな気持ちになったよ。おれの靴の思い出、話したって仕方ないけど。

猫　たしかにな。前の仕事で、たまに工事現場で自分の靴がなくなって、しようがねえから現場にあるスリッパで帰ったことが何度かあるが、あれはなんとも締まらねえからな。でも、主人公のオカダトオルが三〇歳という設定は、無理があるような気がしたな。その落ち着きといい、おのれに対するわきまえといい、はたして、こんな三〇男がいるのかなと思ったぜ。

松　安原顕と反対だね。安原顕は「いまどきの若い奴は」って感じで攻めて、くさしまくっていたよ。

猫　あのご都合主義のハッタリ男と一緒にするな。村上春樹と安原の確執についてはよく知らないが、安原顕は自分の下で働いていた若い衆の悪口を言ったって仕方ないぜ。使いものにならないだの、やっと半人前になったと思ったらすぐ辞めるだの、そんなの、ありふれたことじゃねえか。どこの会社の経営者だって、それくらいのことはくぐっているんだ。一方、働いている側だって、こんなところに居たって芽が出ないと思えばさっさと辞めるし、仕事が不向きと思えば職替えする。そんなことはあたりまえのことだ。それをなんぞのように書きたてる安原顕の方が甘ったれなんだ。

松　得手勝手の権化に遠目には映るよね。ところで仕事の方はどう?

猫　べつに、勤め人としてふつうにやってるぜ。わしは製版をやってんだけど、まだまだライト・テーブルの鬼までは行かないな。四年目なんだが、最初の頃にくらべたら、版下からカメラ取りする仕事は少なくなったな。マッキントッシュや電算写植から出力機を使ってフィルム出しだからな。まあ、雑用男だ。製版から刷版まで、それに仕上げの折りや断裁までやっている。もともと職人仕事は嫌いじゃないんで、それなりにはまってやっているような気がする。

松　けっこう、目を使うんで、疲れるんじゃないの。

猫　寝込むこともあるが、だいぶ、慣れたよ。それよりも早く隔週の週休二日にならないかな。それがいま、いちばんの要望だぜ。金と時間があればと思うこと、しきりさ。

（一九九五年一二月）

11、追悼　長井勝一

猫々堂主人　『ガロ』の編集長だった長井勝一さんが亡くなった。

パラノ松岡　おれにとって『ガロ』はたったひとつの世界への窓口だったような気がするよ。たしか中学一年の時、高知市内の姉の嫁ぎ先に遊びに行ってて、本屋の店頭で見つけて買ったのが最初だ。巻頭には白土三平の「カムイ伝」が載っていた。おれは白土三平のファンだったから飛びついたんだ。その回は玉手村の百姓の打ち壊しが鎮圧されて、首謀者の一人だった苔丸が非人になりながら世直しを誓い、正助やナナと蚕を飼育したりする話で、おれの家も蚕を飼っていたから親近感を覚えたよ。それまで漫画に農家の暮らしぶりなんか描かれたことが無かったからね。それで最初から読みたいと思った。村には本屋はないし、駅の売店は有名な雑誌と週刊誌だけだったから、おれは母親の金をくすねて、直接青林堂にバックナンバーを注文し予約もしたんだ。山の村は家に鍵なんかないから、いつでも開け放しだ。のどかなもんだよ。泥棒の心配なんかどこの家もする必要がないような自足した村落形態だからね。他所者が入ってきたらすぐにわかる。それでも、現金なんかはちゃんとわからないところに置いてあって、それを探し出して代金にあてたんだ。

猫　しようがない奴だな。
松　ところが、バックナンバーが小包でどっさと届いたから、一発で露見してしまった。
猫　ざまあみろ。悪いことをするからだ。怒られただろうが。
松　それほどでもないよ。長兄にひとこと、ふたこと、言われただけさ。それから毎月『ガロ』が届くようになった。はじめのうちは「カムイ伝」だけがお目当てだったんだが、だんだんほかのものも好きになっていった。水木しげるやつげ義春、滝田ゆう、楠勝平、林静一、佐々木マキ、つりたくにこ、挙げだしたらきりがないけど、とにかく隅から隅まで繰り返し読んだ。臨時増刊で「つげ義春特集号」が出た時のことも覚えているよ。だいたい、増刊号なんてわかりはしないから、購読しているのに送られてこないんで、手紙で問い合わせた。そしたら、別料金だということで、あらためて注文した。あれは画期的だった。書き下ろしの「ねじ式」を巻頭に、つげ義春の代表作が並んでいたんだから。『ガロ』といえば白土三平、それにせいぜい水木しげるというイメージだった時に、つげ特集号だから、編集としては冒険だったはずだ。おれは中学を卒業して働きだしてからも購読をやめなかった。店頭で買うようになったけどね。でも、「カムイ伝」の連載が終わり、こちらも青春まっただなかで、熱中の度合いは変化していったようにおもう。それでいつの間にか大学生に混じって旗を振るようになったんだけど、つきあいのあった学生にバックナンバーを貸したら、これが戻ってこない。それでしだいに散逸していった。それに伴って執着も薄れていったような気がする。ある日、その学生の部屋へ遊びに行ったら、なんと、おれの貸した「林静一特集号」の「大道芸人」を切り刻んで壁に飾ってあった。あきれて文句も言えなかったよ。

猫　惜しいことをしたな。いま全部持っていれば値がしたろうに。

松　どうってことはないさ。「泣いて生きよか　笑っていこか　死んでしまえば　それまでよ　生きてるうちが花なのね　親の因果か　産まれ落ちた　身のさだめ　足が魚だよ　人魚姫　いつの日か　遠い邦のマドロスに　捧げましょ　ゆれて　人魚の　ぬれて人魚の　恋の花　泣いて生きよか　笑っていこか　死んでしまえば　それまでよ　生きてるうちが花なのね」。林静一のマンガを元にした、あがた森魚の「大道芸人」でも口ずさんでおしまいさ。お陰で、蔵書慾なんかすっかりなくなったから、すっきりしちゃったね。

猫　そこでいえば、野口悠紀雄の『「超」整理法』はふざけた本だ。何の役にも立ちはしない。わしは別に実用のために本を読むわけじゃないから、無駄だっていいが、この本は一応実用書を建前としているからな。だいたい、その機能主義的な発想が気に入らないところにきて、はぐらかしの手口がたまらないぜ。こんな無内容な本がベストセラーになるんだからな、まったく。学生相手の合間にちょっとウケを狙った蘊蓄だろう。こんなのが公共経済学を教えているってんだから、その経済学とやらがどんな代物か、想像しただけで嫌になるぜ。じぶんを整理した方がいいんじゃないか。

松　なににしたって、日本の場合スペースが貧弱だからね。狭い団地なんかでは本は最大の場所塞ぎだから、そこが根本的に解決されないかぎり、整理法なんてあったものじゃないよ。だから、一般的に関心が高いのさ。おれなんかまともに勉強したことがないから、なにも言う資格がないけど、書斎をひきずり、ノートをぶらさげて、出歩くことはできないんだから、身についたものがすべてだと思っているよ。

猫　けどよ、すこしばかり生活のスペースがふえたって、すぐに物に埋めつくされるぜ。わしの部屋だって散らかり放題で始末がつかない。それはルーズな性格の反映でしかないが、もう要らない物は片っ端から捨てるよりいい方法があるはずがない。それでも物はふえる。生産と消費の過剰なサイクルにリードされているからだ。だけど欠如よりはずっといいぜ。

松　『「超」整理法』なんか馬鹿らしくて途中で投げ出したよ。勉強なんてものは、テクニックじゃない、モチーフだよ。おのれが何に立ち向かうか、はっきりしていればやり方はおのずと決まってくるさ。それは世界認識だって同じだ。なにを価値の源泉とするかで、方法は決定されるし、思い悩むことはないはずだ。ただ、おれは学校が苦手だったから、まるで勉強の仕方が身についていない。いまさら後悔したってはじまらないからね。おれはほんとうは文庫本よりもハードカバーが好きなんだけど、最近は意識的に文庫本にしているよ。基本的に読めればいいんでね。

猫　そうだな。妻と暮らしだした頃、四畳一間に住んでいたことがあるんだ。机に炬燵、タンスに本棚、それにステレオ、ふとん、あんな狭い所にどうやって収まっていたんだろう。思い出すだけで呆れるぜ。ほとんど折り重なるように過ごしていたんだ、きっと。おまけに陽の当たらない北向きの部屋で、妻がさくら草を買ってきて、窓辺に置いてあったら、だんだん色が脱けて白くなっちまったぜ。その代わり家賃は安かったけどな。人の出入りも多くて、毎日のように誰かが遊びに来て、酒盛りをしていたからな。ろくに銭もなかったのに、たぶん、まだ時代にゆとりがあっただろうな。有る者が廻せば、事は足りてたんだ。

松　いかにも七〇年代的だね。

猫　七〇年代的といえば、どんな党派にも属さないで、勝手に暴れていた者は、つるんで何かをしでかす愉快な遊びの要素をふんだんに持っていたんだ。それがなかったら、全共闘なんかおもしろくもなんともねえよ。

松　まあね。過渡的な段階では、あらゆる行為は逆説的に現象するしかないからね。街頭デモはどんな名目を掲げていようと、ドライバーからすれば交通渋滞の一因でしかないように。そして、どんな切実な反権力の闘争現場であろうと、日常性からすれば暴徒の反乱と破壊活動にしか映らないかもしれない。それが情況的本質だ。この逆説の不可避さを知らない者はいつでも支配の位相に転移することを免れることはないさ。また、この現実的な規定を考慮に入れない思想もすぐに弛んだ市民主義のように腹を天にして、社会の現象のあぶくになるんだ。野口教授のように機能主義の駄弁に自己満足していれば別だけどね。近頃、いちばん見苦しかったのは、権力やマスコミに完全に同調し、そのお先棒を担ぐようにオウム真理教をざんざん忌避してきた連中が、破壊防止法が適用されそうになると、それまでの態度をひるがえしたことだ。名前を挙げれば、佐木隆三や佐高信らだ。いままでのじぶんの迎合的な言説の責任はいったいどうなるんだ。こいつらスターリン主義崩れはいつもそうなんだ。政治的な利害で、脈絡も必然性もなく豹変する。誰がこんな連中を信用するかよ。甘えるんじゃねえよ。こいつらには思想も文学もない。宗派意識があるだけだ。宗教や思想は国家を越えるものだということもわからず、破防法反対もなにもあったもんじゃないよ。日本共産党の党員のババアが自分では『パルタイ』を読んだこともないくせに、反党的だという「赤旗」のレッテルの受け売りだけで倉橋由美子を否定するように、左翼の宿痾だよ。

猫　ほっとけよ。棺桶にはいるまで同じことの繰り返しなんだから。それに倉橋由美子だって、そんなに上等とは言えないぜ。社会に対して斜に構えてることが知性の特権と思っている節があるからな。わしはずっと松本清張の感性やその作品の価値観を全面的に越えることが左翼だとおもっていたんだ。ところが、世の左翼の常識では、あのネクラで歪んだ通俗的な社会意識が、階級的な模範だとよ。あほらしくて、つきあっていられるかよ。そんなのより、ある面無意味で、ある面毒のある『ガロ』の方がいいぜ。わしはいまでも店頭でのぞいて、たまには買っているからな。杉浦日向子、蛭子能収やみうらじゅん、はては、ひさうちみちおまでが、テレビに進出しているくらいだからな、ガロ人脈は強いぜ。

松　おれは一度だけ長井さんと会ったことがあるよ。沖縄返還協定粉砕のデモで上京した時、ダチと神田の青林堂へ遊びに行ったんだ。長井さんは気さくな人で、なんの構えもなく、『ガロ』の描き手は個性的な人が多くて、あまり読者のことを考えていない。それではねえ」なんて言いながらアイスキャンディをご馳走してくれた。在庫の山に囲まれた小さな事務所から発行される雑誌が、おれも含めて多くの人を遠くまで連れだしたんだ。そのまんなかに、あの小柄な長井さんがいたことは間違いないよ。

（一九九六年五月）

12、瀬沼孝彰の死

パラノ松岡　このあいだ、久しぶりに『現代詩手帖』を買ったんだ。そしたら、作品特集で、なんとその冒頭のものが、「私は思はない／詩が無用だとも／くだらないものだとも／／逆に　詩は有用であり／すばらしいものだ／／ただ　私自身の詩について思ふ時／一度もそれが念頭に浮かばない／／有用ですばらしい詩は／いつでも他人が書いてきた／千年前にも　五十年前にも／／だから　詩の世界は／広大な海　多色の陸地だ／そこで生きるに値する私の場所だ　あなたの場所だ」というものだ。べつに作者の大岡信に対して悪意を持っているわけじゃないが、これが詩かよ？　というのが、おれの正直な感想だ。これが筆頭だよ。これこそ無用でくだらない繰り言じゃねえか。

猫々堂主人　おまえなあ、大岡大先生にそんなことを言っていいのか。通りのチンピラが相手もわからず絡んでいるとしか見えないかもしれないぜ。

松　そんなことは関係ないね。一篇の詩を読んで、率直な感想を言うのになんの遠慮がいるんだ。

猫　おまえがそう言うなら気が楽だ。詩の衰弱なんて知ったことかよって言えば、チャンチャンだけどな。傲慢なんだよ。謙虚な素振りをみせているだけで、傲慢そのものだよ。「私自身の詩について思ふ時」なんて、思い上がっていなければ書けはしない。だいたい、詩歌の歴史を教養として修めることと、詩を手中にすることは別だ。

松　ミイラ採りがミイラになっただけのことだね。歴史的な富にわけいり、実存の一回性を喪失するというありふれた陥穽にはまっているんだ。本人にとっては損な役回りを背負ってしまったのかもしれないが。詩歌の擁護が自己目的になり、肝心の自分の詩を歌えなくなっているんだ。それは「折々の歌」みたいな仕事を長くつづけていると、嫌でも孤心を吸い取られてしまう。でも、野村喜和夫みたいな小賢しい表層主義者などとは全然違うからね。野村の野郎はオウム事件に関連して、「吉本隆明の頽廃は深まっている」などとほざいている。少しばかり頭脳がいいからといって、のぼせるんじゃないぜ。野村は一度だって、本気でオウム真理教を批判したこともなければ、権力とマスコミの反オウムキャンペーンに異議申し立てしたこともない。ただの安全地帯にいる野次馬のくせをして、なんの尻馬に乗った発言なんだ。野村みたいな奴しかいないのかね。これじゃ、まるで同人誌だぜ。

猫　おまえ、まだ、あんなものに未練があるのかよ。だいたいな、この世界はさまざまな段階が錯綜していることも、もっといえば、この世は知的な業界人だけで出来あがっているんじゃないんだ。土方もいれば、漁師もいる。ホステスもいれば、ホームレスもいる。もちろん教師もいれば、芸人もいるさ。そんなの、みんな考慮の外だ。詩人なんて世間の落ちこぼれっていうのが相場だったのが、いまでは知的エリートのつもりになっている。それが悪いとは言わんが、おもしろくもなければ、エロスを発散しているわけでもない。まして、感動することなんか稀だ。はっきりいえば、戦後の現代詩の根拠は完全に失われたんだ。もっと広いフィールドに出なければ、話にならないさ。

松　おれも好きな詩人はいるよ。谷川俊太郎のような有名どころだけじゃなく、西村博美や伊藤芳博や亡くなった瀬沼孝彰とかね。「休日で人のいない事務所はひっそりと静まり返っていた／天井に取り付けられた冷暖房機の上蓋のネジをはずす／舞い落ちる埃／脚立のたもとに立っている／西野さんにフィルターを手渡す／今日は大丈夫だと思う／西野さんは仕事中に／自分がわからなくなってしまうことがあるのだ／数週間前／日本橋にあるビルの貯水槽の清掃をしていた時／西野さんの姿が見えないことに気がついた／山田さんたちと屋上を探しまわった／事故の可能性もあるからだ／西野さんは自家発電機の裏側に／うずくまっていた／山田さんが声をかけようとすると西野さんは顔を上げた／今にも泣き出しそうな表情だった／誰も　西野さんを非難する者はいなかった／どうしようもないことなのだ／それは西野さんの詩のようなものかもしれないと思った」（瀬沼孝彰「コンクリートの日々」から）これが現場の詩さ。精神の空孔が詩であり、心の裂け目が歌であることを瀬沼孝彰の詩は捉えているんだ。東西の冷戦構造が崩壊して以来、世界の秩序の枠組みは雪崩的にくずれちゃっているからね。日本の各政党もぐちゃぐちゃになって差異をなし得なくなっている。もたれあいの相互補完よりも、団子状態のいまの方が末期的でいいよ。日本共産党は中国共産党に擦り寄り、橋本内閣は日米安保を軍事同盟にまで絞り込んで拡大解釈して、その対象地域を広げてみせた。それにまっこうから批判の声をあげるものも殆どいないという有様だ。行くところまで行きつつある。おれたちはひるむことなく、あらゆる局面で解体をおしすすめるしかないんだ。例外はないよ。

猫　そうだな。本の定価販売だなんて、綺麗事を言いやがって、生協などは値引きしているし、一般書店だって、ツケの効くお得意には割引サービスをしているし、教職員をはじめとする公務員も、その特典に預かっているのは周知の事実だ。なんでもない一般消費者だけがどうして定価販売の不利に甘んじなければならないんだ。新聞の拡販競争なんて凄まじいかぎりだからね。1月タダだとか、景品つきだとか、そんなの常識だよ。新聞社が良識の仮面をかぶったって、万人の知るところだ、それがいまごろ、こぞって再販維持だ。顔を洗って出直してこいだよ。出版社だって、そうだ。大手だけが有利な流通システムはそのままに、なにを虫のいいことを言ってんだ。書店だって営業努力を怠り、再販制度にしがみついていたって未来はないと知るべきだよ。

松　再販制度が廃止になったら、良書が駆逐されるなんて、素人を脅かすんじゃねえよ。いまだって、ろくに本は揃っていないじゃねえか。それに駄本の山だ。本は本来、個別的な商品だから、自由な価格で売って、少しも困るものじゃない。定価なんて版元が決めているだけで、版型、紙質、頁数、部数等で物質的に指定されているわけではない。きわめて恣意的なものだ。だから、どんどん自由価格本が出てきて当然だ。

猫　井上ひさしから江藤淳まで、新聞協会から書店組合までが再販制度見直しに反対だからね。この人たちはわかっているのかね。売れ残ったじぶんの本がバーゲン本として出回っていることを。それは版元の問題で著者は偉いから関係ないと言うかもしれないが、それこそ不細工な「ドンガバチョ」と「のんきとうさん」の証明さ。都合の悪いことには目をつむり、知らぬふりをするくせに、でしゃばって偉そうなことを言うな。岩波書店みたいな書店泣かせの特権的な版元がのさばっているのは再販制度があるからだ。ふざけちゃいけないよ。そうでなくても本離れは進んでいるというのに、このままだとほんとに干上がっちまうぜ。

猫　知ったことかよ。要するに、こいつら、みんな現状維持の保守派ってことだ。一致団結して、じぶんたちの利害さえ守られれば文句はないのさ。読者という他者もいなければ、大衆像もない。もちろん社会的な構想力もなければ試みの地平なんて夢の彼方にかすんでるんだよ。政党の団子状態とどっこいどっこいなのさ。しかし、どんなに統制を取ろうと、圧力を加えようと、いずれは崩れるさ。だいいち、こいつらが一番その建前の空虚を知り、実際は功利主義者に徹してきたんだ。

松　今回は教育問題に言及したいと思っていたんだけどな。甲府の藤井東さんが出演するというんで、NHK教育の「教育トゥディ」という番組を見た。藤井さんは落ち着いていて、きちんというべきことを言っていたし、やっぱり人格的な厚みがあって、それがよく画面にも出ていたよ。おれなんかだと、あがってしろどもろどになるか、むきになって言いつのるか、どちらかだろうから、たいしたものだとおもった。それにくらべて、テレビずれした福島瑞穂は型通りにこなしているといった感じだったが、東大教授の佐藤一子はひどかった。政治屋や官僚の答弁と同じで、どの言葉もなんのリアリティもイメージももたない空語の羅列で、それでなにか言っているつもりになっているからどうしようもない。こんな口先女がまっさきに退場することが必須だと思ったね。

猫　わしはもともと教育とか学校とかを問題にすること自体が好きじゃない。もっとも忌避すべき主題だと思ってる。それに、わしは殆どの教育関係者や教育論者を信用していないからな。

松　わかるよ。でも、そんなことを言ったって、現実に学校はあるんだし、中学までは義務教育だし、避けて通ることはできないよ。それにみんなそれぞれの学校体験を抱えているからね。こどもにとっては切実だよ。

猫　だから、なんだってんだよ。義務教育なんて小学校でたくさんだ。あとは塾だろうが民営学校だろうが勝手にやればいい。だいたい、半数以上のこどもが塾に通っている現状で、公教育なんかいるかよ。困るのは国家や「社会」至上主義者だけだ。さっさとやめるがいい。いまは明治の御代でもなければ、昭和の戦後でもないんだ。貧乏で学校に行けない時代でもなければ、知識に飢渇する情況でもない。それに知識は学ぶものではなく、獲得するものだ。

松　そういえば、身も蓋もないね。反対にいえば、九割以上が高校に進学してるんだから、入試試験なんか止めて高校も義務教育にすればいいんだ。大学の知的序列化なんて愚劣の極みだよ。そんなこと、誰だってわかることなのに、権威や社会通念に屈服してんだ。なさけないご時世さ。勉強するたって、要するに試験勉強だからね。それで、せいぜい勉強してたどりつくところが、柄谷行人や浅田彰が秀才という世界だとしたら、なんともつまらない、ちっとも魅力のない滓の吹き溜まりということになるね。丸山真男なんかでも六〇年以降は空虚な知的権威づけに身をやつしていただけだからね。浅ましくも惨めな学問人生というしかないね。だいたい、インテリは頭が良くて間違いを犯すことはないと思い込み、大衆は無知と決め込んでいたから、救いようがないよ。こんなのが典型で、その中間にろくでもない教育者や出来損ないの教師が右往左往しているとしたら、たまらないね。
猫　そんなの、表層だけでまっとうな学者もたくさんいると、わしは信じたいね。折口信夫みたいな面妖な人物も含めて。
松　お、ずるい逃げだ。
猫　そんなことはないぜ。世間は広く、世界は深いからな。わしの学校に対する批判は、最初に「特殊級」なんてものを作って差別選別しておきながら、どんな綺麗事を言ったって、やったって、いっさい無効だよ。なにが「いじめ」はいけないだ。なにが「思いやり」だ。なにが「なかよく」だ。全部、後の祭りじゃないか。
松　はじめから、公教育は狂っているということだね。
猫　そうよ。十歳にも満たない段階で、どうしてひとの能力や可能性を測ることができるというんだ。そして、そんな暴力的な「社会的決定づけ」を、ずっとやっているんだ。わしが教育は権力だというとき、その根本的な違和を根拠にしている。その意味では、福祉とは隠蔽の謂いでしかない。人間は社会的動物に違いないが、そこにとどまりはしないし、それ以前に哺乳類だ。

（一九九六年一二月）

13、ぶっきらぼうな夜風

猫々堂主人　また、失業したんだってな。
パラノ松岡　またって言うな。またって。
猫　おおよそのことは、聞いてんだが、この際だから、うらみつらみを吐きだしちゃいな。溜飲が下がるかもしれないぜ。
松　それも悪くないな。中学を出てから、いろんな仕事を転々としたからな。最初がパン屋で……まあ、どこにでも転がっている、ありきたりの身の上話なんざあ、したくもないがな。けどよ、美装屋、関西でいう洗い屋はけっこう長くやったぜ。二〇年近くもやった。それを辞めて、印刷屋なんだけど、ここに足掛け八年。
猫　「金の卵」なんて言われた、中坊の集団就職が終焉したのが、一九七五年だよな。まあ、ひよこのまんま、娑婆に放り出されるようなもんで、右も左もわかりゃしねえ。学歴もなければ、技術もねえ。要するに、頭も良くないうえに、身についたものもない。底辺プロレタリアートの典型だ。それでも、世間をなんとか泳ぐことができたのは、これは高度成長とその余波という社会背景があったからだ。

松　会社勤めは悪くないよ。それまでが、なんの社会保障もない日雇みたいなものだったから。毎朝、決まった時間に出勤して、ひとつの場所で働き、日給月給とはいえ、ちゃんと決まった給科が出るからね。安定感があった。それまでは、毎日のように行く現場が違ったし、休みなんかあって、無いようなものだった。次の日曜は休みだ、と言っていても、仕事が入れば、すぐに流れる。予定なんか立ちはしない。まるで、吹きさらしのなかにいるようなものだった。だから、会社に勤めだして、これはいいと思ったな。おれはできたら、定年まで逃げ込むつもりだったんだ。クソっ。

猫　社会制度っていうのは、越えようとすると、大きな障害なんだけど、保障してくれるからな。健康保険にしたって、雇用保険にしたって。社会的な地盤みたいなものだ。

松　一九八〇年だったと思うんだけど、洗い屋で働いていた時、ちょうど盆休みに、吉本隆明さんが講演で高知に来るというんで、おれらぁは、この機会に直接話を聞きたいと思ったんだ。それでＯＫをもらって、会を持つことになった。おれは仕事が仕事だから、二ヶ月前に「今度の盆休みは、用事もあるので休ませてくれ」と頼んでいた。「ああ、いいよ」と気安く大将は請け合ってくれたんだが、ところが、直前になって急ぎの仕事が入ったから、出てくれと言いやがる。冗談じゃねえ。そのために、おれは前々からくどいほど、言ってきたんだ。おれはダメだとつっぱねた。そうすると、「何様のつもりだ」と言いやがった。何様もかに様もあるかよ。こちとらにも、都合ってものがあらぁ。危うくキレるところだったぜ。

猫　それを根に持ってるのか。

松　そんなことはない。ただの話だ。それに比べたら、日曜、祭日がちゃんと休みの会社はいいと言いたいだけだよ。夏は冷房、冬は暖房。低賃金と残業が多過ぎるのが、少しきつかったが、まあ、申し分なしさ。おれにしたら。

猫　それが辞める破目になった。

松　そうだ。どこに勤めたって、嫌なことや理不尽なことはあるさ。雇用と被雇用の関係の内部と外部にまたがって階級性は貫徹している。そんなことは、いまさら、どうってことはない。そんなものに収束してたまるか。そんな関係の客観性を内在的に越える瞬間も場面もいくらでもあるからね。

猫　じゃあ、なんの不満もなかったのか。

松　そんなことはない。あたりまえのことじゃないか。ちょっと変わってるなと思ったのは、まず、社長が典型的なボンボンで、一度も他で働いたことのない、内弁慶のワンマン野郎だったことだ。県内のエリート高校から大学を出て、家業を手伝い、世間の風に吹かれたことのない、我が儘放題としかいいようのない有様だった。見栄っ張りで、ライオンズクラブやロータリークラブといったプチブルのうす汚い利権の集まりの会員であることを、本心から名誉と思っている、いまどき、信じられないような能天気野郎だ。そこを逆にいえば、一般的な商売人のイメージからこぼれるところで、魅力ともなっていたのかもしれないがな。その社長が、不倫のあげく実家を追われ、パートのおばさんを雇って始めた会社なんだ。その感覚が抜けない、会社というよりも、個人商店だな。

猫　地元によくいるタイプじゃないか。井の中の蛙の。

松　そうかもしれないけどね。あとはいちばん古株のゴリゴリの日共のおばさんだ。これがいじめの親だった。エゴとイデオロギーの絶妙なブレンド。極上の一品だね。このおばさんのいびりで、辞めた女の子がたくさんいるからね。おれもいろいろやられたが、忘れられないことのひとつに、ある復刻版を作ったときのことだ。元の本をバラバラにして版下にして、作ったのだが、作業が終って、「版下はどうしますか、手の空いたときに処理すればいいですか」と聞いたら、もう大変。えらい剣幕で、「すぐに返さないといけないので、すぐにやりなさい」というた。おれは言われるままに残業して急いで整理した。ところが、だ。それが何年経っても、おばさんの机の上で埃を被っているんだ。お笑いさ。

猫　そんなの、どこにでもころがっている話だ。

松　その通りさ。だから、おれは格別なにもしないで、ふつうに勤めていたのさ。それが急転直下、新社屋建築と移転で崩れたんだ。だいたい、時機が悪い。世は大不況に突入しているというのに。それに売上げ第二位の得意先に逃げられても、何の手も打たず、無能の経営者だよ。だいたい社長は、ただの印刷屋のおやじに見られるのが厭なんだ。おまけに、客に頭を下げるのも厭ときているからね。たかが二〇人規模の会社で。社員を奉公人か、手下と思っていて、嫌なことは全部社員にふる。それで事が足りているうちはいいが。極めつけが、移転先の団地の周りの会社がみんな株式だからってんで、カッコつけて、なんの見通しもなく有限会社から株式会社に増資した。アホが。その全部の負荷を社員におしつけやがったんだ。Mというカッコイイおねえちゃんが辞めるとき、「この会社は経営者と平とを入れ替えたらいいんじゃないの」と言ったほどだ。

猫　それで、ボーナスなし、基本給の減額、諸手当の廃止か。

松　そうさ。ただ、おれには辞めてもらいたかったんだ。露骨にやられたからね。何が気にいらなかったかははっきりしている。おれが地元の新聞に連載をしたからだ。一回目のは、ミッドナイト・プレスから『物語の森』として、本になったものだ。一回目は、松岡君も頑張っているね、で笑って済んだが、二度目、「文学という泉　第二部」となると、もう許容できない。わしより社会的に目立つな、わしの前を歩くな、だ。なにしろ、何台かの車に分乗して、どこかに出かけるときでも、わしの前を走るなというようなやつだからな。追い出しにかかった。それが潜在能力開発セミナーへ行けという業務命令だ。このセミナーには、それまで幹部だけが行っていて、一週間の泊まり込みで、帰ってくると、みんな一種のノイローゼになっているという、いかがわしいものだ。それを突然、おれにふってきた。明らかなリストラ方策だった。なぜなら、会社は経営が苦しいといって、給料を下げ、ボーナスはなし、手当も削る状態に加えて、銭に汚い社長夫人はポットでいっぱいにして湯を沸かすと電気代がかかるので、そのとき要る分だけ沸かすように、というくらいなのに、件のセミナーの参加料は一人二〇万円なんだ。おれの月収の一・四倍以上だよ。どう考えたって、おかしいじゃないか。それに、技術講習ならいざ知らず、そんな役にも立たないサギ商売のセミナーに参加させるよりも、そんな金があるのなら、夏のボーナスを出さないかわりに、せめて氷代にでもと言って、みんなに分配すればいいのだ。その方がずっと効果があるはずだ。馬鹿につける薬はないとはこのことだ。

猫　それは、お前の思い込みじゃないのか。

松　そんなことはあるか。社長はおれを呼び出して言ったんだぜ。「きみにふさわしい仕事がありはしないかね」てね。どうして、そんなことを言われなければならないんだ。別に会社の批判を書いたわけでも、業務に支障をきたしたわけでもないのに。要するに、狭量なんだ。自分の言いなりになる飼犬や番犬しか許容できない、哀れな裸の王様だよ。おれは胃の具合が悪かったから、医者に診断書を書いてもらって、セミナーは拒否した。しかし、この段階で、この会社にいるのは無理だと判断した。不当な労働条件の一方的な低下とは別にな。しかし、辞めて清々したよ。

猫　しかし、こんな話、嫌と思わないか。

松　嫌に決まっているだろう。会社を辞めるにしたって、長い間お世話になりました。どうもありがとうございました、というのが、いいに決まっている。もめるのが偉いわけじゃない。おれもそうしたかったよ。そんな気持ちをなくしてしまったら、おれはアウトだと思っているよ。相手がどうであろうと。

猫　まあ、どこを見ても同じようなものさ。小渕首相が天罰が下ったようにくたばり、森内閣が誰の了解もなく、政権を引き取った、ふざけた話には違いないが、それを「密室劇」などと批判する資格はどの政党もないのだ。政治的な駆け引きに明け暮れ、選挙のときになったら、みんな人々の方を向いて、われとわが党に一票を、と連呼するだけの御都合主義者じゃないか。みんな同列で、差異はない。おれたちは冷徹な批判と反政治に固執するしかないんだ。インテリ連中もひどい。いつの間に、あの湾岸戦争徒党の柄谷行人一派が国際派左翼と言われるようになったんだ。いまどき、福本和夫だの、神山茂夫だの、言い出す野郎が。ふざけるんじゃないぜ。恥知らずにも、自分の特集を雑誌に持ち込んで、権威づけに躍起だ。そのくせ、参考文献からは、自分たちに都合の悪いものや批判的なものはきっちり省いているんだ。なんてセコイ野郎どもなんだ。このやり口ひとつとっても、スターリン主義そのものだぜ。上野千鶴子あたりは日共に、いい子、いい子と言われて悦に入っているし、反対に西尾幹二あたりを頭目にする連中は、反動的時流に乗って調子づいている。新保守派気取りの福田和也の『作家の値うち』なんかゴミだ。要するに、世間をなめているんだ。こんなくだらない連中を相手にしても無駄と思ったらいけないぜ。やつらはすぐ図に乗るからな。それに、闘いは徒労みたいなものだ。その一方で、両村上なんかも主題主義に陥り、それがいいことで、立派なことだと錯覚するようになった。こうなったら、おしまいだぜ。

松　おれはナガノに縁があるのかな。最初のパン屋の主人もナガノだ。なんでもナガノ一族といって、高知の市部では有名らしいがね。パン屋のナガノなんて、日本犬保存連盟か、なにかの県の会長をやっていて、それで、血統書つきの名犬を何匹も飼っていた。それで、おれたちは毎朝早くから犬の散歩が日課だったよ。ところが、犬が死んだら、小麦袋に詰めてゴミの回収に出すんだ。おれなんかでも、散歩に連れて行っているうちに、愛着が生まれていたというのに。これがやつらのやり方なんだと思ったな。犬なんか好きでもなんでもないんだ。要するに、なにかの飾りなんだよ。行為は鏡さ。ここでの話がおれの貧しい心の鏡であるように。印刷屋の社長様だって同じだ。外面ばかり取り繕いやがって。移転してから、身障者を二人雇った。それは結構なことだ。しかし、見習期間と称して、三ヵ月以上タダで使い、やっと国や県から研修ということで、補助金が出るようになったけれど、その段階でも会社側は一円も払わないんだ。二人とも身障者といっても交通事故で足を傷めているだけで、コンピュータを操作して、作業するには何の支障もない。それに若いから仕事の修得も早いし、ゲームで鍛えているから慣れたものだ。それで、朝から晩まで会社の仕事をさせて、これだ。これは、もう「研修」とは言わない。それで、社長がなんと言ったと思う。「二階へも上がれるエレベーターを設置したい」だ。馬鹿野郎。そんなことより賃金を払えよ。それはエレベーターを設置すれば、設備補助も出るし、会社の印象もいい。要するに、小狡いだけだ。おれが辞めるまでの十ヵ月間、ずっとこの調子だった。おれは社会的に良いことをして善人づらしているやつは信用しない。むかし、建築現場でよく一緒になったペンキ屋のおやじがそうだった。少年院あがりの青少年を使っていて、自宅を寮に面倒をみている。ところが、みんな、ちゃんと働いているのに、給料は小遣い程度だ。それで、おやじは青年たちの社会更生に尽力する社会的人格者だ。人間性をなめるんじゃないぜ。一人前に遇すればいいんだ、ふつうに。他人の弱みにつけ込んで、甘い汁を吸っているだけじゃねえか。ナガノだって、同じ穴の貉だ。誰も口出しできないように相手の足許を見て、賢く立ち回っているだけだ。ロータリークラブの社会奉仕委員にふさわしい所業さ。だけどな、その障害のある若衆の母親も同じ職場だったけど、あの子は家で毎日暗い顔をして酒ばかり飲んでいたと云われると、第三者はなにもできないよ。でも、パン屋も印刷屋も、仕事そのものは、結構楽しかったよ。おれ、黙々と働くの、好きだから。職人のようにね。だから、やるべき事はちゃんとやっていたよ。まあ体力が無いからへばって、寝込み欠勤が多かったんで、迷惑もかけてたけどね。おれは同じ労働者でも、自分の事しか考えないようなやつは、嫌いなんだ。いるんだよ、こういうタイプがさ。自分だけが楽をしたくて、自分の仕事を他人に押しつけ、上から何か小言を言われたら、弱い者に八つ当たりするやつが。偏屈の、人格的にいえば経営者以下というようなやつが。おれはそんなやつとは違うよ。若いやつの面倒も見たし、庇いもした。だから、経営者側は別として、それなりに人望もあったはずさ。ほんとうのところはわからねえがよ。あんがい、嫌われていたりして、これが。まあ、会社がガタガタの状態になって、よけいに目障りになったんだろうさ。

猫　ご苦労だったな。

松　この不況だ。Ｙという美人で抜群に頭のいいねえちゃんが、餞別のように「口を糊されますように」って云ってくれたんだけれど、途方にくれているよ。次の仕事がなくて。

（二〇〇〇年六月）

14、風姿外伝
——金廣志『自慢させてくれ！』に寄せて——

1

猫々堂主人　源草社から出版された金廣志の本についてやりたい。

パラノ松岡　いいね。本の書評は『詩の雑誌　ミッドナイト・プレス』でやったけど、金廣志とおれのクロスするところで、まだ、言いたいことがあるからね。

猫　まあ、同世代ということで、いろいろ共通性があるだろ。同じ一九五一年生まれだし、高校中退ということで。それに金廣志は赤軍派、おまえは中核派系部落研にはじまり、「同行衆」あるいは鎌倉一派と言われていたから、似たようなところがあるな。

松　その昭和二六年生まれということなんだが、おれの場合、なんでも体が弱いってことで、母親が小学校の入学を一年遅らしたから、学年は金廣志より一学年下ということになる。これは六〇年代後半から七〇年代初頭の情況では、かなり時代との接点で、ズレを含んでいるよ。

猫　金廣志の経歴を本の著者紹介から引くと、「一九五一年大阪府生まれ。両親は済州島出身の在日朝鮮人。東京上野で少年時代を過ごす。都立高校在学中に新左翼運動に身を投じ、七〇年共産同赤軍派に入党。翌七一年に全国指名手配され、以後一五年間にわたり全国を彷徨、逃亡生活を送る。八五年、中学受験塾『武久鴻志会』に入社。以後、塾講師としての道を歩む。九六年には高知市に自力の『悠遊塾』を開く。二〇〇〇年夏に東京板橋に塾を移転」となっている。

金廣志は、釜ケ崎の飯場でツギヲと知り合い、それを頼りに、七三年の五月に高知にやって来て、おまえとは「建築現場で知り合った」となっているぜ。

松　それは違うね。金廣志が土佐に渡って来た時期、おれは朝倉の「木の丸アパート」に居たんだけれど、そのあと一旦東京へ出た。それで十一月に帰ってきたら、おれの高校時代からのダチのタニやんと知り合ってた。そのからみで知ったんだよ。その年の暮れか、その次の新年だったと思うな。どっかの飲み屋で会って、何軒かはしごして、最後はKの家に流れついて、一晩飲み明かしたんだ。そのときのやりとりで、やつが新左翼系の流れ者であることは、話からすぐに分かった。

猫　じゃあ、「建築現場で知り合った」というのはどういうことだ。

松　なに、そのあと、おれの郷里に近い四国三郎こと吉野川に、支流の穴内川が合流する太田口という所の、小学校の建築現場で一緒になったんだ。やつは鳶をやっていて、おれは美装屋だったからね。それで親密度が増したってことだろう。そのころ、やつは越前町の部屋でツギヲと同居していたはずだ。

猫　あの百石イエスと。

松　百石イエスか。誰が命名したかは知らないけど、ツギヲのあだ名としては卓抜だね。イエスの方舟の「千石イエス」に一桁劣るという意味なのか。それとも、彼の住む百石町という町名にひっかけただけものかは知らないが。その百石も、当時は兄が継いだ不動産屋を手伝うか、まだ迷っていた時期だ。百石は、おれと同学年で、高校も同じ追手前高校だけれど、夜と昼と違っていたから、その頃は知らなかった。金廣志を介して知り合ったんだ。その金廣志は「藤田」と名乗っていて、おれたちは「藤やん」と呼んでいた。いまでも、その方が親しみがあるよ。

猫　この本に書かれている内容とは少し違うな。

松　それは仕方ないよ。記憶は薄れるし、この本のストーリー展開から言って、細部は省かれる。他者が本の構成にコミットした自叙伝みたいなものは、どうしたって、ダイジェストであることを免れないよ。文芸映画の大半が、原作のダイジェストでしかないようにね。

猫　この本だと、百石なんて、申し分のない善玉ということになっているぜ。たしかに世話好きで、面倒見がいいってことは事実なんだが。

松　そんなことは、どうでもいい。おれの知ったことじゃないさ。ただ、この本の言説の地平線が、そこに象徴されているということだろ。

それに、この本は脚色されているからね。下川博という人が、金廣志が口述したものを筆記整理し、それに金廣志が手を入れて、出来上がったものだ。金廣志の姉さんの取材なんかは、ライターがやったんじゃないのかな。ストーリー作りの巧みな手練のライターだと思う。

猫　そりゃ、そうだろうが。

松　金が鳶を辞めたあと、金も百石も、一緒に美装屋のバイトとして働いていたこともある。この美装屋は、大阪帰りの留さんと、元高知大生の公文さんや西尾さんや山根君が組んで創立したものだから、誰でも気安く受け入れていたからね。

「天国」「つくし」「おぐらや」「カムナ」なんかが、夜の拠点で、よく飲み歩いたな。

猫　若かったから体力があったのさ。

松「天国」は、桑名のおばさんのやっていた店だ。コの字形のゆったりしたカウンターと六畳程度の座敷があって、とてもくつろげるいい店だった。もともと桑名家は職業軍人の家系で、戦争に負けて、満州から引き揚げてきて、おじさんが自分がゆっくり飲める場所にと思ってはじめた店なんだ。それで、おじさんが退いて、おばさんが仕切るようになった。そんなふうに出来た店だから、自然と家庭的な雰囲気の店になったんだろうな。料理もほんとうの家庭の味で。おばさんが百石や金を気に入ったのは、似た年頃の息子がいたからだろうと思うな。まあ、結局、熊本にいる息子の元へ引っ越すことになって、店は閉まった。

「つくし」は、カウンターだけの狭い店だ。なんでも芸妓あがりという、おっとりした品のいいおばあさんと頑張り屋のおばあさんのコンビの店で、とにかく、「天国」も「おぐらや」もそうだが安かった。

高知市の中央公園の区画整理で、「つくし」のあった裏通り自体が消滅した。

「おぐらや」は、須藤のおばさんのやっていた店で、その店の名の通り、もともとは甘味店だったらしい。おばさんは喘息持ちだったが、それでも亡くなるまで店を続けた。カウンター越しにわしらの行いをもっとも見たのは、須藤のおばさんだと思う。

「カムナ」は、長野兄弟のやっていた喫茶店、と言っても夜は飲み屋だったがね。時にはフリー・ジャズの生演奏なんかやっていたし、二人と歳が近い関係もあって、ここがさまざまな連中の溜まり場になっていた。

それで、金廣志が凶状持ちであることは、みんな、うすうすは気づいていたと思う。出会ったころは、トレンチコートにサングラスという、いでたちだった金廣志が、高知での生活のなかで、しだいに崩れていったのが、面白いよ。いかにも、おれはただ者じゃないぜという風姿が、だんだん崩れていった。なにしろ、この頃の、金廣志のあだ名は、『がきデカ』の「こまわりくん」だったんだからね。体型も似ていたし、「死刑!」というこまわりくんの得意のポーズが、また決まっていてね。謎の流れ者からひょうきん男に変貌したんだ。

猫　それは表面だけのことじゃないのか。

松　そうではないと思うよ。おれなんかでも、活動の痕跡をひきずり、それなりに追跡されていたからね。金廣志も、当初は追及の手が伸びたら、相手を倒してでも逃れるつもりをしていたと思うんだ。でも、この間の変化で、みすみす捕まる気はないにしても、そのときはそのときだという、開き直りを獲得したと思うよ。これは決定的なことさ。

猫　この本だと、自分の正体を打ち明けたのは、おまえだけで「万が一の時の後始末を『君の胸だけに収めて』と頼んだ」とあるぜ。

松　嘘、嘘、大嘘とは言わないが、そんなことはないね。たしかに、高知を去るということは告げられたけれど、そういうものじゃなかったな。だいたい、どこまでかは曖昧にしても、やつの素性は、つるんで遊んでいた仲間うちじゃあ、暗黙の了解になっていたからね。狭い街だから、おれやタニやんや公文さんのような地元で逮捕歴のある者や、高校で処分されて裁判で争っていたKなんかとつきあっていると、目をつけられるに決まっているじゃないか。それに、若いやつが集まって深夜まで騒いでいたら、それは目立つよ。だから、だんだん煮詰まってきたんだ。集まってやっていたことといえば、なんのことはない酒盛りや将棋大会だった。やつはやつなりに神経を使っていたけどね。たとえば、チャリの二人乗りとか夜間の無灯火とか、決してしなかったな。

猫　それで金廣志は高知を離れた。

松　そうだ。それがほんとうの金廣志とのつきあいのはじまりと言っていいのかもしれないね。

猫　どういうことだ。

松　そのときまでは金廣志にしても、高知は逃亡の通過地点にすぎなかったと思う。こっちも、まあ、流れ者と思っていたからね。それがヤマギシ会を経由して、神戸に留まるようになってから、頻繁に高知にやってくるようになるんだ、シーズンごとのように。それを本人は、高知の開放的な土地柄と百石グループの人間関係によるもののように言っているが、それも大きいだろうけれど、どこかで家や肉親への思いを、高知との関わりのなかで代償させていたんじゃないかな。

猫　ここに、金廣志からの葉書があるぜ。高知を離れたあとに寄越したもので、『同行衆10』に掲載されたものだ。

「今日も足場の下に高さはあるであろうか。自分は今、紀州は串本の奥、古座川を四〇分程の上流、滝の拝の宿に来ております。持病の十二腸潰瘍の悪化で持金はみるみるうちに減少、最後は、コツコツと温めておいた貯金箱も粉砕され、見事に、丸裸の破産と化した。飯も食えないのではいたしかたない。岩盤吹付工事八千円の募集につかまったが運のつき、ここは地獄の一丁目　ならず地獄の二丁目。最高高度四〇数メートル、最低高度一五メートル面積約五千ヘーベーの岩壁に命綱一本でへばりついている。現在八名の集まり来た人々が、これに挑戦しているが、既に引き返し帰郷した者四名、事故で負傷した者二名、軽傷者多数（私も落石により膝を打撲）以上の様な状態で完工まで邁進中であります。死の恐怖との引き替えに高給？といえども乗りかかった舟、引き返す訳にもいきますまい。本日、約一〇メートルの高さより落下、命綱を必死に握り、手をまげるのに不自由しています。ここ古座川は目も覚める程に美しく透み渡り、その水の美しさ、魚どもの自由な振る舞い、かって、この様にたおやかに流れる川を見た事がありません。ここはまさに彼等にとっては、聖域なのではないでしょうか。『あんかるわ』NO56を買い求め　西村光則氏の歌…拝見、山での生活は、日常の日々をやりすごし、一日を枕に眠に着くという事です。こちらに来て二〇日、実働一三日、ヘルメットを真深に締め直し、峰の向こう側にかすかに光る太平洋を方位と見定めて、それでは、元気で。」

松　春や夏には、神戸の道路のライン引きの日傭仕事を休んで、必ず高知にやって来ていた。一週間から長い時は一カ月近く居たからね。

　仁淀川の川辺でキャンプをした時なんか、いろんなメンバーが集まり、酔った勢いで、調子に乗って、おれなんかアジ演説をやったり、金廣志は「アリランの歌」を絶唱したり、盛り上がったんだが、すぐ近くに別の組のテントがあって、翌朝見ると、なんと高知県警のテントだった。あの時はさすがに冷や汗が出たな。

　その頃はもう、赤軍派としての罪状はたいしたことはないと思っていたけど、やつの場合、国籍が朝鮮で、外国人登録証の携帯を義務づけられている。金廣志は赤軍派になった時に、それを破棄している。これが金廣志の決意をもっとも示した行為といえるだろう。それで捕まった時、本国、と言っても一度も訪れたことのない見知らぬ故国でしかないのだが、強制送還される恐れがあった。朝鮮半島の政治情勢は南北ともいまとかなり違って、殆ど独裁体制に近かったから、それがいちばんやばいと、本人も周りの者も思っていた。

猫　それで言やぁ、百石は、親父の血を引いたのかもしれないが、根っからの周旋屋気質があって、わしんとこが子供がいないうえに、割に広い家に住んでいるということで、来訪者をつぎからつぎへ斡旋して、まるで無料の民宿みたいになっていたぜ。秋田のナガイ、フクオカ、山形のサッちゃんとか、いろんな人物がうちに泊まった。いま、みんなに宿泊料等の請求書を出したら、現在のピンチを乗り切れるかもしれないぜ。冗談だけどよ。街で飲み歩いたあげく、どっと流れ込んで来たりしたからな。そのときはそんときで、楽しかったから、なんの文句もないけどな。それに、泊めて嫌と思ったものは一人もいない。それぞれが友人であり、みんないい思い出だよ。金廣志は、男には圧倒的に人気があり、強烈な印象を与えているんだが、意外と女性からは印象が薄いんだ。どうしてだろ。「ほら、あのとき、藤やんってのが、一緒にいただろう」って言っても、憶えていないっていう人がいたぜ。

松　それは、女の人が面喰いだからじゃないか。まあ、おれなんかよりはるかにもてただろうが、そんなにマメでもないし、立場が立場だから口説いたりできる状況にないしね。

おれんとこに泊まった面々の多くは、一緒に美装屋でバイトをして旅の路銀を稼いだりしてた。岩手のタケザワとか、彼は結局、高知に居着いたけど。なにしろ、美装屋でバイトとした者は、旭川から沖縄までまたがっているからね。夫婦そろって、引きこもりぱなしのいまとは大違いだ。いまはそんな馬力も情熱もないね。

その後反対に、金廣志にはおれが上京する度に泊めてもらって、厄介をかけている。目白、東十條、川崎、王子と転居した場所にことごとく押し掛けて。いまでは逆転して、帳尻が合わなくなっているよ。

おれは泊めて嫌と思ったのは、別の関係で押しつけられた叛旗派の神津陽だけだ。あの野郎、おれのことをチンピラと言ってるらしいが、上等じゃねえか。そのときはなんにもなかったのに、よく言うよ。それなら、こっちも言わせてもらおう。一宿一飯の恩義も知らねえ、のぼせあがった政治屑。

猫　放って置けよ。宇和島の小秀才が政治的にころがり出ただけのことだ。おまえが雑兵にすぎないにせよ、野郎のような虚勢としかいいようのない横柄な態度しか取れない奴は、たかが知れてるぜ。将たる器はありゃしない。それはおまえのことをそんなふうに言ってたこと、一事でも知れるってもんだ。

それにおまえ、神津陽の『吉本隆明論』を『同行衆通信』でくさしただろ、それへの反感かも知れないぜ。どっちにしたって、叛旗派なんて問題じゃないぜ。
　まあ、それにしても金廣志は飽きもせず、よく高知にやってきたもんだな。
松　やつは尻が重いというか、未練たらしいというのか、とにかく、じゃあ、もう帰るからってんで、「つつい」っていう、とびっきり魚の旨い民家に暖簾を出しただけの店の奥座敷などに、郵便屋のヒロシや仕事仲間のタカシをはじめ、なじみのメンバーが集まって、送別会をやるんだが、そのうち、航空便や船便をキャンセルして延期になる。それが連日続いたこともある。程度の差はあっても、毎回それの繰り返しだ。あれはいったい何だったんだろ。つきあってる、おれらもおかしいよな。
猫　ところで、こんな超マイナーな話してて、いいのか。
松　わからない。
猫　金廣志は塾を高知で開いた際の話として、「夜になれば誘いがかかる。誘いがあれば断れないのが私の性分で」なんて言ってるぜ。
松　そのときのことは知らないけど、おれのところに泊まっていた時分は、日が落ち、宵闇が迫ってくると、もう出掛けたくてうずうずして、どこやらの店には誰が来ているだろうねなんて、言い出して、夜の巷に出たくてたまらない様子を決まって示してた。要するに遊び好きなんだ。おれなんかと違って、酒も好きだし、飲み屋の雰囲気がたまらなく好きなんだと思うね。これは父親譲りかもしれないね。
　一度、おれやヒロシなんかの高知組が目白へ押し掛けた。そのときに、東京の伊川龍郎なんかも加わって、金廣志に浅草界隈を案内してもらったんだけど、ものすごく楽しかったよ。まあ、やつの少年期の場所で、自分の領分ということもあったんだろうが、遊び心があって、他人への気配りも行き届いていて、おれなんかには絶対真似のできないものだ。それがやつの魅力の源泉にあるものさ。神谷バーの電気ブラン、金の知人の店のマッカリの味、忘れられないね。

猫　この本の中で、おまえの知っている登場人物はどうだ。

松　百石との関係はこじれていたな。金もおれも、いい加減なところがあるから、いっぱい迷惑をかけたってこともあるが、百石のほうもノンポリということで、要らざるコンプレックスとくだらない偏見を持っているんだ。間口は広くても狭量なのさ。

距離の問題もあるだろうが、「寡黙な哲学者」となっている馬兄や、やつのかみさんになった、たまえちゃんは、おれから見ても、そんなに印象は違わないね。たまえちゃんっていうあだ名は、「めだかの兄弟」を唄っていた「わらべ」というグループのたまえという娘に似ているということでついたものだ。たまえちゃんはおとなしく目立たない娘に見えたけど、芯は強い。でなけりゃ、意を決してやつを追いかけて上京するはずがないよ。ある面、永遠の少年という感じのやつを、彼女がその背後でしっかり支えているから、金廣志の今日があると言っても過言じゃない。馬兄は神戸時代からの友人だ。この時期一緒に暮らしていた女性がいたからね。それが全面カットされているから、この本を読んで、とくにこのころ一緒に働き、一緒に飲み歩いた馬兄なんか複雑な思いがあるんじゃないかね。

猫　そのあと、金廣志が東京に帰り、名告り出て、親戚の仕事を手伝い、営業マンをやってたころ、うちとは、いちばん疎遠になっていたな。
松　まあ、触れないほうがいい事柄もあるからね。
猫　高知で金廣志が赤軍派のメンバーであることが公然の事実となったのは、よど号を乗っ取って北朝鮮へ渡ったメンバーの一人が死んで、その葬儀に金廣志も参列していて、それが写真週刊誌の『フォーカス』に載ったからだ。わしなんか知らんふりをしていたが、「シルクロード」というバーのマスターが、「これは藤田さんだ」と最初に言い出して、それで広まったらしい。
　在日二世ってことは、わしなんか、そういうことに疎いから気づかなかったが、容貌からあいつは朝鮮人だという者はいたな。まあ、おまえはそんなことには頓着しないかもしれないがな。そろそろ本題に入るか。
松　本題と言っても、これまでが本題かもしれないよ。

2

猫　金廣志は一九五一年に大阪の生野区に生まれ、四歳のときに神奈川県の座間市に転居、その一年後に上野のアメ横に移っている。それから目白に家を構えるまで、そこで過ごしたらしい。
松　どうなのかな、おれなんか転地なんて考えられない、山村の集落に生まれたからね。でも、当時の社会背景を考えると、在日朝鮮人ということで、社会的な差別の圧迫はそうとうあったはずだ。おれの村にも一軒だけ、古物商を職業とした朝鮮人一家がいったけれど、やっぱり特別視されていたな。もっとも、おれたち悪ガキは、小遣い欲しさに家のぜんまいや米を持ち出して、そこへ持って行って買ってもらったりしていたからね。
　あと金廣志の場合、父親の家庭での暴力だろうな。いまと違って、おやじが家で、家の者やこどもを殴ることは、父親の権威のひとつとして、認知されていた面があったから、全然珍しいことじゃない。でも、逆に言えば、金廣志にとって、日本社会の差別や悪意が、決定的なトラウマにならなかったのは、やっぱり両親の愛情がちゃんとしたエロス的な防壁を作っていたからじゃないのか。

猫　しかし、金廣志の家出や赤軍派への加入には、時代背景ということも抜きにはできないが、その根底には父親に対する反抗意識があるんじゃないのか。本人は「自己否定」とか言っているけど、それは様々なる意匠にすぎないって気がするぜ。

松　まあ、一般的に言って、子は親に反発しながら、結局は、親の型を踏襲することになるんだろうけどね。それが健全な世代間の伝承の原型だろ。おれもそうだけど、おれの高校時代のグループには、なぜか片親の者が多かった。寂しいのか、愛情に飢えていたのか、わからないけれど。やっぱり青春期の行動の基底には家族的なエロスの問題が抜きがたくあると思う。この時期は、誰でも親を超えようとするものだからね。悪くすれば金属バット直撃だよ。
　おれはおやじが早く死んだから、おやじとの葛藤はない。おれのおやじは、ときどき高知のお城下へ出掛けていたことは幼いながら、知っていたけど、百姓なのに、なにをしに出掛けるのか、さっぱりわからなかった。後年、母親に聞いても知らないという。それで、不思議に思っていたが、先日姉に訊いてみたら、どうもおやじは競馬が好きだったらしい。それで、納得したよ。時にはみやげに缶入りの力バヤのお菓子なんか持って帰って来たからね。馬券が当たったたんだ。おやじのことでなんとなく傷ついた記憶といえば、おふくろと風呂に入っていて、風呂は五右衛門風呂で母屋から一段下がった所にあったんだけど、山の夜はとても静かだから、おふくろが帰ってくるおやじの足音を聞き分けて「おとやんかえ、風呂に入るかえ」と言ったら、おやじのやつ、酔っぱらっていたんだろうが、「つねが小便したような風呂には入らん」と言った。それくらいのものだ。

むしろ、その不在に傷ついているよ。だって、父親からひとりでに教わるべきことをほとんど学んでいないからね。これは生きてくうえで、ほんとうにきつい、何の構えもないんだから。

猫　この本では金廣志は、ものわかりが良すぎると思わないか。朝鮮人差別に関しても「第三国人」発言の石原都知事なんか名指しで批判するべきなんだ。ふざけるじゃないぜ、と。こういうことには、幅が要るぜ。因縁をつけられたら振り払うしかないように。また、襲われたら腕力や武器によって身を守るしかないように。対応には幅があってしかるべきなんだ。べつにそんなことに凝り固まることはないが、おれたちは何々人に生まれたかったわけでもないし、生誕は受動的なものだ。親だって、場所だって、選べるわけじゃない。それが個の本質じゃないのか。だけど、相手の出方によっては、遠慮なんか要らないから、やればいいんだ。それは過去の出来事に対しても同じだ。

公安調査庁なんか、いまだに在日朝鮮人は破壊防止法の適応対象だと言って、平然と人権侵害をやっているからな。西尾幹二や西部邁みたいな、日本の歴史の合理化を策動する反動屋も同じだ。わしは本格的な歴史論議としてはいろんな主張や考え方があっていいと思っている。それを遮ることは誰もできないものだ。それは中国や韓国であっても。しかし、こいつらは違う。このフジ・産経グループの後押しで踊る知識人どもは、それを教科書に仕立て、政治的圧力の具にしているだけなんだ。その反対に、その教科書を採用するな、なんて集団で押しかけている日本共産党の下部組織や市民主義者も愚劣の極みなんだ。どちらも教科書なんかで、人の思考や意識が教化できるかのように思っているんだぜ。それからして、酸鼻だよ。

『中学生の教科書―美への渇き―』の中の吉本隆明の「社会」を見てみろ。全然違うぜ。「社会とは何かという知識がなくても、またそれを考える機会がなくても、社会生活は立派にやっていけます」と言い切っているぜ。知識を相殺すること。それができなければ、知識も権力の一形態でしかないからな。

松　おれは神戸にいた金廣志のところへ遊びに行ったことがあるよ。そのとき、長野県の松本に家族や親戚が集まることになっていて、それに同行したんだ。それで松本で初めて金廣志のおかあさんや妹さんなんかと会った。そのときの印象からいえば、金廣志の少年時代は貧しく苦しかっただろうが、とても濃密な家族意識に保護されていて、決して荒れたものじゃないと思ったな。それはおかあさんの鷹揚な明るさといい、妹さんの慕っている感じからしてもね。おれ、焼き肉なんか、ご馳走になって、うれしかったよ。おれは社交性に欠けているから、どうしてもぎこちなくて、いつでもうまく場に溶け込めないんだけれど。つくづく自分は駄目だと思うよ。

だから、金廣志のような逃亡生活は、おれには無理かもしれない。バイタリティーと適応能力がものをいうからね。その場の雰囲気や相手に波長を合わせることができないと、その土地や場所に入れないからね。まあ、実際逃亡を余儀なくされたら、それはそれでクリアしないと、はじまらないから、やってみないとわからない面もあるだろうけどね。

猫　まあ、大杉の山の中育ちだ。知らないやつなんかいないからな。人にもまれた経験がないからだよ。それと親の育て方だろうな。

金廣志は板橋区の都立北園高校に進学している。東京ローカルで、よくはわからないが、金廣志はかなり学力優秀なんだ。落ちこぼれのおまえなんかとは大違いだ。

松　それは雲泥の差だよ。そうでなければ、武久鴻志会をはじめとする塾で鍛えられてきたとはいえ、自前の「悠遊塾」を四年で、少数ながら有力校への進学率では高知NO.1の塾にできるはずがないよ。全然違うよな。

なにしろ、おれの通った大杉小学校から、その頃から高知県で名門とされていた、土佐中、学芸中、高知中の私立三校。（土佐塾中はまだ開校していなかった）それに教師の子供や国家公務員の子供が通うのが相場になっていた高知大学教育学部付属中学校、これらの学校に中学段階で、進学するといったら、珍しかった。とくに土佐中となると、三年間に一人出れば上等だった。それはもう神童だよ。おれたちの同級生にそれがいた。それは　学業優秀、スポーツ万能、人望も厚い、申し分のない優等生だったね。

猫　金廣志の場合、学校時代でいえば、通名「東」と本名「金」の間の屈折の劇が大きいと思うな。それは逃亡生活の偽名と自己の在り方にも、通底している。これはつらいと思うぜ。嫌でも相手に自分を偽っていることになるし、胡散臭い奴と思われ、関係のよじれを呼び込むからな。それが心の陰影にならないはずがない。その悲しい状況の規定から脱したことは、なにはともあれ、めでたいことだ。だから、赤軍派の指名手配になったうちで、梅内恒夫だけがいまだに消息が知れなくて、それと比べて、悔やんでいるが、そんなことはないぜ。よじれた存在の二重性に終止符が打たれたことはよかったんだ。前からも、横からも、後からも、金廣志としてみられ、生きることは喜ばしいことだ。なによりも彼自身にとってな。やつはナイーヴだから、その虚偽意識に苛まれてきただろうから。

松　金廣志とおれは学年が一年ずれていると最初に言ったけど、金が進学した年の高知県全体の高校進学率は六六％だ。わが大杉中になると、約半分だな。それで、おれたちの学年になると、出来が悪かったのか、また四割に落ち込んでいる。つまり、半分以上が中学を卒業すると就職しているんだ。地域格差はすさまじいね。

それで、金廣志は高校では新聞部で、六八年三月の王子野戦病院反対闘争に新聞部のメンバーとして行き、衝撃を受けている。それが活動家としての出立点になっているね。一年のずれは大きいな。おれは就職と同時に夜間高校に入学したんだが、べつにどうってことはないふつうの夜学生だったからね。それで、六九年一月の東大安田講堂の攻防戦をテレビの中継で見た。たまたま姉のところで見たんだが、おれが興奮して食い入るように見ていたからかもしれないけど、心配したのか、義兄が「ああいうことは東京六大学へ行ったような者がやるものだ」とおれに言ったのを覚えているよ。それで、その年の一一・二一の国際反戦デーの日に、登校途中に市役所前の広場で社共が集会をやってて、それに野次馬としてまぎれこんだのが、最初のデモ参加だな。

猫　しかし、どこかに伏線はあっただろう。

松　それはあとから言えることでね。まあ、あえて言えば、月刊漫画『ガロ』だろうね。中学の時から親の金をくすねて購読していたからね。白土三平の『カムイ伝』のファンだった。それで、『ガロ』に『日本読書新聞』の広告が載っていて、見本紙無料進呈っていうのがあって、申し込んだことがある。盆休みか、正月休みか、忘れたけど、大阪に就職していた六つ上の兄が帰ってきていて、それを見て「こんな裏切り者の新聞、読むな」って言われたよ。もちろん、それがどういう意味かもわからないし、『日本読書新聞』自体が難しくてなにを書いているのか、まったく理解できるようなものじゃなかった。

あとさ、高知市中央公民館で、それこそ白土三平の『忍者武芸帳』を大島渚が映画化したのを、汽車に乗って見に行ったことがある。子供心にもつまらないものだったけどね。動画じゃなくて原画のコマを撮影した紙芝居みたいなやつで、原作を飛び飛びになぞっているだけだった。変な挿入歌まであってね。中央公民館はそのころは高知城の堀の内にあって、いまの丸の内緑地だな。でも、そのとき、鎌倉さんや公文さんなんかも、この上映会に一枚かんでいたらしい。

猫　時差と規模の違いはあっても、あの当時の高校生のやってたことは、そんなに変わらないような気がするな。学生運動が飛び火して、そういう機運が高まっていたんだ。金廣志にしても王子の衝撃の前は、校内の何とか反戦やフォーク・ゲリラだろ。

松　そんな気がするね。おれも初のデモの直後だったが、学校で一学年上のシマを知ってから急速に変わったんだ。「社研のシマ」っていえば、学内では有名だった。日教組の教師が顧問をしていたクラブの一つだった「社会問題研究会」の一員だったのが、それに飽きたらず、タニグチやおれを誘って、高知部落解放研究会をつくったんだ。どうして「部落問題」なのか、おれの知るところではなかったけれど、シマの思惑があったんだろう。まあ、おれ『カムイ伝』で、そういう問題があることは知っていたけど、それ以上のものじゃなかったからね。なんでもいいから、自分たちでやりたかっただけだ。それからニシオカやアキラと、交遊も広がっていった。アキラはギターをやっていて、彼から関西フォークを教えられた。なかでも岡林信康の「山谷ブルース」や「チューリップのアップリケ」「手紙」などは胸に響いた。「友よ　夜明け前の闇の中で　友よ　闘いの炎を燃やせ」という岡林信康の「友よ」が、おれのバックミュージックだ。

猫　おまえの思想的背景は、漫画と関西フォークかよ。

松　シマは「反戦のアジト」に連れて行ったりもした。街頭のステッカー貼りなんかを手伝ったりしたよ。その時に公文さんの奥さんになったミヨさんなんかがいたね。そして、鎌倉さんにおれを引き合わせたのも奴だ。「反戦の親分」に紹介すると言って。ほかにも、部落解放同盟高知県連の事務局に勤務していた田井さんや、それを通じて、立命館大学の学生時代に全国部落研連合を組織して、「狭山裁判糾弾」を訴えて浦和地裁占拠闘争をやった沢山保太郎とも知り合った。仮保釈で郷里の室戸の吉良川に帰ってきていたんだ。それで地元の子供たちを集めて隣保館に投石するなど騒動を起こしていたらしい。

猫　だんだん自分の話になってきたな。

松　いいだろ。こんな機会じゃないと、こんなことをいまさら喋る気はしないからね。

タニグチと吉良川にも行ったよ。貧しい漁村で、沢山さんのじいさんの家に泊めてもらったんだけど、食う物がなくて、毎日そこら辺の雑草を採ってきて、フライにして食ったな。井伏鱒二の『へんろう宿』の舞台の近辺だ。それでタニグチが言うには、川の護岸工事が対岸はなされているのに、部落の側はされていない、川が増水したら、こっちに流れ込むようになっているというんだ。おれは暢気だから、言われるまで気がつかなかったけれど。このころは、沢山さんと行動を共にしてた。中核派の前進社の四国支局が高知にあって、そこを訪ねると鎌倉さんが留守番をしていた。高知大学で小さい集会を開いたりしたけれど、おれは司会をやらされてね、あがっちゃって、しどろもどろになった。そのとき「木の丸」で隣になった吹田さんがいたよ。

でも、いちばん、おれにとって強烈だったのは、シマに集会があるから行かないかと誘われて、ついて行った七〇年二月の「北小路敏講演会」だ。結構盛況で会場は満席だった。北小路の講演はいま思い出しても、みごとな無内容だったけどね。そのとき、唐突にシマから「連帯の挨拶をおまえやれ」と振られたんだ。それで壇上に上がった。はじめての経験だから、もう、なにがなんだかわからない。いっせいにみんなの視線は体を吹き抜けた。金廣志が七〇年一月の東大での赤軍派の内部集会で挙手して、中央軍兵士を志願した行為に匹敵するものが、もし、おれにあるとしたら、これじゃないかと、自分では思うね。

猫　活動家としてのデビューか。

松　それまではいろいろやっていても、なんか仲間内の遊びって、感じだったからね。それで新左翼系のデモに参加したのは七〇年の四・二八だ。朝倉の高知大学から雨の中を四キロくらいデモ行進して、市役所前の広場で決起集会を開いた。百人以上いたかな。道路と堀を挟んだ県庁前では社共の集会がやられていた。それで、それに合流しようということになり、移動した。ところが、我々が行くと、やつらは猛然と襲ってきた。傘で突くわ、プラカードで殴りかかるわで、こっちはヘルメットはかぶっていたが、武器になるものはありはしない。一応、旗を巻きつけた竹竿で応戦していたが、やつらの形相はすさまじかったな。日本共産党のトロッキスト・キャンペーンが行き渡っていたこともあるだろうが、労組員の学生に対する潜在的な反感もあったんだろうね。ジャズ喫茶に屯してランボオなんかを原書で読んでいた長尾さんが、橋の欄干に乗り、自分のヘルメットを脱いで、それで応戦していたのが印象に残っているよ。まあ、もともと、その集会を潰すために行ったんじゃないから、すぐに撤退した。

猫　金廣志は北園高の卒業式で、上級の卒業生たちが、卒業式粉砕を唱えながら、実際には日和ったことに反発して、戦士になる決意を固めているな。

松　運動には脱落や裏切りはつきものだからね。いまとなっちゃ、そんなもの目クソ鼻クソだけどね、渦中ではそうはいかない。

おれたちの高知部落研にしたって、タニグチが生物の時間に機関誌かなんかを読んでいて、教師に何を読んでいると言われて、それを見せたら、その教師が「こんなもの読む必要はない」と言ったことで、この発言は問題だということになり、学校側との対立が一挙に表面化した。いまから言えば、こちら側の言いがかりで、こんなことで紛糾するようなことじゃないが、おれたちが追及すると、学校が逃げ腰になり、からめ手からメンバーを切り崩すような手段に出た。だいたい、学校側やその教師が「生物の授業時間に生物の勉強をしろと言うのは当たり前のことだ。なんの問題がある」と突っぱねたらおしまいだったんだ。それなのに、「部落問題」ということで弱腰になり、おれたちから逃げまわり、おまけに、姑息にもメンバーの女の子を一人ずつ職員室に呼び込んでは、持ち物を検査したり、恫喝を加えたりしたから、ますますこじれて行ったんだ。頭に来たおれたちは、職員室に押し掛ける方針を決定した。それで、おれやタニグチは夕方に登校して、放課後にそなえていたが、リーダーのシマが来ない。おかしいと思いながら、四時限目が終わって、放課後になり、職員室の前で教師と押し問答してたら、シマは来た。ところが、リュックを背負い、これから登山に行くというんだ。びっくりしたおれたちは、先公との悶着は投げ出し、「おまえ、何を言い出すんだ、これから先公と一戦交えるじゃないのか、いったい、どういうつもりなんだ」と詰め寄った。そしたら、どうもシマは学校の老女教師に自宅に呼ばれて諭されたらしい。「前途有望な君がこんなことをやっていてはいけない」と言われて、日和ろうとしたんだ。それでシマは自分の背任行為を糊塗するためかどうかは知らないが、これから生物の教師の家に押し掛けようと言い出した。それに、おれたちも乗ってしまった。この件は前に書いたことがあるが、完全な行き過ぎだよ。

猫　部落解放同盟の糾弾闘争のやり方を真似たんだ。

松　おれが「言葉狩り」や「糾弾闘争」の錯誤を痛切に自己批判したのは、高知部落研が解体してからだ。

その時の先公とのやりとりで、「社会科」の老教師の態度は立派だった。「君たちはなにを騒いでいる。頭を冷やしたまえ」と憤然と言ったからね。骨のある態度を示せば、どういったって、こっちはガキだ。勝負はすぐについたはずだ。ところがほとんどの教師連中は、こんな不埒な生徒どもを相手にしたくない、触らぬ神に祟りなしという態度だったからね。それから定時制の主事はこれがタヌキおやじでね、なかなか陰険で巧妙だったな。このおやじが裏から切り崩しそうとしたんだ。

猫　赤軍派は大菩薩峠で一斉検挙され壊滅状態、第二次赤軍派中央軍なんていったって、金廣志を入れて兵士七名だろ。ほかにも部隊はあったんだろうが、それにM作戦なんて、要するに銀行強盗とひったくりだろ。そんなんで、革命もなにもありはしないな。オウム真理教の組織や資金網や武器類に比べても問題にならない。状況的な背景はあってもな。

松　それはそうだけど、あまり適切な例じゃないけど、どんな高校の野球部だって、いちおうは甲子園を夢見て練習に励んでいるはずだ。ろくに運動場も使えず、部員もぎりぎりでもね。そんなもの外野からみたら、設備が整い辣腕の指導者のついた伝統校や、有能な選手を集めハードな練習に明け暮れる実力校に、初めからかかるはずがない。しかし、そうであっても、彼等は夢を抱くし、野球を止めはしない。それは野球の面白さもあるし、友情もあるからだ。

あの時代にわれわれが革命という夢に希望を寄せたのも、様々な社会矛盾や政治制度の欠陥、日本という国の現状に不満を抱いたからだ。だから、ちっとも不思議じゃないさ。

猫　逃亡中の金廣志は、党となんの連絡も取っていないから、実質的には指名手配されている事実と、自分は赤軍派のメンバーであるという自負と、浅間山荘に立てこもった坂東国男や連合赤軍の粛清リンチで殺された遠山美枝子などとの個別的な連帯感だな。その根拠になっているのは。

松　ということになるね。おれたち高知部落研は、高知市内の部落の各地域を小さな集会をやったりして、地元の年寄りの話を聞いてまわったりしたよ。このころは部落解放同盟高知県連とのつながりも強かった。七〇年反安保闘争では六・一五にタニグチ、チカモリ、イガらと大阪で全国部落研連合に合流して上京した。大阪をバスで出発し、途中、京大で決起集会を開き、法政大学に到着し、そこから代々木公園へ行進した。代々木公園には七万人くらいが結集した。けれど着くと、いきなり赤ヘル同士の乱闘だ。おれなんかアジ演説をそのまま受け取って、安保決戦を繰り広げるものと思っていたからね。ところが実際は「隊列を離れるな」だったからね。田舎者さ。でも、そんなことばかりやっていたんじゃないよ。当初から仲良しクラブって一面があって、県内の梶ケ森や工石山へ登ったり、鏡川でキャンプもやった。松山市へツーリングに出掛けたりもしたな。それにみんな働いていたからね。おれは夜間の先生の紹介で読売新聞高知支局の原稿集めのバイトをやったり、鎌倉さんがやっていたお好み焼き屋の皿洗いをしてたた。

ところが、学校が夏休みになって、思わぬところから騒動が降って湧いたんだ。そのころ、シマは妹のマリちゃんと上本宮町に一軒家を借りて住んでいた。おれたち他のメンバーも朝倉やその近くに部屋を借りて、頻繁に出入りしていた。ある日、シマが理科の実験助手で勤めていた学芸高校の女生徒が家出して、シマの所に逃げ込んで来た。シマはそこでも、仲間を集めていた。サカモトやヤマガタといった連中とは、おれたちもつきあいがあった。さあ、どうするということになったんだが、家に帰れとも言えないし、かといって、匿うわけにもいかない。対応に困っているうちに、なにを思ったのか、相談もなくシマは、そのTという女の子を連れて、広島の原爆記念日の八・六集会へ出掛けてしまった。驚いていると、サカモトが親が警察に捜索願いを出して探していると知らせてくれた。これはまずいということになり、このままではシマとその子が駆け落ちしたことになるというんで、みんなで合議した結果、とにかく、おれが広島に出向き、二人と落ち合って、シマは高知に帰るようにして、女の子は沢山さんや田井さんの居る大阪に連れてゆき、全国部落研連合の方で面倒を見てみてもらおうということになった。

猫　それで、おまえ、広島へ行ったのか。

松　行った。行って、その通り、シマを高知に帰し、おれはTを連れて、大阪へ行った。そうして、事情を説明して彼女をあずかってもらった。あっちの組織で保母をやっている人がいて、その人と相談して、その人の所に同居させてもらうことになり、働き口も保育園を世話するということで、おれは安心して帰ってきた。ところがだ、Tは一週間もしないうちに舞い戻って来た。

猫　馬鹿だな、おまえたち。

松　なんとでも言ってくれよ。要するに、色気づいた娘が男の元へ家を飛び出してきただけの話だったんだ。おれたちはまだウブだったから、そこら辺が読めなかったんだ。とんだとばっちりだよ。それでまた、女の子の家とシマがもめて、二人は婚約することになり、シマの家でそのパーティーまでやったんだ。それで一件落着ならいいけど、今度はシマの家の方が黙っていなかった。そんなことで、そういうふうに責任を取らされる謂れはないと言い出して、すべてはぶち壊しになったわけさ。やれやれだよ。教師をしていたTの母親が「あの子もかわいそうで……」とまるで第三者みたいな言い方をするのが嫌だったな。自分の娘だろうがしっかり見守ってやれと、じぶんたちの所業は棚上げして思ったよ。

　だが、このダメージは大きかった。まず、タニグチが消えた。タニグチはおれをシマとくっつけた張本人で、おれとは河の瀬のアパートでは隣に部屋を借り、朝倉では同居していた仲だ。それがなんの前触れもなしに蒸発した。やつの荷物は兄さんが引き取りに来たな。それから何年も　消息不明だったが、タニグチは沖縄へ行ってたらしい。そして、今度はマリちゃんが、高知県西部の中村高校の夜間に転校することになった。家の意向だな。おれはこの処置が気に入らなかった。シマは自分の不始末を妹に押しつけた恰好になったからだ。これでおれたちの仲に完全に亀裂が走った。しかし、それから間もなくシマも中村へ去った。これで、周りにはアキラやニシオカ、カズミやチエちゃんやハマグチさんなど同調者はいたけれど、主要な活動家はおれ一人という状態になったんだ。

猫　それで一巻の終わりか。

松　終わりじゃないさ。おれは高知大学全共闘と連絡を取りながら、映画「橋のない川」の上映阻止闘争や、高知部落研の旗を掲げて必ずデモに出たし、生徒会執行部の一員としての役目もそれなりに果たしたよ。

「橋のない川」の闘争は結構面白かった。これは中央での部落解放同盟と日本共産党の対立に根を持ち、言うならば、元は日本共産党の分裂に始まったものだ。部落解放同盟は「日本のこえ」一派の影響が強く、その対立が極まって、日共系の全国部落解放正常化連合が別組織として形成されて行った。これを部落解放運動の分裂策動として、高知でも対立が深まっていた。おれはそんなことは知らなかったけどね。高知の旭地区で開かれた全解連の結成大会への抗議行動にはおれも参加した。『橋のない川』は今井正監督の映画で、この映画に対して、原作者の住井すゑがクレームをつけた。その亀裂に組織対立が混入して政治問題化したんだ。高知でも高知東宝でその試写会が行われ、これへの抗議行動だった。部落解放同盟県連は大量動員をかけて、おまけに事情もわからないダボシャツに雪駄の兄さんを数人連れてくるんだもの、滑稽だよ。やくざの出入りじゃないんだから、そんなのが役に立つはずがない。日共や全解連の方の動員も凄かったな。戦術的にがっちりガードしていて、裏から進撃した高知大学の部隊の一部はボコボコにやられてしまったからね。おれなんか正面から突撃を繰り返した。それで、学生側ではおれと伊藤さんに逮捕状が出たし、部落解放同盟も駒井地区の青年を中心に五人逮捕された。おれは未成年だったから家裁送り。おれは見てないけど、検察が証拠として、その時の乱闘のビデオを提出したらしい。それで、「松岡、日活の活劇映画に出たらどうだ」って、県連の人にからかわれたよ。チビでひ弱なくせに、派手に立ち廻っていたらしい。そのときは夢中だから、そんなこと、わかりはしないさ。

猫　ここに、林嗣夫の「九月」という散文詩がある。林嗣夫は学芸高校の教師だったから、おまえの言った一件が書かれているぜ。途中からだけど読んでみようか。

「机の上にはA子の退学届が置かれたままである。そして彼女は行方不明だ。いったいどこへ行ったのか。いまどうしているのだろうか。ほかの生徒たちの話を綜合すると、A子の失踪がKと関係のあることは確からしい。Kが進学部の事務だった七月ごろからのつきあいだという。Kは二学期になってまだ学校へ姿を見せないのである。聞くところによると、やめさせられたとか。彼は進学部で、学力テストの順位をはり出したり、さまざまな進学資料を作成したりしていたが、放課後になるとこっそり生徒たちに反戦ビラを配っていたのである。『おしゃべり同好会』なるものを結成し、自分の下宿に本部をおいて生徒たちを呼び集めていたことも明らかにされている」。何かコメントがあったら言えよ。

松　いいから続けてくれ。

猫　「学校ではきょうも補導会議、職員会議が開かれる。会議！　ぼくはもうあきあきなんだが。わけのわからぬお膳立てで、何を決めようというんだろう？　ぼくは教室に出かけていって、教科書を教卓の上にたたきつけた。『外へ出ろ。こんなむさくるしいところで何ができるものか。出ろ！　みんな外へ出ろ！』少女たちは悲鳴をあげ、席をとび上がってよろこんだ。机の中から何かまるめた袋を取り出すと、それをかかえて教室を出ていく。中にはこっそり机の横にかくれたり、便所へかけ込んだり、廊下のポスターの前に立って動こうとしない子がある。ぼくはそれらを追っぱらう。『早くせんか！　走れ！』リノリュウム張りの廊下が広がり、そこを、髪、背中、腰をさまざまに変形させながら少女たちが走っていく。ちくしょう、どうせどいつもこいつも、ぼくのところへ退学届を出すにきまっているのだ。子供が生まれそうになって、こっそりタクシーで姿を消すにちがいないんだ」（林嗣夫「九月」部分　『発言』一九号一九七〇年一〇月二〇日発行）

松　悪くない詩だと思うよ。シマは「K」、Tは「A子」になっているけれど、でも、前の部分は教師特有のカマトトだよ。だいたい、「彼女は行方不明」「いまどうしているのだろうか」ってのが、嘘だ。あれはひと夏の出来事で、九月にはすべて決着が着いていたはずだ。「机の上には」「退学届が置かれたまま」という設定からして、作者がそれを知らないはずがない。シマは馘、Tは退学だ。ここではシマは「事務」ということになっているが、作品は脚色されるものだからそれはいいけど、「下宿に本部をおいて生徒たちを呼び集めていた」だって、「本部」って何だ、馬鹿なことを言うな。補導係や傍観者からは誇大妄想的にそう見えただけで、実際は寄り集まって溜まり場になってただけのことだ。要するに林嗣夫は教師の目線でしか物事を見ていない。それは「こっそり」という言葉が三回も出てくるところに象徴されているのさ。誰が先公なんかに断るもんか、そんな必要も必然もはじめからありはしないさ。「ビラを配る」のも、「机の横にかくれる」のも、「タクシーで姿を消す」のも、それぞれの事情と意志だ。それを「こっそり」というふうに表現するところに、この作品の無意識の腐蝕と縄張り意識が潜んでいるんだ。この作品は当時かなり抑圧的に作用したよ、噂の増幅に拍車をかけるかたちでね。この一件の余波でサカモトは無期停学、ヤマガタは退学になっているんだ。もちろん、そんなことは本質的には関係ない。あらゆる表現は自由だ。何を書いてもいい。しかし、それと同時に、批判に晒されることも覚悟しておくがいいんだ。

猫　おまえの批判はわかった。しかし、林嗣夫はいい詩人だぜ。わしは高知在住では片岡文雄や小松弘愛なんかよりずっと評価している。実際に彼に教わった連中の話を聞いても、広がりのある授業で、いい先生だったと言う者が多い。変な権威づけなんかやらないし、表現への固執の仕方と他者を尊重する態度は、詩人の間でも信頼が厚いからな。

　ところで、金廣志はバイクの無免許運転で捕まり、練馬鑑別所行きになっている。それで、一旦家に引き取られ、一時おとなしくしていたが、復帰して、豊橋で再び捕まり、すぐに保釈されて、豊橋署の署員の完全密着尾行のもとに、モップル社に逃げ込み、遠山美枝子の斡旋で、明治大学二部の学生寮にもぐり込んでいる。この時期が金廣志にとっては、小春日和のような期間のような気がするな。学生でもないのに、大学に日参して、キャンパス・ライフを謳歌している趣があるからな。このころの金廣志は結構顔が売れている。高知出身の大学生で、そのころの金を知っている者もいるからね。

松　そうだな。おれもわがもの顔で、高知大学や高知女子大学に出入りしたお陰で、大学コンプレックスみたいなものは薄れていったからね。実際の社会生活上では、中卒でしかないから、苦しい局面はいつでもついてまわるけれど。大学幻想はこの段階で免疫になったね。

　警察の取り調べも、滑稽な面があるな。やつら仕事だから、自分よりも調べてこっちの事を知っていたりしてね。それから、必ず周りのメンバーの情報を流し込むんだ。誰々はどうだって具合に。それは、おまえが黙っていても、こっちはお見通しなんだという意味と、仲間への猜疑心を植えつけるのが狙いなんだろうがね。あとさ、おれたちは日本共産党側の告訴で、「傷害罪」と「威力業務妨害」で逮捕されたんだが、おれも乱闘の際、あっち側に角材で頭殴られたんだけど、それを告訴しないかって、持ちかけられたね。馬鹿馬鹿しい。闘争というものは、やり、やられるもんだ。スターリニストのように、それを世間へのアピールの材料にし、正当化を図る気なんか、はじめからないさ。まあ、日共も部落解放同盟も負傷者を演出して、相手側の暴力行為を訴えるために、地域廻りをやっていたらしいがね。

猫　どっちもどっちだ。

松　そのどっちもどっちだという組織体質が部落解放同盟と切れる原因になったものだ。

直接的には、部落解放奨学生大会が福山市であって、おれもそれに随行していた。その帰りの船で、高校生を集めて会合を持っていたら、県連のブレーンともいうべき県の社会教育委員をやっているおっさんがやってきて、要するに、お前らみたいな外部の人間は余計なことをするな。学生運動まがいの活動に部落の子弟を巻き込むなって言ったんだ。それで一気に険悪になった。

ある面、そんなことは、おれにもわかっていた。高知部落研が出来たころ、まだ、農協に勤めていて、それを辞める際に、農協の組合長は遠縁にあたり、縁故で世話になった経緯もあって、少しじぶんの心境を語った。そしたら、「おまえは革命論者になったか。でも、部落問題に関わるなら、部落の女性と結婚する覚悟がいるぞ」みたいなことを言われたからね。そのときはどういう意味かわからなかったけど、だんだん、わかってきたね。要するに、部落解放同盟なんて、血縁地縁の利害団体にすぎない。まして、運動に携わっている連中なんか地域の顔役的存在で、歴史的な被害意識を元に圧力をかけて予算を分捕ることが主要だ。そこでいえば、極めて排他的な利権組織にすぎなかった。で、地域の人々の思いや心根に、運動が届いているかといったら、そんなことはなくてね。中上健次の小説の方が、ずっとその心情と実相に迫っているよ。『岬』や『水の女』などは糞リアリズムといってもいいくらいだ。まあ、中上健次は『枯木灘』や『千年の愉楽』などでそれを神話空間に転位させたところに、作家としての力量があるんだけどね。

おれなんか、その垣根を超えることが部落解放運動の第一歩であると同時に、全社会的にあらゆる階級的な差別を撤廃することが運動の目的だと思っていたからね。歴史的にさまざまな屈折や鬱積するものがあるにしても。だから、県連のおっさんがいう「部落の子弟」というふうに格別意識しないで、ふつうにつきあっていたよ。対等さ。ただ、女の子の場合、それが恋愛感情の方へ流れることがあるから、好意を持たれることは嬉しいんだけど、ちょっと困ったな。まあ、それが少なくとも、おれの原則だからね。曲げる気はないさ。

猫　そこで実質上パージされたわけか。

松　まあ、こっちの主観だけどね。そのおっさんなんか「部落の子弟に、もっと英雄物語や偉人伝を読ませにゃいかん」なんて言ってるんだからね。つきあい切れたもんじゃないよ。真実を口にすれば、この連中がもうひとつの癌なんだ。カール・マルクスの『ユダヤ問題によせて』はその点でも示唆に富んでいるよ。日共のように部落解放運動を媒介もなしに階級差別一般に解消しようとするのはもちろん間違いだ。差別の根は有史以来の貴卑の発生からあるんだし、また封建時代の身分制度からだけ見ても、その歴史的特殊性はあるさ。だけど、部落解放同盟のように差別と被差別という馬鹿げた世界の二分法で押し切ろうたって、無理な話さ。おれなんか本質を追求する力はないから、現在性という場で捉えることしかできないけれど、それでも、どっちもどっちだと、言うことができるからね。

それで、おれの中の高知部落研が完全に終焉したのは、その後、シマのやつが中村の夜学を卒業して、高知短期大学に入学して、高知市へ再び出て来たんだ。ところが、野郎、これまでの経緯をどう総括したのかしらないが、社青同解放派系の部落研として名乗りを上げやがった。そりゃ、沢山保太郎や鎌倉諄誠のからみと高知大学の学生運動の流れで中核派系になっていたんだが、このころにはもう鎌倉さんは政治路線をめぐって革共同全国委員会とは訣別していた。高知大学の学生運動もその段階で、中核派系とノン・セクト系に分かれた。一緒にデモなんかはやっていたが。そういう流れとは別に、他所の大学で活動していたやつらが高知に帰ってきて、別の党派活動をやっていた。シマはその連中とくっついたんだ。おれから言わせれば、破廉恥の極致だ。安保全学連の幹部連中が下部を見捨てて革共同へ転身したのと同じさ。ところが、シマに釣られて新しく出てきたモリモトやヤマダなんて、拠って来たるところなど知りはしないから、あいつらは「白」で、自分たちは「青」だという党派的な色分けでしか見やあしない。それで、不愉快な状況設定が出来あがる。忌々しいことに、こっちだって、その構図に、どうしても拘束されるからね。

猫　金廣志も高校時代のことで、「セクトに属すると言うことが違ってくる。それまでは自由に物を喋っていたのに、そのセクトの考え方や用語を使い出し、セクトの代弁者と化して、セクトの正しさを主張して譲らなくなる。私は、オルグられた彼等を見るのがイヤだった」と批判しているが、金廣志は赤軍派になっても、その基本的な態度は変えていないと思うな。

松　そうだよ。つきあってて、そういう素振りはなかったし、もっとずっとオープンな感じだ。おれたちだって、そうさ。周りが中核派系だっただけさ。

高知大学のノン・セクトの「高蓮寺グループ」の内尾さんが、高蓮寺ってのは彼等の下宿の名前だけど、中央公園で安保反対の小さな集会とデモを連日やっていて、それに単独で加わったりもしていたし、党派なんて二の次だったよ。だいたい、セクトなんて、大きくなればなるほどろくなものじゃない。イキのいいのが現れると、前線に出すんだ。筋金入りの活動家に仕立てるために。それで捕まったら、救援対策活動などを通じて足抜けできないようなしがらみを拵えてよ。左翼組織の倒錯のひとつさ。マークされずに、自在に動ける方がいいに決まっているのに。高知は田舎で牧歌的な面があったからそんなことはなかったが、阿呆なやつらだ。警察の方も狙い打ちだからね。べ平連系の人で穏和な運動しかしていなかった人が、成人式でプラカードを持って「世の中を考えよう」と主張して目立ったら、直後のデモで、何もしていないのにきっちり逮捕された。機動隊が押してきて、押し返して体が接触すれば「公務執行妨害」だからね。

話を戻すと、シマはまた部落解放同盟高知県連に出入りして、事務局に入った。おれはもう疎遠になっていたし、好きにしろとしか思わなかったがね。これで終わったね。それから、シマは長く部落解放同盟でやっていたな。結局は追ん出されたらしく、いまは登校拒否の子供や中退者を集めて「夜間中学校」というのをやっているらしい。その様子がテレビ番組で取り上げられた時、シマも映っていた。所を得たという感じで楽しそうな表情をしていたな。まあ、奴には奴の言い分があるだろうさ。

猫　シマに始まり、シマで終わったわけか。しかし、第三者からしたら、目一杯大きく見積もっても、せいぜい、どこかのはみだしグループの仲違いでしかないな。江藤淳が中学時代の恩師に「慶応の文科か、君も意外と伸びなかったね」といわれて、以来その同窓会に行く気がしなくなったって、『日本と私』で書いてたけれど、わしらからすれば、慶応や東大ともなれば、みんな学者か官僚の卵にしか見えないようにな。

松　まあね。シマは土佐清水出身、タニグチは仁淀村だ。みんな辺地の出だよ。シマは文学者でいえば、そのフィールドは野間宏や高橋和巳だからね。遠く離れちゃったな。この間の因縁は別にしても。「青」と「白」で対立していた頃、一度、シマがおれが一時厄介になってた姉の所へ、何か用事で来たらしい。おれは居なかったけれど。それで、姉がシマ君はさばけていて、とても好人物だって、おまえみたいな根暗とは全然違うと言った。おれは黙っていた。冗談じゃない、事情も知らないくせにと思ったが、その一方で、たしかに奴は向日的で、社会的にはひとかどの人格者になる可能性は持っていると思った。社交的で人望もあり組織能力もある。姉の人を見る目は確かなんだろうが、しかし、それがなんなんだ、という思いはあるさ。

まあ、擦れ違っただけのような関係でも許容しがたい連中はいるからね。大事な局面になると、おれは大学に行きたいからと戦線逃亡しておきながら、そのまま無事に大学を出て、立派な社会人になり、会社で出世したってんなら、本人の勝手、おめでたい人生ということで、ケチをつける気はさらさらないが、そんな奴に限って、大学でセクトに拾われ、いっぱしの自称革命家になって、オルグに来たりするんだ。ふざけるんじゃないぜ。どんな面さらして、顔を出しとるんじゃ、このボケがってなるぜ。中核派の反戦高協の同盟員になっていたクボタなんて奴は、その典型だ。ほんとうに来やがったからな。それで、内ゲバで他党派の活動家をテロって殲滅したことをほのめかしやがって、そんなことでビビるとでも思っているかよ。なめるんじゃないぜ。おまえらが姿を消したあと、おれたちはおれたちなりにきつい場面を内在的にくぐったんだ。おまえらのバカげた理論や威しを拒絶するくらいの体験的内実は、嫌でも獲得したさ。ゾンビよ去れ！　だよ。

猫　金廣志は三島由紀夫の自衛隊での自決を「言行一致」ということで、評価しているな。

松　おれは三島の行動には、はじめから冷淡だ。その直後に、批判のビラを作って配布したりしたからね。三島の七〇年一一月二五日の「檄」は、「銘記せよ！　実はこの昭和四十四年十月二十一日といふ日は、自衛隊にとつては悲劇の日だった」と訴えている。この日の新宿騒乱が警察機動隊の前に制圧されたことによって、自衛隊の治安出動の機会が失われ、憲法改定の好機が無くなったという情況認識に基づいたものだ。もちろん、六〇年代後半の大学闘争と七〇年反安保闘争は、ここで敗北を決定づけられたとみていい。それが赤軍派の登場の状況的背景ともいえるだろう。そして、この闘いで鎌倉さんは機動隊員の不意打ちで内臓破裂の重傷を負っている。遅れてきたおれなんか、この日が初のデモだった。

たしかに情況の節目だったに違いないが、しかし、三島が考えているほど歴史の方向を決定づけるようなものではない。これは三島の過大評価だ。それに三島の行動が自己劇化であって、特権的な立場から自衛隊に決起を呼びかけたって、反感を買うだけだ。だから、檄が聞き取れないくらいヤジられたんだ。三島は自衛隊も過大評価している。彼等は命令が下れば出兵するし、作戦の途中だろうとなんだろうと、撤退しろと言われれば帰ってくる。組織に従属する、職務に忠実な特別公務員でしかないんだ。自主的な判断で動くことなんかありえないさ。おれはそれでいいと思う。軍隊なんか不要になることが人類の理想だからね。三島の行動は、表面的には命を賭けた行為だから凄いということになるんだろうが、三島の作家的実績がなかったら、ただのピエロ役者扱いさ。いずれにしても〈敗北の構造〉は根深いよ。日本という共同の幻想が消滅しないかぎり天皇信仰は無くならないかもしれないね。

猫　おまえの言い方だと、金廣志の三島評価は一種のヒロイズムの現れということになるな。おまえが単なる反動と見なしたのと違って。

松　深いところでいえば、自分が自分にとってヒーローであるってことはいいことだ。生まれた時に親が掛け替えのない愛情をそそぎ尊重することで、自尊心が育まれる。それが個別性の核だ。その点で三島由紀夫は悲惨だった。それが悲劇の幕引きを呼び込んだといえるよ。

　タニグチが消え、シマが転校し、実質一人になったおれは、同じ追手前高校の全日制の生徒会執行部を握っていた面々と親密になっていった。彼等は何度も生徒会の選挙に挑戦していたが、いつも学校側の意向に添った候補に負けていた。それが遂に七〇年後期生徒会選挙で勝ったんだ。それで、三階にあった執行部室を自由に使っていた。おれも頻繁に出入りした。ここが主なる拠点になったね。全日の方はおれたちの夜間よりも活動メンバーやシンパは多かった。写真部とか文芸部とかの部室もフリーパスだったからね。追手前高校は五時半か六時まで昼間の高校生が使って、それ以降は夜間ということになっていた。都合がいいことに夜間は二階までの教室しか使用していない。だから、執行部室は夜になって使っても、何のはばかりもない。学校自体が夜間があるので、十一時くらいまで居ることができたんだ。

猫　おまえも定時制の文化部長だっただろ。

松　ああ、でも夜間には部室もそれらしい設備もなかったな。部室があるといいなあ。そこで会議や印刷もできるし、生徒会の予算は使えるし、一種の治外法権みたいになっていて、「高共闘」と称して、高知高のタニやんや伊野商のオカザキなんかもきていたし、おれはもう夜間の学校に登校しているというよりも、そこへ日参している状態だった。金廣志が明治大学のキャンパスに通っていたみたいにね。全日の面々は、執行部として「制服廃止運動」に取り組んでいて、私服登校を強行したりしていた。それで日増しに学校側との対立は激しいものになっていた。おれたちはそんなことにお構いなく、勝手気ままにやっていた。電気コンロを使ってラーメンを作ったりして。教師が入ってこれないように、完全にロックしていたからね。「無断入室禁止」という張り紙を張っていたと思う。

それから、冬休みには高知大学の学生会館の一室を借りて泊まり込みの合宿もやったな。エンゲルスの『家族・私有財産・国家の起源』をテキストに。ところが夜中に腹が減って、たぶんおれが言い出しっぺだったと思うが、生協の食堂の厨房に入って、缶詰やソーセージを盗んで食った。

猫　そこらへんの悪グループと変わりゃしないじゃないか。

松　そうとも。そんな遊びや悪戯の側面がなかったら、活動の面白さなんて半減だぜ。また、そんな遊戯性やだらしなさが現在への通路だったとおれは思ってるよ。それがなかったら、それこそ内ゲバのテロ要員や、上部組織の言いなりの忠実な民コロになっていたかもしれないからね。でも、この一件は露見して、大学の活動家の誰かに付き添われて、謝りに行ったな。「こんなことをして、お兄ちゃんたちを困らしたら、いけませんよ」と食堂のおばさんに小学生に諭すように言われちゃったよ。

こんな調子だったから、追手前でもやり過ぎたんだ。ある日、不用意に紙屑を燃やしたんだ。その煙が廊下に流れ出して、火事と勘違いした教師が突入してきた。この一件を契機に、学校側は本格的に生徒会執行部潰しに乗り出してきた。それが七一年一月一六日の生徒会執行部役員三名の無期限停学処分だ。カオル、シュウゾウ、マコトの三人が処分通告を受けた。

それで、おれたちは全日のメンバーの下宿に集まり、三人は別にして、残りのメンバーで追手前高校の時計塔を占拠して立てこもり、処分の不当性を訴える方針を決定した。バリケード封鎖のメンツもほぼ決まっていた。それで、その方針を伝えに、まず鎌倉さんの所に行った。そしたら、鎌倉さんはそういう自棄戦術は良くないと言い、自主登校戦術を提案したんだ。

それで、処分された三人の親とも相談して、二人が「処分異議申立書」を提出した。それから、処分撤回闘争は盛りあがった。高知大学の学生はデモをかけるし、三人は毎日登校するし、学内でも署名やカンパが結構集まったからね。そして、処分を不当として、撤回を求める裁判を起こしたんだ。

猫　まあ、それがおまえの活動のピークか。

松　そうかもしれない。そのあと、おれはもう学校に留まる理由はないと思っていたところへ、呼び出しがあり夜間を中退したから、高校生としてはこれが最後になったな。おれはいまでも思うんだが、あのとき、追手前の時計台を占拠して旗を振っておけばよかったと思うよ。もちろん、玉砕戦術だけど、でも、人々の記憶に残るものになったような気がするな。しかし、金廣志が北園高校のバリケード闘争を企て事前に洩れて失敗したように、おれたちの考えることくらい学校側も先刻承知で、手を打ってきたかもしれないから、うまく行ったとは限らないけどね。

　こんなことばかり言っていると、いかにも不埒な無法者と誤解されるだろうが、そんなことは断じてない。三人を始めとする追手前の生徒会執行部は、まともだったよ。私服の示威登校だって、全校生徒に資料を配布し、アンケートを取り、その支持の上の行動だったし、文化祭や体育祭といった学校行事だって、力を入れて取り組み例年にないくらい盛り上がったものにしていたからね。文化祭のロックコンサートなんか学内のバンドが出演したんだが、いい演奏だった。それは各バンドの実力なんだけど、でも予め出演交渉をし綿密に打ち合わせて、きちんと舞台を整えたことも大きく作用しているさ。体育祭だって応援団長のような役割まで請負ってたからな。そうでなければ、処分後、その撤回を求める運動が在校生の大半に支持されるはずがないんだ。おれの話ははみ出し部分にすぎない。そりゃあ、若いんだ、オーバーランもするさ。また、それがなかったら、この渡世はちっとも面白くもないよ。

それに関連して、おれのやったことといえば、『処分撤回闘争』の記録集を第三集まで編集して作ったことだ。高知大学の自治会の委員長だった中沢さんと和文タイプの教室を開いていた中沢さんのおかあさんのお蔭で、作ることができたんだ。それから、夜間の方は翌年、高知北高校として分離独立するという計画が打ち出され、高知部落研の周りにいたメンバーが中心になり、その反対運動をやった。伝統校ということもあったけれど、それ以上に、市内中心部にあり通学に便利だったし、抜け出してサボるにも好都合だった。こんなことを言うと不届きなということになるのだろうが、そんな場所は教育環境として相応しくないと思うとしたら、学ぶということも、社会ということも、誤解しているとしか思えないね。校門を出ても、近くに店の一軒もないような所がいいはずがないじゃないか。それに昼夜の二部制の良さもあったから、反対運動には根拠があった。おれはタッチしなかったけれど、ある意志は共有されてたんだと思ったね。おれは誰彼の見境もなくデモや活動の矢面に引き出すようなことはしなかった。本人の意志が第一と考えていたからだ。そして、追手前高校定時制は廃校になった。それでひとつの灯火が消えたんだ。

猫　おまえが宿毛湾原油基地反対運動を現地で担うために大月町橘浦にいた七一年十二月二九日の新聞に、金廣志は森恒夫や永田洋子らとともに全国指名手配になり、その記事が写真つきで出た。「菅原こと金広志。二十。窃盗。身長一六〇。中肉。たまご型」。これが金廣志の本格的な逃亡生活のはじまりだ。

3

猫　だいぶ長話になったが、そろそろ〆にかかろうや。

松　そうだな。昨日さ、「橋のない川」上映の一件を新聞の報道で確かめておこうと思って、古い新聞を調べに図書館へ行ったんだ。残念ながら記事はみつからなかったが、それで、それを返しに行くと、カウンター越しに「松岡さん」と図書館の職員に言われた。おれはびっくりした。名を呼びかけられたことなんかないからね。そしたら、『自慢させてくれ！』に名前が出ていますね」って、言われたんだ。別に金廣志の本に実名で登場していたって、どうってことはないがね、それより、じぶんの面が割れていることがショックだった。おれはただの利用客でじゅうぶんだからね。でも、この本が結構話題になり、それなりに読まれていると思ったな。

猫　だいたい、顔が売れると、ろくなことはないぜ。

松　まあ、仕方ないさ。逃げるわけにも、隠れるわけにもいかないから。だから、おれみたいな者はいいとして、あんまり関係ない者はフル・ネームで出さない方がいい気がするよ。どんな災難が降ってくるかもわからないし、その時はよくても、あとになると、事情が変わることもあるからね。

猫　まあな、場違いな所へ家族を引っ張り出すことがよくないようにな。

松　金廣志は連合赤軍の浅間山荘篭城や同志のリンチ粛清が「新左翼活動のすべての機能を停止させる」というふうに総括しているが、おれは違うと思う。それはブンド的な視点で、いまでも残存する党派が存在するという意味じゃない。金廣志は自分でも連合赤軍事件に際して、いま辞めるのは潔くない、「自分が赤軍派を再建し、過ちを克服せねば」と思っている。それはおれでも同じだった。立場は違ってもね。

猫　赤軍派自体についてはどうだ、赤軍派といっても、共産同赤軍派、ハイ・ジャック（北朝鮮）組、連合赤軍、日本（アラブ）赤軍とあるんだろうが。

松　街頭での大衆的な反乱闘争が圧倒的な警察・機動隊の力の前に敗北し、それを超える先鋭化は出てきて、当たり前のものだった。それは「世界同時革命」や「前段階武装蜂起」という政治方針が、観念的で現実性をもたないこととは別にね。いつでも反体制運動は秩序から疎外されるから、どうしても内向せざるを得ない。それで、組織運動は陰湿な感じを伴うんだ。それは戦前の日本共産党から現在の政治党派まで、連綿と続いていることだ。この段階では、森恒夫や永田洋子らが同志を粛清しようが、それは組織体質の病理であり、ロシア・マルクス主義の歴史的な限界の克服を思想的に果たし得てないためであり、観念的な孤立主義が陥る左翼的な宿命に見えた。だから、反発的な意欲は、誰の胸のうちでも発生する余地をまだもっていたといっていい。しかし、それに引き続くように表面化した、革マル派と中核派を中心とする熾烈な殺し合いの党派闘争が、六〇年代後半からの反権力闘争に、実質的なとどめを刺したんだ。それまで、街頭でのある面オープンな集団戦を内ゲバと言っていたが、ここに来て、陰惨な個人テロの応酬になったんだ。これで、ノン・セクト部分や学生はもとより、労働運動の内部では新左翼は徹底パージされていたけれど、それでも、労働組合や社共の指導からはみだす者はたくさんいた。そのほとんどが嫌気がさしたんだ。

猫　自滅だな。

松　高知で、個人テロをはじめに行使したのは、日本共産党・民青なんだ。やつらが最初に、高知大学の新左翼系の活動家を、下宿の前で待ち伏せてリンチを加えたり、夜陰に乗じて校舎の陰で襲ったりしたんだ。やつらは巧妙だから、決して学生の部屋を襲撃したり、教室で暴行したりしなかった。それをやれば、公衆の目に触れるし、へたすれば、表沙汰になり、警察が介入してくるからだ。リンチの程度も外傷が残らないようにという作戦だったらしい。もちろん、同じ大学の民青の同盟員を使うと、面が割れるんで、地区の同盟員を襲撃メンバーにした裏組織が実行部隊だったんだ。俗に言う「内ゲバ」という党派闘争の元凶は、ここでも日本共産党なんだ。陰険だよ。表では「暴力学生」と言って非難しながら、裏では組織的な個人テロだ。それで高知の状況が陰惨なものにならなかったのは、こっちが同じような手段で報復に出なかったからだ。あくまでも公然たる大衆戦だったからね。まあ、テロの応酬に出ても勝負にならなかっただろうがね。全然組織力が違うからね。歯が立つはずがない。

猫　なんか、うんざりだな、こんな話。内ゲバと同じでくだらない。もう止めよう。そんなもの、現実によって批判されつくしたぜ。その後の、ソビエト連邦や東欧の社会主義国家の崩壊という歴史的展開で。学生運動を基盤にした新左翼運動の衰退も、その世界史の展開の一シーンであり、日本の高度成長の行きづまりと社会の構造的な転換に追い上げられたものだといえるからよ。

松　まあ、おれの来し方だって、それを地方の片隅で実践したにすぎないといえば、それまでだからね。

でも、それとこの本で、金廣志が一般的に通りがいいように、在日朝鮮人の存在性をマイノリティーの問題にしていることは違うよ。これは問題を甘くしているだけだ。井上光晴のような『地の群れ』というような小説や雑誌『辺境』を編集していた、主題主義作家が、自分が朝鮮人であることを死ぬまで秘していたようなこともあるからね。

それから、金廣志は「万人は一人のために、一人は万人のために」というのは理想だけど、理想を追求することは間違いなのかと、たぶん総括的に自省しているけれど、それがこの間の敗北と屈折の内在的意味じゃないのか。おれに言わせれば、そんなキャッチ・フレーズは理想でもなんでもない。そんなものは、結果として無意識的に果たされればいいだけのもので、意図的な目標とは全然ならない。すぐに、二つくらい疑問が起こるからだ。ひとつは、その方向と目的が間違っていたらどうなるんだということ。つまり、疎外されたポジションからみれば、円環的に閉じられていて、内部からその全体性を相対化できにくいことだ。もうひとつは、「万人は一人のために、一人は万人のために」って言ったって、おれみたいな出来損間違いは、ずる休みはするし、なるべくサボりたいというのが本音だ。ボランティアなんてまっぴら御免だし、常にベストを尽くすなんてことはできっこない。そういう存在や現実を許容できないかぎり、そんなスローガンは全体的な抑圧としてしか機能しないはずだ。おれが言うまでもなく、金自身はそんなことは百も承知のはずだ。「生まれ、婚姻し、子を生み、育て、老いた無数のひとたちを畏れよう。あの人たちの貧しい食卓。暗い信仰。生活や嫉妬やの諍い。呑気な息子の鼻歌」(吉本隆明『初期ノート』)。そんな内なる大衆性の基盤と世界の歴史的な構造の接点にしか、われわれの情況はありはしないのだから。

猫　ちょっと、まてよ。ここに『高知新聞』の書評がある。

「著者金廣志（キム・クワンジ）さんは、両親が済州島出身の在日朝鮮人二世。大阪の生まれ。高校に在学中、新左翼の学生運動が激しくなるなかで『革命家』を志し、赤軍派に入党。全国に指名手配され、十五年もの間、転々と逃亡生活をつづけた（友人を頼って高知にも潜伏した）…と書くと、いかにもまがまがしく響くだろう。

しかし、違う。破天荒な道を歩みながら、金さんはいつも一生懸命で、開けっぴろげなのである。むろん、金さんの直面した日々は壮絶なものだ。在日朝鮮人としての生い立ちと苦しみ、父や母らの戦前からの暮らしぶり、のちに惨死する赤軍派メンバーとのつかの間の出会い。それらは『豊かな国』日本の裏面をのぞかせる。

他方、金さんの指名手配の容疑は窃盗（資金調達を命じられるが引ったくりに失敗）だったが、逃亡中、愛媛の会社で上司にいたく気に入られたり、和歌山の危険な工事現場で一人置き去りにされたり、高知では鳶の仕事の合間にアマチュア劇団の舞台に立ったり、まるで喜劇のような話が次々に出てくる。

一九八五年、金さんは警察に出頭、外国人登録法違反で罰金五万円の裁きを受ける（窃盗罪は時効）。そして九六年、家族を連れてふたたび高知の地を踏み、中学受験生のための塾を開く。『革命家』としてもういっぺん奮起し、子供たちの心に英知と希望の種をまこうとしたのだ。

高知での四年間、塾は見事に実を結び、子供たちがいきいきと巣立っていく。それは金さんの半生で初めての自慢すべき手柄であり、『高知はおれを男にしてくれた、第二の故郷』となったのである。

金さんは現在も朝鮮籍のまま。韓国籍にも日本籍にも変えていない。

『あくまで、『朝鮮籍』は朝鮮半島地域を指す記号なのである。国籍がただの地域の記号とは、実に未来を先取りしているではないか』…これが、『在日』として生きる金さんの足場だという。」

（片岡雅文「高知は第2の故郷」『高知新聞』二〇〇一年八月十九日付朝刊）

これがいまの金廣志の立ち姿といえるんじゃないか。

松　好意的で、的確な書評だね。なまじ知っていると、その部分に視点が集中し、近視的になるからね。おれなんか、かえって、見えない面があるかもしれない。

猫　どうしてか、知らないが、たとえば、父親が娘の事を話すと、とても微笑ましいし、母親が息子の事を心配すると愛情の現れと思うけれど、おやじが息子の事を言うと、なんとなくみっともない感じがするんだ。また娘の事で母親が出てくると醜くなるような気がするな。ステージ・ママのように。やっぱり、父親ってのは、わが子の頑張りをみて喜んでも、それを胸の中に折り畳んで、まだまだというのが、ほんとうだと思うな。おまえ、そんなふうに思わないか。

松　古いね。でも、言いたいことはわかるよ。それでうまく行っているのは、おれの知る限りでは、椎名誠の『岳物語』だけだ。物語としての距離が確立しているからね。金廣志の本の印象でいえば、子よりも自分が可愛いって感じがするところがあるな。

猫　お、言うね。

松　思ったことは、言うのなら、ちゃんと言ったほうがいい。そうでなければ、黙っていればいいんだ。それがほんとうの友情だと思うからね。表面上のつきあいなら、いくらでもあるだろうし、その方の適任者は、実際面でも有効に役立つことが多いだろうが、おれなんかもともと、そうじゃない。無効でも、本音の部分でつきあいが成立してると思い込んでいるから。

猫　うん。

松　おれ、東京の中野にあった武久鴻志会へ行ったことあるよ。花園さんにも会ったな。寿司屋でご馳走になって、「金が世話になったそうで」と感謝された。「おお、ブンド一家！」と思ったよ。でも、金廣志が必死にたどったさまざまな労苦と奮戦の軌跡は、やつの心の中に生きているはずさ。武久鴻志会でもどういったって中卒者でしかない金廣志が、東大をはじめ一流大学あがりの講師仲間に囲まれて、それがプレッシャーにならないはずがない。おまけに、せっかく警察に出頭して、晴れて自由の身になったというのに、職業上の都合でどうしても学歴を詐称するか、曖昧にしなければいけない。そのことによって、またしても仮面性を強いられるようになったんだ。これは金廣志にとってものすごく苦痛だったはずだ。金廣志はそのころ、「乙女の病気」といわれる過呼吸症候群になり、通勤電車で苦しくなって、一駅ごとに電車を降りて、呼吸と気持ちを整えていた時期がある。それはたぶん、そんなプレッシャーのせいだ。それに逃亡時のハードな労働や荒れた生活で、肉体的に相当ガタがきていて、満身創痍って感じじゃないのか。それはたまえちゃんをはじめ家族がいちばんよく知っていることだ。金廣志に見えない栄光があるとすれば、そんな心の軌跡そのものだとおれは思うよ。

猫　わかった。まだ、人生は終わったわけじゃない。金廣志もおまえも。

（二〇〇一年九月）

対話　考えること、語ること

テレビはもっと凄いことになる
吉本　隆明×松岡　祥男

宮沢賢治は文学者なのか
吉本　隆明×松岡　祥男

二重の視線の彼方に
山本かずこ×松岡　祥男

テレビはもっと凄いことになる

吉本隆明×松岡祥男

下らない番組を見て怒ることありませんか

編集部　テレビジョンが登場して三十余年、テレビジョンのメディア性は私たちの想像をはるかに超え大きく変化しています。ハイビジョン、衛星放送、コンピュータ・グラフィックといった技術革新と連動しながら文字通り全地球的規模でその越境性を増幅させ、私たちの意識や生活様式そのものが変容を迫られてきているのではないかと思います。

この二年間、テレビ時評「視線と解体」というタイトルで小誌に連載していただいた吉本隆明さんに、テレビが社会にいかに対応してきたのか、テレビが外部に対してどう力を持ったのか、等々について、この連載をふり返りながら語っていただければと思っています。お相手には、「意識としてのアジア」「都市と自然―昭和御詠歌」等の評論で注目をあびた新進気鋭の評論家松岡祥男さんにお願いしました。

松岡　テレビ連載時評「視線と解体」を通読してまず僕が思ったことは、吉本さんがいかにテレビ中毒であるかということでした。これは僕にとって驚きだったんですが、週刊誌等によると吉本さんは朝六時半頃起床されると同時にテレビのスイッチを入れられるとのことですが、本当ですか。

吉本　ええ、もう習慣みたいなもので起きて台所の方へ行きますと決まってスイッチを入れておりますね。

松岡　テレビと食事というのは密接な関係にあると思いますが、ずうーっとテレビはつけっ放しですか。

吉本　いいえ、この頃は午前中は仕事の方に主力を注いでいるものですから昼食、夕食時に集中的に見ることになるわけです。ですから昼は十一時半頃から一時半頃まで、夕方六時半頃から八時半頃までことに熱心に見ています。習慣的に見るのは朝六時半からのニュース、七時4チャンネルの「ズームイン朝」、水曜日には「女ののど自慢」なんかを続けて見たり、といった感じですかね（笑）。

松岡　僕は割とテレビは集中して見ないと駄目なんです。いったんスイッチを入れるとその画像に引き込まれてしまう。どんな下らない番組でも見終わらないと気が済まないといった性格なんです。その番組がつまらなかったりすると時間を無駄にした後悔と腹だたしさに襲われるんですが、吉本さんの場合は割と流しているというのか、気にならないといった感じなんでしょうか。

吉本　そうですね、僕の場合は隣の部屋で誰かの話し声が聞こえるといった程度の気分で見たり聞いたりしていますから、その点ではごく自然に対しているということじゃないでしょうか。ただ、このテレビ時評をやれといわれてからは、見る番組をそれ程変えたとは思いませんが、この二年間は意識的に印象に残った番組は必ずメモをとって番組名、出演者、日時、印象等々をひかえておきました。ですから割と熱心に几帳面に見ているといった印象をうけるんじゃないでしょうか。

松岡　すると、どんな下らない番組を見てもそれに対して怒るとか不満をいだくとか感激するとか、といった感情の振幅は少ない方ですか。

吉本　そうですね、つまらなかったり腹がたってきたら見るのをやめちゃうか、切る……というと差しつかえがあるから（笑）、聞き流すか他の仕事をするかということになりますね。

松岡　僕にはそれが出来ないんです。つまり映画館に入場料を払って見る感じでテレビも見ちゃうんです。後でブツブツ文句をいうと妻に「あなたはテレビの見方を間違えている」って言われてしまうんですが、例えば「水戸黄門」なんか決まり切ったパターンの番組だとわかっていても最後まで見続けてしまうんですね。そしてつまらなかったら腹をたててしまいます。僕の住んでる高知は四つしかチャンネルがなくて「ニューステーション」「朝まで生テレビ」などの番組は見ることができませんから、〝ニュース戦争〟なんて記事を読んでもピンとこない。ところで、吉本さんが最初にテレビと出会った頃のことを話して下さいませんか。

吉本　年代は思い出せませんが、確か御徒町の借家にいた頃です。上の娘が三〜四歳の頃だったと思います。その頃白黒のテレビを買ったんです。それ以前は映画を週に二回位は見ていたんですがテレビを買ってからは途端に回数が少なくなっちゃいました。テレビに夢中でしたね。ですから当時は映画の代りにテレビを見るといった見方をしていたのだと思います。あとは子供ですね。テレビの漫画番組等を子供に見せるということだった、と思います。

松岡　手塚治虫の死にふれられたところでお書きになっていますね。
吉本　ええ、そうです。三十九年か四十年頃ですかね。
松岡　力道山のプロレス中継の頃はどうですか。
吉本　それはテレビを購入するちょっと前ですね。御徒町から歩いて上野の山の下に行きますと大きな街頭テレビがあって、そこで黒山の人だかりに囲まれて見たおぼえがあります。
松岡　僕の地方では東京オリンピックをさかいにテレビの購入台数が飛躍的に伸びるんですが、一般的には皇太子の結婚がきっかけだといわれてますね。高知県ではそれより遅れて東京オリンピックなんですね。
吉本　そうですか、僕の場合はその頃にはすでにテレビには慣れきっていたような気がしますね。皇太子の結婚の時も結構慣れきっていたと思います。
編集部　全国のテレビ普及台数が一千万台に達したのが昭和三十七年ころです。
松岡　かなりの時差があるんですね。
吉本　なるほどね、そう言われると年代は具体的ではないんですが、僕の場合高価な割には比較的早い時期にテレビを購入した方だぞ、という印象はありますね。
松岡　それに僕のところは山の中ですから電波が届かないために、共同出資でアンテナを建てる。それは東京オリンピックなんかよりずっと遅いんですよ。なにかかしこまって見ていた感じです。スイッチを入れるということは劇場の幕が上がるのと同じで、つけっ放しなんて考えられなかったですね。一人で見ているとしかられました。電気代が要るとか言って。その体験から脱することができないから、いまでもテレビに対して未開的なのかも知れません。僕は小学校で初めてテレビを見たんですが、つまり授業の一環として見せられたわけです。

吉本さんはアニメ番組もかなりお好きで「鉄腕アトム」などから始まったのでしょうが、その中で特に印象強かった作品にどんなものがありますか。

吉本　僕の子供たちが熱中する度合に合わせてある年数を共に熱心に見ていたと言えると思います。ですから成長して彼女らの関心が薄れると同時に僕も興味が薄らいでいきましたね。ですから「鉄腕アトム」をはじめ「W３」とか最後の方では「ジャングル大帝」ですね。そこら辺までが一番熱心に見ていた時期で、次は子供らが再びアニメを意識的に見る時期があって、子供から〝あれいいぜ、見てみな〟みたいなすすめがきっかけでその番組を見ることになるわけです。その中で一番印象が強いのが「機動戦士ガンダム」ですね。子供らがはじめっから夢中になって見ているんですが、子供も高校、中学生になってますからアンテナもなかなか鋭敏な年頃です。意識的に選択しているわけですね。そこで僕も〝へえ、そうかい〟なんて具合で見たわけです。そういう二つの時期にテレビアニメを見たことになると思います。

松岡　テレビの歴史とアニメとは切り離せない距離を持っていると思います。最近、虫プロ製作のアニメは製作費を安く切りつめて安易に作っていたと批判されていますが、しかし最近は宮崎駿さん等の登場でかなり緻密な作り方がなされるようになってきたんではないかと思いますが、その点についてはどんな感じをお持ちですか。
吉本　それは映画ですか？
松岡　ええ、劇場用に作られた作品ですね。
吉本　それは僕も見ました。「風の谷のナウシカ」も見ましたが、印象だけで言えばいずれもアニメ映画の中では上の部類だと思います。でも文句はいっぱいあるわけで、あの絵はあまりよくないと思うんですよ。好き嫌いで言わせてもらえば、どう言ったらいいのかなぁ……あの絵は素朴と言うのか顔なんかチョッと目をつけたような描き方でしょ、僕はあまり好きではないですね。それに宮崎さんの作品はいずれも「タメになる」ことが重要な製作動機になっているような気がしますね。それが僕が好きになれない理由のひとつにあるんです。

僕が感動した作品に、僕の子供たちが〝見ろ見ろ！〟とすすめた松本零士の「銀河鉄道９９９」がありますが、何と言ったらいいですかね、つまりいまの俺はこれだけの仕事はしていないな……と言うか、これには感動しました。絵もいいと思いましたね。
松岡　宮崎さんの場合、人物の描き込みは割と安易な気はしますが、背景の描き方にはかなり凝った努力が見られると思うんです。虫プロなどの作品と較べると一目瞭然で、手抜きしてなくてすごいと思うんですよ。ただ彼は一種の名作志向で、それがアニメのもつ自在性を奪っていると思います。ひとつ言えることは製作費をかけるところにはかけないといい作品は生まれないということですね。そうすれば今後も面白い作品が生まれてくる可能性は充分あると思っているんですけど……。

吉本　うん、そうでしょうね。

好きで見ている以外の見方はしねえんだと

松岡　今回のテレビ時評「視線の解体」はいわば放送業界外部からの初の本格的なテレビメディア時評であり、その意味では画期的なものだと思います。吉本さんの仕事の線上でいえば「マス・イメージ論」をはじめとする高度情報化社会の中の一般大衆の生活様式と意識の変容に原理的かつ具体的に切り込んでいった一つの試みという位置づけができるかと思います。ことに文体に非常に気を配られているな、と思ったんです。しかも普通の人が見て感じているであろうことに関して吉本さんご自身専門的にならないようにかなり禁欲的に押さえているなというところがあって、その辺りも僕は興味をおぼえたんですが。

吉本　そうですね。僕は次のことは心がけようとしたんです。つまり、テレビの時評をやるということだから、テレビの映像の作り方というあくまでも映像を介して内容の批評をやる、ということですね。つまり、直接的に事件とかドラマ自体の内容を批評するとかは可能なかぎりしないようにと心がけたんです。つまり、映像としてどういう撮り方をしているか、映像としてどうだったたか、を媒介にしてといいますか、次に内容に関するものまで拡げられたらな……と考えました。それと、全体的にみてテレビは一体どういう具合にどの方向に移って行ってるのか、その流れをつかみたいということがありました。

しかし、いずれも不完全なんですよ。何が不完全なのかと言えば連載の終盤の頃になってことにそうなんですが、二流のピッチャーみたいに九回ぐらいになると何だか浮き足だって、事件そのものにたいするストレートな批評になっちゃった。ことに最終回などはその傾向が強く出てしまったと思いますね（笑）。これは僕の意図とは全く反するもので駄目なんです。文体についてですが、文体自体にそんなに意識を注いだといったことではなくて、〝俺はテレビが好きで好きで見てる以外の見方はしねえんだ、それでいいじゃねえか〟というかたちでテレビを受け入れてましたから、できるだけ自然体といいますか、スイッチを入れたら映像が流れ、それが自分の中に入ってきたんだ、という見方を保持しようと思ったんです。しかし、これもまた終盤には浮き足だってるものですから、一個の批評家みたいな観点で事件を批評するみたいな、我が意図からは大きくズレたものになっちゃったんですね。

松岡　僕はそうじゃないと思いますが……。例えば、リクルート、選挙と消費税、中国の天安門事件等のニュースがどの局でも圧倒的な情報量で洪水のように流されるわけですが、その量たるやぼう大なものですね、こうなると何かしらニュースを見てるという感じではなくて強制的とも思える程に四六時中事件や現象そのものにつき合わされている感じがしてくるんですね。最近の例でいうと幼女誘拐殺人事件がそうですね。どの局でもニュースといえばこの事件に関することばかりです。それも前日と変わった情報があるかと思って見ていると殆ど変化はない。そんな情報をまさに物量作戦的に押し出してくるんですね。このぼう大な情報物量攻勢に対して一視聴者の僕はどう対応すべきか、と考えるわけですね。特に連載の終わりの頃にはそういった事件や現象が集中的に襲いかかってきましたし、吉本さんが浮き足だったと言われた理由もその辺にあるように思えて仕方がないんです。ですからNHKやTBSのニュース番組を見較べても多少の色合いの違いはあるにせよ大して違いはないわけですし、しかもあの圧倒的量に対応するには直接的にその事件や現象と対応するしかないといった状況ではなかったのかという気がしています。この量の多さというものは受け手にしてみれば相当の重さとして迫ってくるんです。

吉本　うん、それはありますね。テレビの情報量ということでは、テレビ側の過剰反応ということがありますね。リクルート事件、天安門事件、天皇報道、いまは幼女誘拐殺人の宮崎勤報道等もすべてそうですが、確かに過剰反応がでてきましたね。この過剰反応は自己増殖していきます。この事件はこの程度で終わるなどといった合理性はありませんからね。これはテレビがもっている特徴のように思います。それと即時性と即物性ですね。衛星放送が発達してくれば文字通り世界同時性みたいなことになり、すごい反応が生まれる可能性は充分にあると思います。これに対応する方法というのはいまの段階ではできてないように思います。松岡さんのお話に出てきたように、つい解説している人物や言っている内容がシャクにさわってとかいうことになると、直接事件そのものに対する自分の批評みたいなものになってくると思うんです。僕自身は本当はそれをしたくないわけで、あくまでも映像を介してということを心がけたいわけですが、ここのところの一連の現象は過剰反応ですからね。その意味では逆にテレビはすごいものだと思います。またフランスとかイタリアとかの外国の情報が同時に入ってくるようになったら、もっと過剰反応が著しくなるでしょうし、それにどう対応したらいいのかとなるとちょっとまだできてないんじゃないでしょうか。僕自身も何か頭がフワーッといっちゃうような気がしますね。そうなっちゃうのは人それぞれ違うからそれでいいんだけども、それをテレビの報道番組でアナウンサーや解説者を介して解説・放送される場合に大変に誤差が大きくなる場合が多いような気がしますね。僕のみた限りで言えば、リクルート、参院選、天皇報道、天安門事件、そして幼女誘拐殺害の宮崎勤報道に対してちゃんとした解説と報道はありませんね。

松岡　ありませんね。

吉本　どれをとって見ても駄目で、自己増殖したテレビ映像といった感じの番組が多かったですね。それ程難しいわけで、それに対応するとなるとなおさら難しい。初期の頃は、テレビを映画の代わりとして見ていたり、ドラマもスポーツもニュースもテレビで見られる、そんな感じで対応していたことも事実なんですが、現在のテレビはずい分変わってきている。すでに映画の代わりでないのはむろんですし、事件報道などでもその現場に行っているような感じがしますね。ドラマにしても架空の作りものということではなく現場の感覚自体がドラマの大きな要素として登場してきているわけで、そういったドラマ番組の方が多くなってきてますし、傾向としてはかつての映画の代わりだった時代から現場の代わりへと移ってきている。同時にそれが世界的規模で同時に入ってくる、という流れになってきていますね。それらへの対応の仕方が一視聴者としてもテレビ批評家としても僕の中ではまだできていないという気がしているんです。

松岡　よく番組に対して抗議の電話をかける人がいるんですが、以前、僕はそのことを馬鹿なことだと思ったんです。嫌ならスイッチを切ればいいじゃないかって。しかし、あれは何も本人はムキになってやってるんじゃないんですね。単なる生理現象的反応としてだけのことで実に健康的なアクションではないかと最近では思っているんです。僕自身がやるかどうか別にしてそれを実行している視聴者に対して肯定的なんです。

吉本　その視聴者自身にとっても抗議することである程度の解放感もあるんじゃないでしょうかね。つまり気に入らなければスイッチを切っちゃえばいいという論理は成立しないと思いますね。極論すればテレビというのは二十四時間いつも家庭の中へ流れ込んでいるという前提で考えないともう駄目ですね。ですからシャクにさわったらすぐ電話することは、ある意味ではデモに行ってそれなりの主張する時の役割ぐらいは果たしているんじゃないですか（笑）。僕などは過剰反応に対する過剰反応だと思いますけどね（笑）。

松岡　実はその抗議ですが、一番多かったのは一月七〜八日の昭和天皇の死去の放送です。あれはいわばテレビの死だと思います。貸ビデオ屋がたいへん盛況だったようですが、それはとても健全な対応のような気がします。NHK教育以外は全て追悼番組をやったわけですが、吉本さんも時評の中でこのことにふれてテレビ的にみても戦後最大の事件というふうに書いておられますが、あの二日間の異様な事態に関しては何度くり返し批判してもし過ぎることはないと僕は思っているんです。あの日も吉本さんはテレビをよく見ていらっしゃいましたか。

妄想の対象にすらならなくなっている……

吉本　勿論一日中流してるのと同じですからよく見てました。時評の中でも書いたんですが、天皇の死に対して二日も三日もやられたんじゃかなわねえよ、という気持ちがして、もうひとつにはいまやられていることは僕の思春期の頃と全く同じ雰囲気が現実に再現されており、日本人というのは、これは日本人だけに限ったことではありませんが、アジア的だということだと思いますけど、儀礼とかそういう類いのフォルムが好きなんですね。すぐそれに入っていけるんですよ。つい昨日の番組で冗談言ってかなり自由自在にやっていた人物、誰でもいいんですが、「ニュースステーション」の久米宏でもいいんですが、自分の番組の中で割に自在に振るまうことができる人物がよくもまあ儀式ばった口調や顔付きや服装でやれるもんだなあ、と僕は何だか気色悪くて実に嫌だったですね。戦争中でコリゴリだという気持ちですよ。もっとくだけてごく普通の口調でやったら、たとえ数日間やったとしてもまだそれ程の拒否反応はなかったのじゃないかと思いますがね。それが型にはめたように全員、声の調子から表情まで同じになって妙に真面目くさった感じでね、こいつはかなわねえやって気持ちが僕の中で募ったというのがありますね。儀礼的な口調で儀礼的なことをおごそかに言う彼らの姿を見ていると何かしら天性として身についたところがあるんだなあって思いましたね。僕は〝へえーッ日本人ってのは変わってないぞ〟と思いました。

松岡　コマーシャルもなくなりましたね。

吉本　そう、コマーシャルがなくなった代わりにエコロジスト達が喜ぶような鳥がピーチク鳴いている自然素朴な風景が入るわけですが、僕などは〝それ見たことか！〟と思いましたけどね。この人たちの感性はエコロジスト達と同様だけど、コマーシャルは資本主義的であり自然を大切にすることはそれよりもっと高級ないい感情なんだと思っているんだろうけれども、とんでもねえハナシなんだ、こんな素朴自然主義なんかよりは利害錯綜しているコマーシャルの方がいいんだ、ということをあらためて思いました。

松岡　何だか形骸だけを保守しているといったイメージでしたね。この夏には高知県で高校総体が行なわれたんですが、皇太子が開会式でアイサツするというので二、三メートルおきに警察官が立つわけです。彼らが天皇主義者かといえば決してそうじゃないんです。何が怖いかといえば万が一何かが起こったらということで、実は事なかれ主義なだけなんですね。そのために万難を排して警備態勢をしく。そのために一般庶民の交通網を寸断してしまうわけですね。ある箇所ではひどい渋滞が起こる。テレビもそれと同じで、別に怖れる必要などないのに、伝統的にあるんでしょうが必要以上に遺制である天皇制を怖れている気がしますね。

吉本　昔からそうなんで、京都の古い寺などには天皇がお参りに来た折に宿泊する部屋があってそこへ刀を振りかざして侵入してくる奴を防ぐための侵入防止の工夫がいろいろしてあるわけですが、本当にそういった事態が起こったかといえば殆どない、つまり昔からの伝統が現在も脈々と底のほうでは流れてるんですね（笑）。テレビ局の内部事情はわかりませんが、テレビの世界では自在性を確保できてる人が突然ロボットのように変わってしまうことには〝これはちょっとしょうがねえなあ〟と思いました。

松岡　僕などはかなり頭にきましたね。こちらとしては過剰になるまいとしていても、あれ程やられたらちょっとたまらないです。自信がないのかも知れないけど、テレビ局はもっと自負をもってやればいいと思います。僕らは左翼チックに戦争責任という一点にこだわり、ヒステリックになって、その追及のためなら一生を棒に振っていいなどとは思わないわけだし、逆にありふれた日常のなかで自分たちもやってきたんだという認識の延長線上で対応していくことが大事じゃないかと思います。吉本さんのこれまでの考察では、日本の天皇制の命運は日本の農業の命運とシンクロしていくのではないかと予測されていますが、その点を話して下さいませんか……。

吉本　多分、歴史的事実としても天皇制の始まりというのは大和朝廷の始まりかその少し前からだと言っていいわけですが、どんなに遡っても弥生時代以降ですね。つまり、日本が農耕社会になってから以降の帝王ですよね。この天皇制の始まりから現代にまで日常的かつ特定日に行なわれている儀式は全て農耕に関わるものばかりですね。有名なのは新米が収穫されたときに行なわれる新嘗祭とか神嘗祭で、神が食べるか天皇が食べるか、つまり二つの中心ですよね。それを神道の儀礼にのっとって、農耕社会の儀礼を守ってきたんですね。昭和天皇はそうだったんですが、平成天皇がやるのかやらないのかはわかりませんが、皇居の中には田んぼがあって毎年田植えが行なわれているわけで、あくまでも農耕社会的に儀礼は守られてきているわけです。たとえこれが今後も皇居内で守られるにしても日本の第一次産業は漁業も含めて、20パーセントを割っているんです。その20パーセント以下の中で純農家というのはもっと少ない。そんな時代における一般民衆の感性とか感覚というのは農耕に付随した感覚とはズレがはなはだしくなっていく一方だということは間違いありません。そうしますと、法律上は国民統合の象徴だということは改正されなくとも、実質上はどんどん民衆の側の感覚からはなくなっていくだろうと僕は思います。それが再び復活するということは僕の観点からはあり得ないと思っています。例えば、日本国の食糧は日本国で生産しなければいけないとか、農業は日本国の伝統産業だから亡ぼしてはいけないと言う人がいますけど、僕はそうは思ってはいないんです。こんなものはいくら亡んだっていいのであってね、亡ぼさなくったって亡んでいくわけですよ。いま現在日本の農業人口も耕地面積も毎年減っていってますからね。どこかでは止まるでしょうけど、そのことと一般民衆の感覚の間には大きなズレが生じることだけは間違いない流れだと思います。そこが実質上の終わりの時だということは疑いないように思えるんです。ただ、名目上のことはわかりません。

松岡　僕の友人に精神病院の看護士をやっている人がいて、その人から病院の患者さんたちの話を聞かされるんですが、少し昔だったら患者さんの中に必ず自分は天皇の御落胤だとか天皇家の血を引いているといった誇大妄想の患者がいた、というんです。それが現在では全くといっていい程なくなってきて、精神病の患者の中ですら天皇制というものが消滅しかかっている現実があるわけです。すでに、妄想形成能力がないということは、逆にいえば、思想形成能力も失われていると言えると思うんです。ですから、世界思想なるものが可能なのかといった問題が逆に僕らに問われている気がしますね。

吉本　うん、うん。

松岡　天皇家もしくは天皇制を誇大妄想の核にもつ患者さんが精神病院からいなくなりつつあるということは、戦争体験のある人たちの中では存続しているようですが、その他の人からすると妄想の対象にすらならなくなっているということです。

編集部　どういうことでしょうか？

松岡　フロイトも言っているように、精神的な支柱であり怖れでもあった天皇制がもっていた怖れとか憧れとかといった力が薄れちゃったという、つまり、誇大妄想というのは惹き寄せられなければ関係ありませんから、極端にいえば怖れや憧れの対象がなくなってきていて、妄想形式が無効になっているんです。逆にマスコミの報道は自分たちで怖れをかこったかたちになってしまっていると僕は思うんです。ですからさわらぬ神に祟りなし的に儀礼的に流しているにすぎないわけでしょう。一般大衆側ではもうその段階は通過してしまっていると思いますね。面白いというと語弊がありますが五十代のおばさんが病院に駆け込んできて、自分の脇腹のところにコンピューターがはめ込まれているから診て下さい、ほらここにあるでしょうって、そのおばさんはそれまでコンピューターとは一切関係ないんですが、このように現代における精神病の病相が以前とはかなり変わってきているんですよ。これは切実なんです。僕みたいなものの所へやってくる人はちょっと変わった、もっといえばおかしいんじゃないかと思える人が多いんです。それはどこかで僕自身の中の狂いと照応するような気がします。なんか鋭敏に同類をかぎわけて寄ってくる感じです。一般的にいっても、他人に期待することは不幸なことでしょうし、逆に期待されるということは悲劇をはらんでいるんでしょうが。精神病というのは母親もしくは両親とのエロス的関係のこじれが全てだといえるように思います。これは精神病院で働いている現場の人たちの実感でもあると思いますね。

吉本　うん、そうでしょうね。

松岡　ショックを受けたことがあるんです。両親に対する異様な執着といいますか、そっちの傾向が強くなってきていて、僕などの素人考えではその執着の対象が消滅すれば、その患者さんは自由になって回復の可能性が開かれると思っていたんですが、ところがそうではなくてその患者さんからその執着の対象をなくすと廃人になってしまうというんです。完全に生きる力を失っちゃう。これを聞かされた時僕はショックを受けました。

吉本　ほう、うん、うん。

松岡　つまり父母を憎む、そんな状態に自分自身を追い込んでいくエネルギーが生きるエネルギーだということなんです。その父母が死んでしまうとポシャッといくわけで、ですから誇大妄想というのはマイナスの中のプラスというかプラスに転化する側面をもっているんですね。誇大妄想は自己が共同幻想に自己投入し同化した典型ですから、共同幻想の集中度が拡散するのにともなって、もともとの根因であるエロス的な障害がむきだしになってきている。それは社会の側も同じでむきだしの利害のせめぎあいで牧歌性などもとめようもなく、きつい現実が等しくさし迫っているといえると思います。極端にいえばお前の敵はお前自身だというくらいにきつい様相だと思うんです。精神病は大きく神経症と分裂病の二つに分けられているんだそうですが、しかし、いまその境界線をひくことが非常に困難な症例が増大しているということです。そうしますと、テレビを含めたマスメディアが発達、増大していく必然の流れの中で、たとえそのスイッチを切るだけではテレビの影響力は消えるわけではないので、そんな状況の中でどう対応していくかという問題は、まだその答えを現実的にはもっていないんです。このことに関して吉本さんのお考えをお聞かせ下さいませんか。

固定化して考えると誤差が大きくなるゾと

吉本　そうですね、ただ言えることは〝変わる〟ってことだけのような気がしています。つまり症状は変わるんだということです。勿論、妄想というのも質が変わっていくということがあると思います。二十年程前と較べても分裂病とか躁うつ病などもずいぶん変わってきてその境界も曖昧になってきているし、さっきのご指摘のような天皇が誇大妄想の対象にならなくなっている状況もそうですし、世界没落観をもつような分裂病患者みたいなものももういやしないんですよ。つまり、だんだん曖昧になってきているんです。神経症と病気との間も、また神経症と健常者との境界もあいまいになってきており、だんだん拡散してきてると思います。ですから何が正常で何がそうでないかということも変わっていっちゃう。つまり、そのことを固定化して考えるとずいぶん違うことになるというか誤差が大きくなっちゃうぞ、という気がします。いま僕たちに理解できないことがいっぱいあるわけで、病気についても確定的なことは何も言えないという気がしています。病気というのは少なくとも二世代にわたって調べないと、つまり宮崎勤という一個の人物を解くためにはこの人の母親を含めて解かないと駄目なんですよ。宮崎勤の無意識が出来上ったところ、つまり胎児、乳児の頃が一番の根本なんですが、その時の物語はどうだったのかということが解明されなければ答えは出ないですね。しかもそれが解けても宮崎勤自身がその物語自体をよく追体験できたらいいんですが、それができなかったら難しいと思いますね。宮崎勤事件については固定観念を持たないこと、病気と正常は交換可能だということ、この辺りまでがさしあたって言えそうなことの限度じゃないでしょうか。

編集部 宮崎勤の場合六千本ものビデオカセットを持っていたこと、ビデオカメラで犯行を記録していることなどから映像影響論のようなことがいわれていますが。

吉本 宮崎勤の部屋が映し出された時、一昔前の僕らの青年時代だったらこれは本が並んでいるところですね。なかなかの読書家で文学青年だなということになるわけですが、あの人は活字よりも映像が好きなんですね。確かに変わったんだなあって感じましたね。そこへテレビの解説者が登場して、名前をあげてもいいんですが、木村太郎が出てきて〝ホラービデオみたいなものは少し規制すべきでないでしょうか〟みたいなことを言いだす（笑）。これは間違いなんですよね。そんなことではないんですよ。それは単に結果であって何で決まるかといえばその前で決まるんです。一世代前の肉身、母親と自分との関係で第一義的なことは決まるんですよ。ですからホラービデオや映画を見たからこういう事件を起こしたという発想はとんでもない間違いですね。テレビ批評でやるのならともかく、テレビ番組そのものでああいう馬鹿な発言をし、それが通っていくのは、それが検閲的な方向につながっていくということまで考えていないんですね。宮崎勤みたいな人間を野放しにするということも大変危険なことですが、同時にあんな発言をケロッとして行うような人間を野放しにすることも大変危険なことだということはちゃんと言っておかないといけないと思います（笑）。心、精神の問題というのは一般に考えられている以上にもっと解ってきているんですよ。精神の問題は解らないんだというのは嘘で、実際問題として相当なことは言えるんです。ですから裏ビデオを見たからこんな残虐な事件を起こしたんだといった発言はとんでもない間違いですね。宮崎が、危険な存在であることも事実ですが、その危険をどうしたらいいのかというのは実に難しい問題ですね。それと同じ位木村太郎をどうしたらいいかということも難しいんですね（笑）。こういう発言をする人間は危険ですよってことは分かってるんですが、じゃあどうしたらいいかとなると、テレビ局まで行って〝この人をクビにして下さい〟と言えばそうならないで、逆に流行りに流行って、ますます重要視されるでしょうからね（笑）。これもまた大変難しい社会問題だと思いますね。今後宮崎勤がどんな扱いをうけるかわかりませんが、彼と同世代のことを論じても駄目な気がしますし、それに活字文化から映像文化への流れの連続性と断絶性の問題も相当に難しいことのように思います。いろんなことを考えさせる事件ですね。

松岡　ラインびきというか境界線という概念が成立しにくくなってきている現実があるんですよね。僕も漫画や映像が好きなんですが、じゃ僕も宮崎勤と同じことをやるかというと、そうなるかも知れませんが（笑）、吉本さんのご指摘のように外在的なこじつけは成立しないんだと思います。例えば大江健三郎さんの作品の中の感覚やその描写のもつ異常性についてはどうなんだということが僕にはあります。『新しい人よ目覚めよ』で、障害をもつ自分の息子がプールで泳いでいるうちに溺れるのを目の前にしながらブレイクの詩を暗唱するところがあって、結局息子は助けられるわけですが、そんなことが何のパロディーでもなくまさに気まじめに、まるで教科書のように書かれていますね。それを非常に重要なことが書かれているかのごとくに受けとめている評論家や読者があるわけですが、これなどは僕からみれば完全に異常な光景にうつるんですね。そのことは僕の中にも宮崎勤が棲んでいると同じようにあの事件と等価なんです。まさに異常というもののラインびきがあいまいになってきていることの証明のように思うんです。それは自分の像と社会の像との転倒といえるかもしれない。そのことが社会全般にかなり行き渡っているのじゃないかと思いますね。特に社会認識のバランスが大きく崩れてきているようにみえます。先日、建築現場で水道の配管作業中、突然アルバイトの若い男が蟻の巣がある、蟻の巣を壊してはいけないと騒ぎだして、工事をストップさせる騒動がありました。ふつうに考えて蟻の巣が壊れることなんかなんでもないことです。巣を破壊されたって蟻はまた別の巣を作るわけです。ところがいくらいっても通じないわけです。あげくにはその場限りで仕事を辞めて帰ってしまうんです。なんかその光景のすべてが無惨なんです。エコロジストたちの主張も同質で、彼らは自然認識の退行からはじまり神経症にいたり病的な偏執性に陥っています。彼らは人間は尊大な存在だと逆に思いあがっていますが、人間が生誕から死への生涯の曲線をえがいている点では他の動物と本質的には違っていません。人間が死を越え得ない限り、そのみじめな生と死の恐怖をくりかえす位相から脱することはないような気がします。しかし、社会のいたる所でバランスがくずれ奇妙な転倒がくりひろげられています。勿論、僕自身の中にもかなりそういったこともあるとは思いますが、しかし、いま難しいところにきているなと、僕は思っているんです。

要望などしない方が健全なんでしょうが……

編集部　テレビにこじつければ、二十年程前ですと、ビートたけしのようなタレントはもしかしたら異常だと受けとめられたのではないかと思います。テレビジョン自体の規範性みたいなものが自己崩壊していき、その意味では境界があいまいになっていっているといえるのかもしれませんが。

吉本　そのことはこれまでにさんざん書いてきたと思います。つまり、テレビがタレントに及ぼした影響ということですね。ただビートたけしを例にとりますと、やはりあれは話芸だと思います。つまり、いわゆる芸をしているという映像と芸をしていないときの映像の間に、松岡さんも指摘された通りはっきりした境界を設けることができない、またそれをとっぱらってしまってその全体が芸かも知れないし、芸じゃなくてただテレビカメラの前でおしゃべりして遊んでいるのかもしれないし、どちらの解釈も可能だと思いますが、つまり芸があって人間がいて表情があってといったものの中で芸とそうでないものの区別を意図的につけないといいますかね、それ以外にテレビ映像の世界に対応していく方法はないというかたちにだんだん芸自体が移行しつつあるんじゃないかと僕は思うんです。それができるタレントと、芸は芸だ、演技は演技だ、それ以外はその人の固有の性格なんだといった区別をする人たちがいて、逆に芸と個人的性格の境界をあまり明瞭に設けないけれどもその全部が自然の芸になっている演技ができるかどうかということがテレビタレントにとって重要な課題になってきているのではないか、流れとしてはそうだという感じをもつわけです。いま人気の「ウッチャンナンチャン」「ダウンタウン」とかになると、もっと芸の中に性格とか個性とかを入れないようにするといいますか、個性なのか性格なのかわからないようなかたちで芸をやることがテレビ映像の流れの中でもう一つの課題となってきているのではないかという気もしています。そんな風に進んでいくんじゃないでしょうか……。

編集部　テレビジョンは果たしてどこまでいくのか、予感みたいなことを語っていただけませんか。

吉本　僕はとことんまで行くと思いますね。日本だけの問題ではなく世界同時性ということに必ずなりますね。と共に映像と生の現実との境界がだんだんわかりにくくなってくるという風になると思われます。そうなった時がテレビジョンが映画などの他のメディアに代わる本当の主役になるときだと思います。誰もがテレビ映像を見ていれば現実だと思って大過なく過ごしていく、そこで何かが失われるかどうかは分かりませんが、それはごく日常的な当たり前のことになっていくというところまでいってテレビジョンの映像は一応の完成の時を迎えるんじゃないでしょうか。

松岡　テレビが日常生活に占める割合や比重というのは巨大になっているにもかかわらず、テレビ局というのは僕に言わせると自負と自信がないように見えてくる時があるんです。例えばある事件の報道をたれ流しにしておいて結論というか始末のつけ方というか、方法をもたないということがありますね。

つまり、時期が過ぎ去っていくままにゆだねてしまって自分の局の流れの中で一つのピリオドをうつということをやったためしが殆どないんですね。ある局が流した番組に他の局がそれにアンチを出したらそれに対して対応する態度が、多少保守的ではあっても新聞や雑誌メディアの方がアンチに対して対応をするんですね。テレビ局にはそれがない。テレビの場合たれ流しにしてあいまいに済ましてしまうんです。そこら辺りが僕は自負と自信のなさだと思ってしまうんですよ。それと、僕が日常的にテレビを見ていて困るんですが、ドラマなんかを見ていてCMになると途端に音量が上るんですよ。

吉本　あ、そうそう、変わりますね。

松岡　腹がたつというより、ああ、自信のない人たちだなあって逆に情けなく思っちゃうんです。だってCMというのは僕らにとっては生活情報としても結構必要だし、商品データとしても当然必要だし、面白いCMなどは作品としても楽しく見ているわけなんです。つまり、見る方はそんなことしなくったって見るんですよ。勿論、NHK以外はスポンサーに依存している現実があるにしても、もうそういう段階ではないんじゃないかと僕は思うんです。CMだって映像としての価値があるし生活情報、商品データとしても当然価値があるんですから、みんな見ているわけですから音量を高めるなんてことは実にセコイわけですよ。いまはリモコンですから逆にCMタイムになるとチャンネル変えられちゃうんですよ。この連載時評でも触れられてましたが、若王子さん人質事件、大韓航空墜落事件、みたいなものについて、僕なんかニュースをどんなに熱心に見ていても結局何も分かんないんですよ。イメージが作れないんですよ。例の金賢姫って女の人のことばかりが報道されるんですが、僕なんかの関心は彼女のことよりもその落ちた飛行機は一体全体どこへ行ったんだということにあるわけで、当然乗客もいたしその家族もいるわけですから、そのことが解明されないかぎり、どこの国の工作だとか何だとかという問題なんて単純にいうとどうだっていいわけです。この事件も果たして本当にあったことなのか、乗客はどうなったのか、ということが全く報道されないじゃないか、いまもってないですよね。政治、軍事面からいってアメリカやソ連の巨大なテクノロジーからみれば当然キャッチしているはずだと思うんですが、けれどもそこのところはあいまいなままにして横すべりしていってる。実に変な感じがしますけどね。そこでやっぱりテレビはそこをもっと自信と責任をもってやるべきことをちゃんとやって欲しいと思いますね。それはNHK的になれってことじゃないですよ。吉本さんはテレビには要望などはしない方がいいと思っていらっしゃるんでしょう（笑）。その方が健全なんでしょうが（笑）。

吉本　いやいや、要望ってことはないんですよね。つまり、ごく普通の一般視聴者といいますか、好きだから見ているんだといった場所に戻るわけです。そこで時々自分の感想を考えながらテレビを見ているということになるんだと思うんですね。要望なんて言ったら、何て言ったらいいんでしょうかね、逆にかえってこっちの方の値打ちが下がってしまう（笑）なんて感じがするから、一般視聴者に戻って勝手に好きな番組を見ながらそこで色んなことを感じたりといった具合でね。ただこの二年間のテレビ時評を続けたおかげでといいますか変わったところがあるとすれば、印象に残った映像を見た時などに必ずメモをとる習慣がついてしまったということですね。ごく普通の視聴者と少し違っちゃったことが良いことか悪いことか分らないんですが（笑）、割とおっくうがらずにやれるようになったし、テレビジョンてのはもっとすげえことになるぞって思っているわけですよ。つまり、テレビジョンは生活の様式から大きなことでいえば政治の様式とか政治への異議申し立てとかね、そういったものを全部変えていくくらいすごいことになるぞ、といった予感があります。この流れをよく見ていようと僕は思っているんです。とにかく映画とか活字による通信とは比較にならないくらいシビアに様式を変えていくんじゃないかという気がしているんです。日常生活様式も勿論変えるでしょうが、もっと重要なことと言いますか、つまり政治とか何とかと言われていたものを大きく変えていく力を持っていくのではないかと思いますね。ま、僕のこの予測が当たるかどうかは分かりませんが(笑)。

テレビの話芸は流しに近づいてきたなと

編集部　この時評の最終回で、この二年間にテレビが少しずつ変わってきたという指摘をされたところがあるんですが紙面の都合でそれは具体的にはなされなかったのですが、そこのところをこの二年間のCMのいくつかを含めた形で語っていただければと思っております。その他では、夜のニュース報道戦争とでもいうべき現象がつい先頃まであってTBS側がついに「ニュースステーション」の厚き壁を破ることができなくて一敗地にまみれたわけですが、その原因は一体何だったのか、といったことをお聞きしたいと思っております。

吉本　CMに関して言いますと、この連載を始めた頃からね、手帳に書きとめてあるんですよ。すぐに忘れてしまいますからできる限り再現性があるように批判点とか賞賛点とか映像がこうだったとか、これはいいぞといったＣＭについてここ二年近く記録をとってあるんです。何故こんなことを熱心にやったかといえば、つまり、いまのテレビＣＭについて言及したり批評したりしている人たちの主張が全部違うと僕は思うんですよ。この人たちは何故このＣＭを良いと言わないのだろうか、これは駄目だと言わないのか、かつてはテレビＣＭの草創期、隆盛期には、これは誰が見ても良いなって目立った作品があったんだけれど、ある時点から一種のズレみたいなものが生じてきた。例えばテレビＣＭ批評誌の「広告批評」が一番熱心にやってるんだけどね、正確でないですよ。良いものを良いと言ってないし駄目なものを駄目と言ってないですね。それがあるからノートをめくってちょっとやってやろうかなという気持ちがあるんですよ。これはちゃんと正確にやらなければいけないし、何処でどう違っちゃったのか、つまりテレビＣＭの価値概念がとても多様化して曖昧になっているわけですけれど、しかし、その中で良いとか駄目とか何とも言いようのないものとか、いろいろあるわけです。それはちゃんと言っておきたい、いずれどこかの回でやろうかなと思いながらこっちにゆとりがなかったものですからできなかった、そのことを書いたわけなんです。それともう一つは四月からの新番組が何となく固定してきていくつかの個性や特徴ある番組が目につくものだから、傾向としてはそれは何なのだろうか、考えてみようかと思ったんです。その傾向というのはですね、何ともいえずドラマと非ドラマといいますか、報道番組的なものとの境界が崩れ出してきたということ、その辺りで、あるまとまりをつけている番組が最近とても目立ってきたという感じを僕は持っているわけなんです。「関口宏のサンデーモーニング」

島田紳助の「サンデープロジェクト」などの番組に常連として出演している人たちの芸といいますか、話芸、話し方を見ていると流しというのに近づいてきたなって、つまり流しの犯行に近づいてきたな（笑）ということです。計算とか計画性といったことがだんだんなくなってきて芸自体が流しになってきたな、つまり流しの中で何かがやれているみたいな感じがあって、それはつまり境界がなくなってきて……その流しということがどういう意味をもつものなのか、それから個々の芸を見ていて何処が駄目なのかといったことを少しやってみるかという感じになったんですね。大きな流れの中で僕の体験を含めていえば、当初映画の代わりにテレビがあった、その映画とは何なのだ、つまり映像としては同じなんだが情報性と物語性と、一方は即物性と即時性があり、それが映画に較べてテレビの弱点であるぐらいに思われていた部分が、逆にそれこそがテレビの一大特徴であるということになる、といった具合に出発していって、そのこともずいぶん変わってきました。いまテレビを映画と比較するなんてナンセンスなんであって、他の何かと較べなきゃいけない、それは多分現実と較べなきゃいけない、つまり現実とテレビ映像の境界がなくなっていてどこが現実でどこがそうじゃないのか、また現実の事件というものが以前に較べると物語性が多くなってきてるんですよ。宮崎勤の場合もそうですし、選挙でもリクルートなどでもあらゆる現実の事件が物語性が多くなってきているんです。それとテレビの映像とはどう境界がなくなってどう違うのか、テレビはそういった較べ方にだんだんいくより他に仕様がなくなってきたという感じを僕自身もってるんですよ。その辺りにいくなというのが僕の大ざっぱなつかみ方なんですがね。

編集部　ニュース報道戦争に関してはいかがでしょうか……。吉本さんは「ニュースステーション」＝全共闘崩れ、ＴＢＳ「プライムタイム」＝ミンセイ（民青）と評されたわけですが、（笑）少し具体的にお話し下さいませんか。

吉本　（笑）「ニュースステーション」の久米宏とか立松和平とかの事件観とかドキュメンタリー観でもいいんです。また娯楽、遊び性でもいいんです。その特徴は一つは進歩的という範疇、もう一つは一種の流行りともいえますが素朴自然観とその中でのデタラメ性、遊び性があって、それに対してＴＢＳの森本さん、あるいはそこに登場するゲストの人、またそこの全体が持っている雰囲気をみますと、先の二つは同じで、つまり進歩的であり素朴自然観だということはおなじですね。ただ遊戯性という点が違うと思います。久米宏の方が自由な遊戯性があるんですね。これはやはり言っちゃうと全共闘だよ（笑）。この二つのニュース報道番組を見てて、同じ時間帯で熾烈な視聴率戦争で森本さんが何故敗れたかという点について僕なりの感想を申し上げますとね。一つはテレビ局の問題、僕の映像を見ての理解のし方で言えば「ニュースステーション」は映像に金をかけていると思いますね。ＴＢＳ側は金をかけていませんよ。本当のところは分かりませんが映像から見てる限りはるかに少ないと思いましたね。同じ時間帯で同じ時間やってるのを見較べますと、「ニュースステーション」の方が圧倒的に金をかけているのが分かります。僕はそう思いましたね。そこが森本さんのハンディになっていたのだ思います。もう一つは、森本さんのテレビ映像タレントとしての問題があると思いますね。これは印象批評として言えば簡単なことです。つまり森本さんという人はテレビカメラに対して突出してません。例えば写真を撮る場合一度シャッターを押すと次にはもう一歩か一歩半だけ対象に接近してもう一度迫ろうとしますよね。突出すると思うんです。つまり久米宏は視聴者側から見るとテレビ映像に対してちょっとだけですが突出しているんです。半身だけ映像が突出してますよね。森本さんはそれが逆なんです。半歩だけ退いてますよ。久米宏の映像は半歩か一歩だけ身をのり出しています。のしているというか、そういう映像の撮り方をしているという言い方もできます。これはカメラのせいもあるだろうし久米宏のナレでもあるわけですね。カメラに対する身のこなし方のナレです。だから突出している映像ができているんです。森本さんはその逆ですから、これは決定的ですよね。それぞれ性格や個性は出ているんですが、その点ではそれぞれ好き嫌いはあると思うんですが、しかし、映像の突出のし方が違うんですね。話し方、ふざけ方も含めてね。この突出の違いが決定的ですね。僕にはこの二点につきると思えますね。ですからまだやり様はきっとあったんだろうなと思いますけどね。久米宏が良いという人がいますが僕はそれ程良いとは思いません。喋ってる内容からいえば馬鹿な全共闘と馬鹿な民青が言ってるようなことと同じようなことを言ってるわけですよ。つまり、言いたかったことは映像の突出のし方が違うということなんです。

松岡　吉本さんはこの連載の最後の方はご自分では不本意な展開になっていると言われましたが、テレビ時評から離れて一読者の立場でいえば、やはりこの連載は、情況への発言でもあったと思うわけです。特に最後の方はそうだったと思いますが、そのことが不本意だったということでしょうが、消費税や天安門広場や天皇報道へ対してはっきり発言できる人がいないわけですからその意味でもこの連載は特に貴重な作業だったと僕は思います。ことに消費税に対する一般大衆の反発と自民党を含めた尻込み現象がありますが、じゃ給料からの天引きというシステムならばいいかといえば一種の律令制と同じことになるわけですからいいわけがない。あんなひどい収奪をつづけられたらたまりませんよ。これではやっていけないことがはっきりしているわけです。その点について敢然と言い切ったというのはこの時評の一読者としてうれしく思いました。

吉本　そうかなあ……。情況への発言が出てくるってことは、僕にとって単にその時たまたまそのことが事件でニュースであったから出したまでで、テレビ映像を介して情況への発言が出てくるんだったらいいわけですけれどもね、理想的なわけです。しかし、それがストレートに出てくることはテレビ批評としてはやはり駄目なんだという風に思っています。つまり、映像批評を介さないテレビ批評は駄目なんだと思います。それが僕の理解の仕方ですね。消費税の問題でもテレビに出てくる映像をもっと緻密に見てその映像を介してもっとていねいにやるべきだし、それが本当だと思います。これは他の番組すべてに当てはまることです。ですから映像としてよくやってるなという番組についてはきちんと批評していかないといけないという感じを持ちましたね。僕はそう思います。

編集部　どうもありがとうございました。

（平成元年八月三十日収録）

（『ＴＢＳ　調査情報』一九八九年十月号）

宮沢賢治は文学者なのか

吉本隆明×松岡祥男

松岡　吉本さんの宮沢賢治への関心は、学生時代から始まり、米沢高等工業学校時代に花巻にある賢治の詩碑を訪ねていますね。一番最初、吉本さんは賢治の、どんな作品のどんなところにひかれたんですか。

吉本　学校が東北でしたから、賢治は、東北にはよく伝えられていて、とりわけ「雨ニモマケズ」が流布されていました。だから、それが一番最初に、僕の中に入ってきたと思いますよ。そこから取っついていったという感じです。青春期の入口ですから、自己確立と自己放棄、それをどうやっていくのか関心があります。すると「雨ニモマケズ」というのは、自己放棄の方法を、最上級の形で表現していて、ひかれた。しかもここには、詩としての自己凝縮も同時にないことはない。「東ニ病気ノコドモアレバ……西ニ疲レタ母アレバ」ってあるでしょ。あれは詩のレトリックとしてたいへん高度なものです。僕も手習いで詩を書いていたし、そういうところはすぐわかるわけです。自己放棄と自己凝縮の両方を満たしてくれたんでしょうね。

松岡　質素、勤勉という、一般的な賢治に対するイメージが、吉本さんの学生時代と、つまり戦中の時代の素地と合ったとか、そういうのはなかったんですか。

吉本　聖者になろうとか人間を超えようとか本気で考えてた人ですからいろいろ伝わるわけです。モラルがどうだっていうようなところで、僕はあまりひっかからなかった。そんな受け取り方をした人もあったんでしょう。また、農本主義的な思想ということでは、別な、もっとストレートな経路がありました。僕が賢治から受け取ったのは「農民芸術概論綱要」でいえば、我等に必要なのは銀河を包む透明な意志と、大きな力と熱であるというようなところです。大きな力と熱というのはちょっと幼稚だけど、当時の高等工業の学生には入りやすい言葉だった。それよりも、銀河を包む透明な意志、みたいな言い方がよかったんです。空間を、地上数メートルから、うんと、こう上の方に拡大してあるような、レトリックの中に含まれる一種の開放感。僕はその方にひかれたんです。

松岡　吉本さんは戦後、最初の本として宮沢賢治論を出版しようとされたと聞いています。それはおよそどういうものだったんですか。

吉本　「初期ノート」に、賢治の詩について書いたものが入っています。それがもとで布石されたものですね。童話よりも詩についての論が主体で、二百二、三十枚くらいのものだったと思います。でも、出版には至らなかった。その時の編集者から見てね、僕の書いたものが幼稚だって感じだったらしいんです。

松岡　でも吉本さんの場合も、賢治に対する関心は、潜在するかたちで持続、拡大して、一九八九年の『宮沢賢治』（筑摩書房）の刊行につながっていくんだと思うんですが。この賢治論は現在の批評のレベルをはるかに超えたものだと思います。

吉本　（しばらく考えて）自分に即して言ってしまいますとね、潜在的な関心は、山形の高工に行って、むこうの風土の中でできたんだと思います。地方的によく流布されていたこともあったし、賢治と専門も近いし、考え方も充分共感できるし。自分もなれるんじゃないかな、模倣できるんじゃないかなと思ったんです。だけど、賢治への関心は、下の方に引っこんだり表の方に出てきたりで、波があります。去年一冊の書物にまとめて、やっと自分なりの決着をつけた感じで（笑）。関心は持続しながら、どうしてそれが引っこんだりしたか考えてみますと、賢治の作品を文学として見てゆくと、詩も童話も、自然との関係が主体でしょう。いわゆる近代の文学というと、人間どうしの関係、自分自身の内面との関係が主体ですから、そうした部分が前面に出てきますと、賢治への関心は、底の方に引っこんでしまう。人間くさいのは嫌でしょうがない、人間てのはあまりにいじましいってなってくると、今度は自然との葛藤とか融和とかが主題である賢治の詩と童話は、いかにも魅力的で、再び、関心の前面に浮かび上がってくるんですね。その繰り返しでした。

このことは賢治自身の側からも言えて、宗教との葛藤だとか、人間以上のものになろうという欲求が旺盛な時期と、逆に、自然と交歓し、ユニークな世界を作り上げてしまう時期と、彼の中でも交互に起こるんですね。たぶんそういうところが、ときにこちらが何か違和感をもったり、共感したりする、理由だったような気がするんです。

宗教家か文学者か？

松岡　確かに賢治の、自然への関心の強さは並外れている感じがしますよね。自然とは自由に自分の情感を交わすことができるのに、人間関係の中では、それが抑圧されていたからじゃないかと……。とりわけ父親との関係は自分の宗教と相俟って複雑化していき、要するに普通の父と子の葛藤以上のものがあるわけですね。しかも、病弱だったから、生涯親の保護から出られなかった。その欠如意識が過剰な自然への没入となり、無償性への昇華につながっています。それは、太宰治の破滅やデカダンスと同等で、世俗性に回収されるものではありませんが、やはり父親の存在は、賢治の生涯にかなり影響していたと吉本さんはお考えでしょうか。

吉本　今回の本を書くとき、残された手紙のたぐいを丁寧に読んだんです。それでわかることは、賢治の父親というのは、在家の宗教家としては、相当な人なんだと思いましたね。あの辺りの浄土真宗系統のまとめ役でもあったし、いろんな講習会を開いてみたり、前からそうは言われていたんだけど、じっくり読んでみてよくわかりました。

それからもう一つは、父親の、賢治に対する対し方を見ても、相当な人ですね。一時期、賢治は日蓮信仰に入り、父親と葛藤する時期があります。そのときの言い方をみると、いくら熱狂的な信仰の形をとっても、そんな自力は問題にならないんだというような言い方を、よくしているんです。父親は浄土真宗系統で、在家の相当大きな存在だった。賢治の信仰である日蓮宗から言えば、一番仇敵であり、外道であり、もっとも抹殺しようと願った宗派でしょう。ところが日蓮は、父母への孝は第一だと言っている。あらゆることが全部、賢治に矛盾を強いるわけですね、父親との関係にしても、宗教的なことにしても。賢治はそれと必死になって葛藤したということでしょうねえ。賢治は、晩年、死ぬ一年か二年くらい前になって初めて、父親を改宗させることに成功するわけですけど、それも、折伏して改宗したというよりは、もう息子の言うとおりしてやれという感じでね、改宗している。賢治の生涯の全エネルギーを使うくらいに、父親との葛藤は、大変だったんだろうなと思います。もちろん親と子、かつ生活の有能力者と無能力者、そういうあらゆる意味での葛藤です。法華経を信ずるものは、文学をやったり、女の人と関わったり、それから遊んだりしてはいかんという一章（安楽行品）があるわけです。そこに賢治はひっかかったと思います。文学をつくることは彼にとって業みたいなもので、これをやめろと言われたら自分はゼロだと思うわけでしょう。女の人と関わってはいけないとか遊んではいけないとかだけは実行したんですよ。でも文学についてはどうしても守れなくて、死期が近づいた時、親父さんに「これは自分の迷いのあとだから適当に処理していい」と言ったというエピソードがあるくらいです。法華経っていうのはどこを主眼にして読むか、人それぞれなんです。賢治は第十四章安楽行品を主眼にして読み、結局どうしてもそれが実行しきれないってことで、その葛藤にも潜在的な、大きなエネルギーを使わなければだめだったでしょう。だから、彼は生涯の全エネルギーをほとんど葛藤に費やしたみたいですね。でもそれがなかったら、宮沢賢治自身も作品自体も、そんなに立派になっていかなかったんだろうと思いますね。

編集部　賢治の文学の特徴として、仏教でいうところの捨身、己を捨てる思想があると思うんですが。

吉本　近代文学は、ヨーロッパもそうですし、その影響を受けた日本の文学もそうだけど、やはり自己凝縮と自己確立というか、エゴイズムが主要なテーマのひとつですよね。その中で宮沢賢治は、近代文学的な要素っていうのを自然との交歓の中に解消しちゃっています。自然との交歓の中では、たいへんモダンでもあるんですが、宗教と文学とどこが違うかみたいな微妙なところで表現している面では、近代的、すなわち自己凝縮的ではないですよね。いま捨身と言われたけれど、自分の言葉でいえば、人間であることを賢治はいつも、超えよう超えようとしていた。人間は、ことに近代的な人間は徹底的に卑小なんだという自意識が、近代文学の重要なテーマになってくるわけですが、賢治みたいに人間を超えようっていうのは近代の自意識としては大それたことを考えている人だってことになります。それが賢治の場合にはあまりわざとらしくなくて、本当にそう考えていたなって思えるところありますからね。

捨身については賢治の考えは、法華経の理念に属しています。具体的には、どこかで誰かが困っているとか苦しんでいるとかすれば、もう空間を超えてすぐにその場所へ行って、手助けしてやれるとか、聞いてやれるとか、そういうふうに考えていたようなんです。「雨ニモマケズ」の中で、「ヨクミキキシワカリソシテワスレズ」というのがありますが、これは普通の意味の、よく聞いて、わかってというのとは少し違うんですね。人間を超えた菩薩みたいに、苦しんでいる人に即座に感応して救ってあげられる、そういう存在になりたいみたいな、ちょっと超人的なことだったんですね。

松岡　賢治は、自分が文学者だという意識があったのかどうなのか、ちょっと疑問なんですが、それについてはいかがですか。

吉本　僕もその問題ではその時々で随分揺れて、初期の頃はもう、宗教的なことはいろいろ言っているけど、そんなのはあまり問題にならない、やはり作品だけだと思ってました。でも、去年『宮沢賢治』を書いた時には、もしかするとこの人は、自分を宗教家だっていうふうに本当は思ってたんじゃないかと、全体の印象として感じました。賢治の作品は優れた作品だから、もちろん文学なんですけど、自分を文学者として捉えて表現した人というよりむしろ、自分を宗教家として捉えていた面が多いんじゃないですか。

松岡　確かにある意味で模範的な宗教人である賢治がいて、彼の童話は、「ひかりの素足」みたいに教化的なものもあるけど、一方では作品の中で、信教のタブーである「遊戯」のところもあると思うんです。それが作品をほほえましくしているんですが、例えば「どんぐりと山猫」や「雪渡り」なんかそうで。吉本さんは、今度の『宮沢賢治』で「銀河鉄道の夜」を中心に宗教的な問題、自伝的な問題あるいは家族関係も含めて賢治も宮崎勤もそんなに違わないくらいに徹底的に分析、解明されていると思うんですが、いま言った「遊び戯れる」ところの作品については、あまり触れられていないと僕は思ったんです。で、そのへんのことを伺いたいなと。

吉本　宗教と文学芸術、どこが共通で、どこが違うか。僕は宮沢賢治論であらためて考えたんです。宗教ってやつはどうしても、読む人を指定するといいましょうか、こうしろとまでは強要しなくともこうなってほしいみたいな願望が入ってきちゃう。でも文学芸術は、はじめから、こうなってほしいとか、こう読んでほしいとか、読む人を指定することはできないですね。だけど賢治は、ある時は宗教の側で抹香くさい作品を書いちゃうし、ある時は文学の側で結構楽しそうに遊んじゃう。読者にこうあってほしいという願望を交えちゃう一方で、そんな願望なんて持てないしまた持ってない、だからどういうふうに読んでくれてもいいみたいなところがあるでしょう。僕は、松岡さんの言われた宗教の問題と文学における「遊び」の問題を、結局そのことに移しちゃったんじゃないかなと思うんですよ。それでいて、決して解決はしていない。つまり政治と文学と同じようにね、宗教と文学はどういう関係があればいいんだということを解決しているわけじゃないと思います。そんなもの初めからないんだと、僕らだったらそう言っちゃうわけだけど、賢治は、その二つはどういう関係があるんだろうか、またないんだろうかと絶えず一生懸命考えて、結局両方にゆれて終始したんだろうと思います。つまり、宗教の側に自分をおいて表現するか文学芸術あるいは遊びに身を置いて表現するかどちらかだっていうことで、いつでも両方の側にゆれました。そうならば、ふたいろの作品が、賢治の作品にはあると思いますね。更に言えばなぜ宮沢賢治が読まれるのか、やはりそれぞれ読者が勝手に両方にゆれてさまざまな読み方ができる。一筋縄じゃいかないってことの魅力ではないでしょうか。

賢治が背負いつづけた宿命

松岡　そうして見ていきますと、いかにも賢治の作品ぽいというか、賢治がもっとも集約された作品というのは「銀河鉄道の夜」になると思うんですけど、賢治の特異な恋愛観でありますよね。それは先程のお話の、賢治の宗教的な戒律に基づくものなんでしょうが、もっと言えば、資質の側から決定されるものもあるんじゃないかと思うんです。

吉本　法華経の中に、女人禁制があるわけですよね。それを実行したまでだといえばそれまでなんです。男女間の恋愛について、一種逆説的な考えを賢治はしていて、愛というのは、すべての人を対象にして向かうのが本当のはずなのに、性的な欲望を主体として一人の異性に向かってしまうのが恋愛なんだという、逆説的な言い方をしていると思うんです。それは「世界全体が幸福にならないうちは、個人の幸福はありえない」というのと同じことなんです。すべての人を愛せないならば、個人への愛なんてありえないということです。自分の宗教的な情操と恋愛禁制の矛盾を自分で根拠づけるために、そういう逆説を編み出しました。そういうふうにいえばあっさりするんですが、実は僕はそのことに疑いを持っているところがあるんです。いまのところはまだ、確証できないですが、やはりそこのところは資質じゃないかと思うところがあります。資質っていうのは宿命ですね。じゃその宿命的な資質は何で決まるかと言うと、乳胎児の時に母親との関係で決まってしまうと思います。だけど生きていくということは、その時期に決まってしまった宿命の資質を超えていくことです。そうした過程が、成長するということですから、普通その人の宿命は無意識の一番底に沈んで、存在するわけです。僕は賢治も、宿命的資質に制約されたところがあるんじゃないかと思っている部分があるんです。太宰治でも、三島由紀夫でもそうです。宿命を超えようとしていくことが生きることだとしても、どうしてもそれが超えられない、母親との関係の仕方があると思います。たいていの母親は、子供が三、四歳になってくるといい母親になっちゃうんですね。もっと成長してくると、ちゃっかり子供の教育やら何やら始めて、熱心にかまう母親になったり（笑）。慈母型の母親とか、もっと極端なのは教育ママみたいになっちゃう母親は、乳胎児のときにあまりかまわなかったことの代償だという方が多いのです。もっともそこのところでいかにいい母親だったと言ったって、宿命に対して何の影響も与えないですよ。母親は、賢治がお腹の中にいるときどうだったんだろう、お腹から出てきて一年くらいのとき、賢治と母親との関係はどうだったんだろうということを、実証的に確定しないと言えないことですから、いまのところそういうことはあるんじゃないかなという推測だけしか言えないんです。でも先程の恋愛観について言えば、宗教と資質、その両面からきていると僕は考えています。

松岡　賢治の作品は自然との関係が深く、またそれが彼の作品を芸術にまで高めていると思いますが、実はその自然との交歓の中に、彼自身の嫉妬とか抑圧が垣間見えて、俺自身とあまり変わらん（笑）と、読んでとても身近に感じるんですよ。

吉本　はい。僕は、彼の作品の中で「銀河鉄道の夜」と「グスコーブドリの伝記」と「猫の事務所」ってのが好きなんですね。「銀河鉄道の夜」のジョバンニは、カムパネルラが女の子と会話しているのに嫉妬を感じて、どうして仲良さそうに話しているんだろうかと寂しがるところがありますね。ああいうところを読んでいると、まさに賢治の抑圧感と資質的な悲劇を感じるし、そうした宿命的な抑圧が、ひとりでにしみ出していて、あれはあまり健全じゃない（笑）。その中で、抑圧されたものがひとりでにしみでてきちゃうものが比較的ないのは「グスコーブドリの伝記」だけじゃないでしょうか。

松岡　「グスコーブドリの伝記」はわりに健全で、未来的ですね。賢治は普通の人にはちょっと口にできないような本当の幸いのためには死んでもいいというようなことを、非常に壮大な理想を織り込んで、作品を作ったりしていますね。吉本さんは賢治の構想力ってのはどんどんどんどん膨らませていくことができると言っているし、「ハイ・イメージ論」で人工都市論あるいはユートピア論を具体的にやっています。その辺はどうなんでしょう。

吉本　先日テレビを見ていたら、地震予知の問題をやっていたんです。地震は止められないけど、地震による災害は避けられるって学者が言うんです。賢治はそうじゃなくて、地震は止めることができると思っていますね。「グスコーブドリの伝記」でも火山が爆発するのを山の横っ腹に穴を開けて、そこから溶岩を海に流しちゃえば爆発しないと考えて、童話の中でちゃんとそれをやってしまうでしょう。そこがすごいというか、当時ですからねえ、そこまで考えているというのは驚きですよ。だから僕は地震を止められないって言うのはちょっと違うんじゃないかという気がするんです。具体的にいま避けることはできなくても「いつまでもそうか?」と思うし、それに、避けられると考える方がいいような気がするんです。

松岡　決して賢治は、これは天然の仕組みなんだ、かないっこないんだとは考えないでしょ。あきらめて受け入れるという思考には全然なっていなくて、絶えず変遷しうると考えていたというか。自然は偉大だけれど、でもそれをさらに踏み込んで、何かに転化していくエネルギーが人間にはあるし、それができるんだと言っているところがなんともスケールが大きくて、それも賢治の魅力のひとつですよね。賢治の作品はどれも、時代が移っても、その時代の雰囲気とか何かに淘汰されずに現在に至っている。この先だってきっと、こだわりのない若い人たちがパアッと読んで、パアッとひかれていく、そういう生命力を賢治の童話も詩も待っていると僕は思うんです。吉本さんは『宮沢賢治』のあとがきで賢治を「全力でぶつかっても倒れない相手」とおっしゃってますけど、それが、賢治の持つ魅力の大きさとつながっているんじゃないでしょうか。

（『鳩よ！』一九九〇年十一月号）

よしもと・たかあき……一九二四年、東京生まれ。東京工業大学電気化学科卒業。詩人・思想家。著書に『定本言語にとって美とはなにか』『共同幻想論』（角川文庫）『宮沢賢治』『最後の親鸞』『ハイ・イメージ論』（ちくま学芸文庫）『吉本隆明全詩集』（思潮社）などがある。

二重の視線の彼方に

山本かずこ×松岡祥男

松岡　山本さんの最初の『渡月橋まで』という詩集に「はりまや橋」と「桂浜」とか出てくるんですよね。はじめて読んだとき、それが、はりまや橋や桂浜という、高知の観光名所でなければならないというふうには思えませんでした。土地や地名と心の置きどころは全然違っていて、とても新鮮でした。どこでもいいどこかという感じがして。

でも、そこで暮らしている者はなかなかそうはなれなくて、やっぱり愛憎や羞恥がからんでくるんですよね。はりまや橋なんて、日本一の駄目名所といわれるくらいだから（笑）。朱色の欄干があるだけで、なにもない。川も橋も。何だ、これだけなの、と言われるとさすがにね、ちょっと恥ずかしい。山本さんの詩にでてくる場所は、土地の象徴性をおびていませんし、そんなレベルとかけはなれていますね。それで、いつ頃から詩は書き始めたんですか。

山本　はっきりとした自覚はないんですけど、二十歳ぐらいからじゃないかなと思います。

松岡　そしたら大学生の頃、大学は駒沢でしたっけ。

山本　ええ。

松岡　僕と一つ違いなんですよね。僕の方が意外にも上なんですけど。驚きですよ。作品から受ける印象からいっても、こうして会っても、お姉さんという感じがしますけどね。

山本　そうですか。

松岡　精神年齢の差なのかな、たまげちゃうんですけども。山本さんは学生運動なんかとは関係なかったんですか。

山本　高校のときにちょっとフォーク・ソング集会とかそういうレベルで行ったりはしていたんですけども。でも、つき合っていた人が高専生で反帝高評だったんですね。で、大学に入ったときは反帝学評が強い学校だったんです。それで実際にデモもしましたけども、本格的にはやっていたとはいえないのだと思います。でも、やっぱりその周りにはいたというか、まあ、シンパみたいなものだったと思います。

松岡　当時の四国の学生運動は、徳島が青解、高知が中核、愛媛がブンド、香川が民青が主流だったんですよね。でも、ほんとは活動家もシンパもないんですよね。全体的な雰囲気の中に、いたか、いなかったかだけで。パクられた経験があるとか何々の集会やデモに参加したとかっていうのは、ほとんど差異をなさなくて、時代の流れを共有している度合だけですよね。そこが境界線になるような気はします。だから、今でも闘わなかったとか闘ったとか言ってるけど、そんなのほとんど意味がないと思いますよ。だって、世代が異なると、通用しませんからね。山本さんは二十歳頃から詩を書き始めたってことですが、影響を受けた、あるいは好きだった詩人なんていうのはいたんですか。
山本　中原中也とか好きでしたね。
松岡　何が好き？
山本　ほんとに月並みで、「汚れっちまった悲しみに」とか「別離」とか、そういうような詩から入っていったんですけど、周りで吉本隆明さんなんかが読まれていて、で、私も読んでいました。そんなにわかって読んでたわけじゃないけども、詩を書いてみたいなとか思わせるものがあったんですね。最初は、日記を書いていたものですから、その中に書いたりはしていました。
松岡　小説を書きたいというのは。
山本　小説は多分書けないと思うから、まあ、書けたら書いてもいいと思うかもしれないけども、多分詩に本気で集中するんじゃないかなというふうに思いますよね。
松岡　そしたら最初のときから、別に小説書きたいというふうに思ってたんじゃなくて。
山本　ええ。
松岡　いままで七冊詩集を出されているわけですけども、やっぱり山本さんといったら最初の詩集のイメージが強烈なんですけど、『ストーリー』がいちばんすてきです。作品でいえば「リバーサイド　ホテル」ですね。それで、すごく怖い人のように思っていました。だから今日は、子猫が他の猫や犬におびえて耳が倒れちゃうみたいな、ああいうふうになっちゃうんじゃないかと思って、そうならないで割りとぞんざいに振る舞えたら、成功なんだというふうに思って来たんです。で、何がおっかないかといったら、詩の中に、目の位置が二つあると思うんです。普通に見ている位置と、もう一つ奥まったところから見ている目っていうのが、あるような気がするんです。二重の目線にさらされたら、ちょっとかなわないなと思うんですけどもね。自分ではそんなふうには思われませんか。

山本　あんまりそういうことは意識しているわけじゃないけど、おっかないという印象については、詩を読んだときに言われることもありますね。

松岡　ひとつには、こんなこと書いていいのかなというのがあるわけですよ。「リバーサイド　ホテル」だってそうですけど、こんなふうに書かれちゃ、男はたまらないよというのがあって、それはこっちがウブだってこともあるんでしょうが、まあ、この齢でウブなんてのは異性に対して未開であり、性的に未熟ってことでしかないけれど。性をめぐって詩を書いてる人はたくさんいるわけです。なかでも山本さんと伊藤比呂美さんが両極だと思うんですよ。伊藤さんは自分の性や性体験を扱っていても、大胆な表現と一緒にその枠組みからはみだしてゆくと思うんです。そこに解放感があります。一方、山本さんの詩は、内にこもるんですよね。別の言い方をすると、伊藤さんの詩は私的事実や体験からはじまっていたとしても、そこから性的な現象や風俗を突き抜けてゆく。山本さんの場合は、個の存在性に帰着しそうで、詩のイメージは普通の人々に引き取られてゆく。両極だと思いますね。そういうことはどうでしょうか。

山本　たとえば詩の中で裸になるときに、何て言うのかな、みんなには見せなくても、その一人の人にだけには見せてもいいわ、というふうな意識というのは、あるかもしれないですね。でも、結果としてみんな見えちゃうんですけども、書いた以上は。でも、その瞬間というのは、そうした個人というか、一人を相手にして切実な感情を書いているようなところがあるんじゃないかなというふうな気がするときはあります。みんなに最初から見せるというやり方、あまり好きじゃないというか、とらないというか。だからそれが作品としてそういうイメージを与えるのかもしれないないなとは思いますけども、あんまり分析したことないからわからないけど。

松岡　ちょっと言ったんですけど、引きこもった目の位置というか、〈対〉以外の日常な場面では好悪をあらわにしないように努めているんじゃないかなと、そうでなければ、ことばは心そのものという詩は成り立たないと僕はおもったんですけどね。たとえばフェミニズムの人たちが、性的な、あるいは社会的な男女差別とかいう問題を、僕からいえば騒ぎ立てている。その代表格として上野千鶴子みたいな人かいるわけですけど、僕から見ると、上野さんのやっていることってのは、性差をダシにおもしろおかしく社会的に演技しているだけで。上野さんはＮＨＫのテレビにも出てレポーターをやっていたんですけど、それ見ても、結構おもしろいよ、笑わしてくれるじゃないか、と思っちゃったり、こういうのは知的な業界がちゃんと許容してくれてて、その許容範囲を踏まえていて、そこできちんと演技しているっていうこと以上に、何も切実に迫ってこない。恐ろしくもない。だからそういう意味でいうと、山本さんの詩の方がずっと迫力があって、自分が男であるっていうことに対する一種の女性の側からの、何て言うか、見透かすような視線、あるいは引き取るような感情の深みみたいなものがあるんじゃないか、そんな気がして、はるかにおっかないっていう感じがするんですよね。もっと言っちゃうと、上野さんなんかが、僕なんかに、おまえは女性問題についてどう思うんだって言ってきたら、僕がどう返答するかっていうと、俺、うちのかみさん大事にしてるよ、うちのやつと愛憎はあるし、行き違いもある、夫婦喧嘩もやる。ありふれたペアだけど、俺は俺なりにやっているし、大切にしてるよ、って言う以上に答えることないんですね。あいにく社会全般について責任がある立場にないんで。一般にいわれている女性問題って一体何なんだといったら、やっぱり社会問題の一つだっていう、さまざまな問題があるわけで、その中の一つにすぎない。それを思想的に引き寄せることはできるけれど、実際には具体的な日常のことですよね。ところが、彼女らは男と女を対立的に取り出し、それであたかも世界を二分できるがごとく言い募り、あげくにはすべての男は女性に対して抑圧的であるなどとほざいている。そんなの言い掛かりでしかない。そんなもん俺は責任持ってないし、持ちようもない。知らねえよって。それで文句があるんなら、俺にそれなりの社会的地位なり金なり贈与してくれ、そうなれば、俺もやれること考えるよ、ってふうにしかならないんですね。ここまではいいんですよ。関係ないから。しかし、上野千鶴子みたいに特権的な大学やジャーナリズムだけを世界とみなしている権力的存在は、すぐに図にのって、あたかも自分が女性全般を代表しているがごとくやりだす。こうなるともう冗談ではすまなくなる。おまえは世の男たちの女へのうらみつらみがわからねえだろ、おまえは俺たちと一緒に工事現場で働くおっかさんたちの胸中におもいを馳せたこともないくせに、偉そうなことをいうな。こいつが男だったらぶんなぐってやるところだ、こう言うと、権力的な知的業界であまやかされている抑圧的存在は、「それこそ女性差別」と言いかねない。だから、機会があれば、ためらうことなくぶちのめすことにしてるんですよ。まあ、どうでもいいことですけどね。山本さんの詩はそうじゃない。やっぱり女の人が歴史的に蓄積してきた怨念や怨恨もふくめ、寄る辺ない悲しみや慈しみが息づいていて、そこが詩なんか読んだことのない人々にもっていっても、通じるところだと思います。僕が日常的に妻と平凡にやってたって、その底の方まで差し込んでくるっていう感じがするんですけどね。

山本　本人は多分執念とか全くないんです。ない方だと思います。だけどもやっぱり人とのつき合い方とか物事とのつき合いで、あんまり器用じゃないから、やっぱり一生懸命になっちゃう部分っていうのはあるかもしれないです。それからパフォーマンスは全然できないという、そういう幾つかのいろんな要素、それから自分ではよくわからないけれど、インプットされている感情の要素なんかがあって、あと善悪の自分なりの物差しがあって、それでそういうのも全部ごっちゃになって、あと時代を見ていくときの判断とか、そういうのも全部ごっちゃになって、それでたまたまこういうことを言ってみたいなというのが詩になるというときはありますけども。あと私にとっていまの男の人っていうのは岡田さんなんですけども、彼に向かって女性解放とか全然言う必要ないんです。だからそういうので楽っていうか、声高には全然言う必要ないっていうところは、自分で選んでいることもあるかもしれないけれども、特殊なのかもしれないなとも思います。でも、普通なんだとも一方では思いますが。

松岡　そうですよね。

山本　形としてはそれが普通なんだとも思うんですね。

松岡　不幸といえば、女も男も不幸な生き物ですからね。

山本　だから言う必要がないことは別に言わないっていうか、自分が言いたいことだけを言うという、そういうふうになって、たまたま私の表現の仕方が詩を通してやっているから、詩そのものは幾つかの状況を、いままでの状況をいろいろセッティングしてつくっている場合もあるかもしれないけども、感情そのものはほとんど生というか、自分の気持ちそのままあらわさないではいられないという、そうじゃないと自分の詩じゃないみたいなところがあって、そこらへんで書いていると思うんです。

松岡　一人の人に向けて書くって言われたら、ちょっともう返す言葉ないわけで、そうですよ。普通は自分に向けて書くわけですよね。それは誰が書いたってそうなんで、自己の内部へ降りてゆくと、自己分裂して、私とは他者であるという領域がひらけ、そこで自分との対話がはじまるわけです。また、胸の内に他者を想定して、そのイメージに向かってことばを紡いでゆく、相手に到達するためにね。それはありますよ。でも、特定の個人に向けて書くという、そういう人っていうのはあまりいないんじゃないかな。しかし、逆に言ったら、書く事は別にして、そういう生き方や在り方ってのはあたりまえなんですね。僕なんかが職場とかで日常的に接している女の人ってのは、みんなそうなんですよね。特に子供のことになると、そうなんです。母親からすると、子供一般なんて眼中にないわけですよ。自分の子供だけなんですよ。だって自分の体の中から、血と肉をわけて、産み育んできたわけだから。自分の子供や家族のためなら、なんだってするっていうふうに出てくると思うんですよ。そこが長所であると同時に欠点だとおもうんですよね。すべてを性的な延長と拡大として生理感覚でとらえるから。うまく分離できないで、世間も仕事も家庭と同一視するから、トラブルが起こる。

詩について自分のことでいえば、いつまでも色あせない原風景みたいなものや、生きるうえでおおきな結節をなすシーンみたいなものを、詩にしたいなってのはあります。それだけが僕の詩的執着ですね。「ある手記」ってやつで、初めて喫茶店に入った時のことを書いたんですけど、その時の連れがその詩を、ありえないことですがたまたま読んで、ああ、そういえばこんなこともあったな、と思ってくれればいうことなしですよ。「椿の茶床で」や「台風」みたいな村や家の詩も同じです。それぞれの胸中にしまいこまれている光景や心象に明かりが一瞬灯ってくれたら、もうそれでいいです。あと「破れ船」みたいな唄ができたらいいなあ、とは思うんですけど、なかなかね。怠け者だし、評論の方が稼ぎになるもんだから。やっぱり、ひとりの人にむけて書くというのはユニークだと思いますね。

山本　たとえば、うちの妹なんかすごく普通の生き方をしているんですけども、普通であるっていうことを私はいいな素敵だなと思うときがあるんです。そういう価値観というのがあるので、やっぱりそういう基準が詩を書くときにも入ってくるのかもしれないですね。

松岡　山本さんの詩っていうのは、自己転倒がないんですね。また、変にねじくれてもいない。そこが良いとこだと思うんです。誰でも書くことで自己救抜をはかるし、慰安を得ようとするんですけど。でも、書くことがすべてとはならないですよね。恋人よりも詩が大事なんてことはありえないはずです。なのに女の人は文学命みたいになりがちですよね。そういう転倒に陥るから、いまでも女流という言い方が死語にならないんですよ。

山本　たとえば状況がまずかったら、まずいところがいやだったら、やっぱり自分からやめるようにしますね。だからいやなところで詩を書く、ああ、いやだいやだ、って詩書くっていうのは自分としてはいやだから、その状況をまずやめるっていうふうなところがあると思う。今おっしゃったこととはつながらないかもしれないけども。

松岡　それで『渡月橋まで』の「再びコスモスの町から」という詩があるでしょ。ああいうの読むと、ちょっとたまらないですよ。

山本　あれは憎しみをカモフラージュしたような詩なんですけど。

松岡　いや、カモフラージュされているとはちっとも思えないわけね（笑）。これは耳が倒れちゃう。あと、『春秋』に載ってたエッセイの二回目の、「リバーサイド　ホテル」について書いたもの、あそこで妹さんとドライブしていて、妹さんにきかれて。

山本　あ、あれは姉の方なんです。姉と妹全然性格が違うんです。

松岡　「リバーサイド　ホテル」っていう山本さんの代表作のひとつですけども、「ちょっと休んでいかないか／とあなたは言った／まるで／休みたいと思ったとき／ちょうど／リバーサイドホテルがあったように／自然な口調で／あなたは私を誘った／いや？／（いやではないけれど／リバーサイドホテルはいけないわ）／そんなこと／言えないから／今日はいやだと私は言った／リバーサイドホテルには／つい昨日／やってきたばかりだ」って表現するでしょ。そうするとこんなこと書いていいのかなと思っちゃうわけですよ（笑）。それでだめを押すようにさらに、『春秋』の「愛のありか」っていうので、ここじゃないの、って言われて、それをその場では打ち消しながら、でも、さらにそのことについて書くっていうのは、何か一種のだめ押しみたいな感じがしたんです。
山本　それは、でも、あそこの文章はまるっきり事実とは違うんですね。
松岡　うん。どう言ったらいいのかな、書かれたものは〈ことば〉ですよね、どっちにしたって。全くのほら話にしたって、事実に基づいていたって。それが事実であろうが虚構であろうが、問題じゃないですよね。ただ、作者の意志や姿勢はとうぜんことばにこめられているわけだから、それがリアルに迫ってくるわけです。そこで僕なんかたじろぐわけですよ。
山本　どこかに挑発的なものってあると思いますね、自分の中に。何でも、文章にしても詩にしても生き方にしても。そういうのがどこかで出ちゃうのかもしれないですね。
松岡　僕なんかもてないから。そりゃあ、僕だって、若い女とつきあってみたいし、スケベェ心もあるけど、何に耐えられないかっていったら、そこで自分をある程度ごまかさないといけないし、相手を騙さないとはじまらない、妻帯してるわけだから。それができないですね。もてる奴はまめですよね、女性に対して。僕なんか不精だからだめ、あきらめてるわけですよ。やれば案外なんでもないのかもしれませんが、うちのやつも怖いし。まあ、口癖のようにもてない、女は苦手だと、くりかえしてるとまた、嘘こけ、おまえ女房がいるじゃねえか、どうやって騙したんだとか、おまえのまわりにはいっぱい女がいたじゃねえか、ふざけるな、チャンスをものにできなかっただけのくせに、と反発される。それとは反対に、マツオカさんって、かわいそう、あたしが遊んであげるとからかい半分に言ってくる人もいるから、やめますけど。女性は意識的でないところで残酷ですからね。

山本　『春秋』の連載って裸になって書いたようなところあるんですね。いいかげんなところで済ましたくないっていうのがあって、さらけ出しちゃってる部分ていうのがもしかすると、詩よりもあると思います。

松岡　だから男、まあ、男全般を代表するつもりはさらさらないけど、やっぱり女の人を美化したいわけですよ。女の無意識的なひどい仕打ちを度し難く思っていてもね。そういう傾向はみんなもっていると思うんですけどね。山本さんの奥まったところの目というのは、母性のありかっていう気がするんですよ。二重の目線ということでいえば、母のまなざしじゃないかっていう。女の視線と母の視線のふたつが同時に行使されている、そんなものなら女なら誰でももっているといえば、そうなんですけど。伊藤比呂美さんの詩にはそれがないんですよ。『良いおっぱい悪いおっぱい』みたいなものも書くし、性的なラディカルな表現もいっぱい駆使していいんですけど、出産や子供のことを扱っていても、母性というか、母のイメージは逆に浮かんでこないんですね。そこが新しさといえば新しいし、伊藤さんの良さといえばいいところで。でも、母性のもつ偉大さ、特に男にとって打ち勝ちがたいエロス的な決定力みたいなものは、伊藤さんの詩からはでてこないですね。山本さんの詩にはそれがあって、それが伝統性とつながっているところだとおもいます。それともうひとつ、〈大衆詩〉であるということですね。それはことばが平易でやさしいってことが〈大衆詩〉の条件をつくるんじゃないと思うんですよ、僕は。そうじゃなくて、普遍的な本質にとどいているかどうかが〈大衆詩〉の生命を開くものだと思うんです。山本さんが最初に中原中也の詩が好きだったと言ったんですけども、中原中也の詩がいまでも読み継がれているってのは、生命のリズムみたいなものをもってて、もってるからずっと読み継がれて来て、現在も現役の詩人であるっていうふうになっていると思うんですよね。ただやさしく書けば、ひらがなを多く使えば大衆詩かっていったら、そんなことはないですよ。それから通俗的なことを歌謡曲のようにやれば大衆詩か、要するに大衆に流布してるから大衆詩かっていったら、僕はそういうふうに大衆詩ってものを思いたくないわけで、普遍性だと思うんですね。山本さんの場合だと、母性が詩の奥にひそんでるんじゃないかと。そこからくるものを、やっぱりかなわないよ、おっかないよと僕なんか思っちゃうんじゃないかかな。そこのような気がします。

山本　そんなふうに読んでいただいて、うれしいですよね。自分では書いててわからないんですね。人から指摘されて、あ、なるほど、ふうんとかよく思うんですけど。いまのお話を聞いていて、そういうふうに書ければいいなというふうに思いますね。書き続けていくことができたら。やっぱり自分が好きな詩っていうのは、やさしくなれる詩なんです、読んだ後。逆にとげとげしくなる詩とかそういうのって、読んでいるときは刺激も受けるかもしれないけども、私にとってほんとうの詩とは思わない。読んで気持ちをやさしくさせてくれる、私をやさしくさせてくれる詩っていうのを、すごく求めているときがあります。やさしさのない詩あるいはせつなさの感じられない詩というのにあまり感じないんですね。自分は冷たい人間の部分をもってはいてはいても。

松岡　だから何ていうか、分裂しちゃうんですよね。一種の自己分裂だと思うんです。

山本　そうなんです。

松岡　その母なる性とおんな性っていうの、つながっているにもかかわらず、分裂するし、自己矛盾することもあると思うんですね。

山本　ええ、ありますね。

松岡　それで吉本隆明さんが『宮沢賢治』の中で書いているんですけど、男にとって女性体験というのは母性の破壊と失墜なんだ、と言ってて。こどもは母親のおんな性が露出したとき、裏切りを感じダメージをうけるんですよ。初めての性体験が母からの離脱ということになるんでしょうが、その契機はもっと以前から内在しているわけで、つまり自分に対して母として振る舞ってて、ある時母親の女が露出する場面が、どうしてもあるわけですね。そうしたらこどもは非常に裏切られたというか、傷つくんですよね。それがエロス体験の深層部分と対応するんじゃないか、最初のかまわれ方と。そんな気がするんですけどね。そういう意味も含めて、山本さんにはいい詩をどんどん書いてほしいと思います。これからの詩の可能性ともつながっていますからね。マガジンハウスから出ている『リバーサイド　ホテル』は八千部近く売れているとのことですし、いちばん新しい『愛人』という詩集は、確実に歩を進められたと思います。がんばってください。

山本　どうもありがとうございます。

（『詩の新聞　ミッドナイト・プレス　8』一九九〇年十二月）

やまもと・かずこ……一九五二年、高知生まれ。詩人。詩集に『渡月橋まで』『愛人』（ミッドナイト・プレス）『リバーサイド　ホテル』（マガジンハウス）、編著に辻征夫『詩の話をしよう』（ミッドナイト・プレス）などがある。

あとがき

この本は、わたしの六冊目の著書です。

わたしはほんとうは詩が書きたいのですが、いつの間にか書けなくなりました。自然発生的な詩の書き方から、意識的な書き方に転換しないといけない、とば口で途絶えたのです。いまはむしろ、小説の方が近しい気がします。でも、どんなかたちで書いても、すべて、わたしの心の詩なのだという気持ちだけは失っていません。

この本の成立の大きな文柱となってくださったのは、岡田幸文さん、齋藤愼爾さん、宮城正勝さんの三人です。

「読書日録」も「酔興夜話」も、その殆どが岡田幸文さんの編集される『詩の新聞　ミッドナイト・プレス』『詩の雑誌　ミッドナイト・プレス』に連載したものです。それが持続できたのは、ひとえに岡田さんの開かれた編集姿勢によるものだと思っています。

この本に収録した吉本隆明さんとの二つの対話は、齋藤愼爾さんのはからいによって実現したものです。齋藤さんは、以前わたしが失業して生活的な苦境に陥っているとき、深夜叢書社の『吉本隆明インタビュー集成』の編集を託してくれました。それはご自身が幾度となく、苦しい場面をくぐって来られたからだと思います。ひとはつらい思いをすると、小さく収縮してしまうこともあるのに、齋藤さんは逆に、その経験を他者に優しく手をさしのべる美質とされたのだと思います。

わたしは宮城正勝さんに一度もお会いしたことがありませんけれど、深く信頼しています。それは採算が採れるかどうかもわからない、わたしの本を出版してくださるからだけではありません。わたしが自家発行している『吉本隆明資料集』をめぐってトラブルが発生したとき、捨身の構えを見せたわたしに対して、宮城さんは温かい叱責を寄せてくださったのです。それは〈生命は宝〉という琉球・沖縄の長い歴史につちかわれたものと思います。

この本に対話を収録することを、ご承諾いただいた吉本隆明さんと山本かずこさんに、お礼申し上げます。

地元の『高知新聞』の片岡雅文さんをはじめ『琉球新報』『山形新聞』『図書新聞』『講談社文芸文庫』「風のたより」「らら」等、初出誌紙の方々に感謝致します。また、吉本さんとの対話を『ＴＢＳ　調査情報』で企画担当された、今は亡き榎本陽介さんのことも忘れることができません。お会いする度に新宿ゴールデン街の酒場で歓待をうけました。建築現場で一緒になった兄貴分という感じで、榎本さんの鬱屈した無頼の雰囲気や投げ遣りのように見える思い遣りある態度は、身近なものでした。

最後になりましたが、本書を担当された喜納えりかさん、お世話になりました。ボーダーインクのスタッフの皆さん、ありがとうございました。いつも背後から支えてくれている妻の純子の存在なしには、すべては考えられないものです。

そして、わたしの知らない読者に、この本が届くことを希望します。

二〇〇五年七月六日

松岡祥男

松岡祥男（まつおか　つねお）
1951年高知県生まれ。

著書
1985年『意識としてのアジア』（深夜叢書社）
1990年『アジアの終焉』（大和書房）
1993年『論註日記－〈世界史〉と日常のはざまから－』（学芸書林）
1998年『物語の森』（ミッドナイト・プレス）
2001年『哀愁のストーカー』（ボーダーインク）
共著
1996年『学校・宗教・家族の病理』（深夜叢書社）
編集発行
2000年から『吉本隆明資料集』を「猫々堂」として自家発行
第1集～第27集　「鼎談・座談会篇」
第28集～第41集「『試行』全目次・後記」「『試行』16号～28号復刻版」
第42集から「初出・拾遺篇」として『文学者の戦争責任』『高村光太郎』などを継続発行中。
現住所
〒780－0921　高知県高知市井口町45

猫々堂主人　情況の最前線へ
二〇〇五年八月二十四日　第一刷発行
著　者　松岡祥男
発行者　宮城正勝
発行所　（有）ボーダーインク
沖縄県那覇市与儀二二六ノ三
電　話〇九八（八三五）二七七七
FAX〇九八（八三五）二八四〇
印　刷　（資）精印堂印刷

松岡祥男の既刊本

哀愁のストーカー　村上龍、村上春樹を越えて

「文学は
なんでもありの
開かれたものだ。」

時代の難所を照らす評論集

●序章　江藤淳の死●1章　文学という泉●2章　読書日録

四六判２３９頁　定価１８９０円（税込）

ボーダーインク